Bandenspiel

JEAN MOOSE

Bandenspiel

Lucarellis dritter Fall

Bibliografische Information der Deutschen Nationalbibliothek
Die Deutsche Nationalbibliothek verzeichnet diese Publikation in der
Deutschen Nationalbibliografie; detaillierte bibliografische Daten sind
im Internet über http://dnb.d-nb.de abrufbar.

Verlag: BoD · Books on Demand GmbH, Überseering 33,
22297 Hamburg, bod@bod.de
Druck: Libri Plureos GmbH, Friedensallee 273, 22763 Hamburg

ISBN: 978-3-7693-5407-2

1.

An diesem Morgen verspürte er nicht einen Funken Lust auf die Runde. Der Regen, der in der Nacht pausenlos gegen das Schlafzimmerfenster geprasselt war, ließ ihn nicht schlafen, und schließlich war er müde und entnervt aufgestanden. Mürrisch schnürte er die Laufschuhe und machte sich auf den Weg. Sie hatten ihm beigebracht, wie er seine Dämonen in Schach halten konnte, und eine Weile hatte das Ganze sogar funktioniert. Irgendwann jedoch waren die Geister zurückgekehrt, mächtiger und böser noch, und er sah ein, dass er keine Kraft mehr hatte, sie zu bezwingen. Trotzdem ließ er von seinem Ritual nicht ab, warum auch immer.

In Brüssel und Straßburg wagte er sich mit der gelben Regenjacke nicht hinaus, seit die Gelbwesten in den Innenstädten ihr Unwesen trieben. In Freiburg scherte sich keiner darum, und die schenkellange Jacke war praktisch. Wenn er die Pistole unterhalb des Bauchnabels umschnallte, war sie nicht zu sehen. Er lief stets dieselbe Strecke. Dreihundert Meter auf der Straße und dann hinauf in den Wald. Unter 65 Minuten musste er bleiben, das war die Richtzeit. Schon nach der ersten Steigung spürte er, dass er es an diesem Tag nicht schaffen würde. Mitsamt dem Halfter wog die Pistole mehr als ein Kilo. Ohnehin kam es ihm vor, als atmete er schwerer als sonst. Die Jacke war in der regenschwülen Luft zu warm, er schwitzte. Während der zweiten Runde hielt er an und öffnete den Reißverschluss. Die Pistole war von vorne nun gut sichtbar, doch wie er glaubte, trieb sich um diese Uhrzeit ohnehin niemand im Wald herum. Schweren Schrittes lief er weiter. Hinter der vor ihm liegenden Rechtskurve verlief die Strecke ein gutes Stück flach. Danach würde es endlich wieder bergab gehen. Er hatte Mühe und sehnte sich nach dem Ende.

Als er sah, wie die Gestalt blitzschnell hinter dem Gebüsch hervorkam, war es zu spät. Wenn der Feind gezogen hat, ist eine Waffe im Halfter wertlos. Dillenburg erstarrte und hob die Hände. Er versuchte nicht einmal, an seine Pistole zu kommen.

2.

Wer hat ihn gefunden?«, fragte Lucarelli.

Mike Arens war vor ihm am Tatort eingetroffen. Der Kollege war erst vor wenigen Wochen nach Merzhausen umgezogen und wohnte nur ein paar Autominuten vom Sternwald entfernt. Wie der Tote trug Arens eine Regenjacke, wenngleich mit Innenfutter und in einem hässlichen Olivgrün. Hervor lugten zwei lange, dünne Beine in Bluejeans, die für einen Gutteil seiner zwei Meter Körpergröße verantwortlich waren. Dadurch unterschied er sich von dem stets elegant auftretenden Tennisspieler Roger Federer, dem er vor allem aufgrund der Gesichtsform, den dunklen, buschigen Augenbrauen und der Frisur verblüffend ähnlichsah.

»Ein Spaziergänger gegen sieben Uhr zwanzig«, antwortete der Kollege in seinem unverwechselbaren Kölner Singsang. »Ich habe ihn bereits vernommen. Es ist ihm nichts Besonderes aufgefallen. Er ging mit seinem Hund spazieren. Plötzlich sah er die Leiche.«

Sie studierten den Tatort. Der Weg verlief entlang eines mit Eichen und Büschen bewaldeten Hangs, den er mit einer Breite von gut drei Metern durchquerte. Der Mann lag im abschüssigen Gelände rücklings im Unterholz, gut zwei Meter entfernt vom Wegesrand. Hangaufwärts säumten dichte Büsche den Weg. Die Spurensicherung hatte bereits großflächig abgesperrt. Männer in weißen Schutzanzügen suchten die Umgebung ab.

»Das Opfer hatte einen Pistolenhalfter umgeschnallt.

Aber eine Waffe wurde bisher nicht gefunden«, sagte Arens.

Lucarelli stieg den Abhang hinab. Er schätzte das Opfer auf Mitte Vierzig, kantiges Gesicht, dunkles Haar und offenbar gut in Form. Die offene gelbe Regenjacke gab den Blick auf die Einschussstelle frei, ziemlich genau in der Nähe des Herzens. Der Mann hatte stark geschwitzt, was darauf hinwies, dass er schon eine Weile gelaufen war. Unter dem Ärmel seiner Jacke lugte eine Uhr hervor. Lucarelli nahm sie kurz in Augenschein.

»Irgendwelche Hinweise auf die Identität des Toten?«

»Er hatte nur einen Hausschlüssel in der Tasche. Damit können wir davon ausgehen, dass er in der Nähe wohnte. Sonst haben wir nichts. Wahrscheinlich lief er regelmäßig diese Strecke.« Lucarelli kletterte wieder nach oben.

»Die Spurensicherung soll sich die möglichen Verstecke ansehen. Auch in einigem Abstand vom vermeintlichen Tatort«, sagte Lucarelli.

»Du meinst, dass der Mann gar nicht hier erschossen wurde?«

»Es hat die ganze Nacht geregnet. Der Boden ist weich. Abseits der befestigten Wege entstehen Schuhabdrücke. Der Täter brauchte ein gutes Versteck, um das offensichtlich bewaffnete Opfer zu überwältigen. Erschossen wurde der Mann vermutlich hier, aber das beweist nicht, dass es nicht woanders war.«

»Ziemlich riskant«, entgegnete Arens. »Es hätten Spaziergänger oder andere Jogger auftauchen können.«

»Kann sein. Wir werden bald wissen, wie es gewesen ist.«

»So?«

»Der Tote trug eine moderne Sportuhr. Die meisten in dieser Kategorie haben ein GPS, einen Schrittzähler und einen Pulsmesser.«

3.

Lucarelli saß mit dem ersten Espresso des Tages hinter seinem Schreibtisch. Er warf einen kurzen Blick hinüber zu der kreisrunden Bahnhofsuhr, die Arens an der gegenüberliegenden Wand angebracht hatte. Die dicken schwarzen Zeiger liefen auf die Zwölf, in einer halben Stunde begann die erste Besprechung. Eigentlich wollte sich Lucarelli mit Carlo treffen.

Carlo war sein Cousin und die engste verbliebene Verbindung zu Italien, der Heimat seines Vaters. Sie waren gleich alt und die Eltern hatten dafür gesorgt, dass sie sich in den Schulferien stets gegenseitig besuchten. Während Lucarellis Vater Silvio nach Deutschland auswanderte, um sich in Stuttgart als Tennistrainer einen Namen zu machen, blieben die Eltern von Carlo in Apulien, wo sie in der Provinzhauptstadt Lecce ein Hotel mit einem Restaurant geführt hatten. Nach der Schule ging der Sohn jedoch nicht auf die Hotelfachschule, sondern ins ferne Mailand, wo er das Schneiderhandwerk erlernen wollte. Es dauerte nicht lange bis Carlo in der Metropole als einer der besten Maßschneider galt, und bis heute erfreute er sich bei den zahlungskräftigen Bankern der Finanzmetropole großer Beliebtheit. Carlo pflegte seinen in Stuttgart geborenen Cousin Hans neckisch »Tedesco«, den Deutschen, zu nennen. Wie er fand, sollte der germanisierte Commissario wenigstens mit italienischer Eleganz aufwarten. Er bestand darauf, Lucarelli regelmäßig mit neuen Maßanzügen zu versorgen, die er ihm zu Spottpreisen überließ. Mit seiner Garderobe aus Milano fiel Lucarelli im eher legeren Freiburg und natürlich auch bei der Polizei auf. Doch über die Jahre war sie zu einem Markenzeichen geworden.

Lucarelli hielt einen Moment inne, bevor er die Nummer wählte. Mit der Polizeipräsidentin verband ihn eine alte Geschichte, von der im Präsidium niemand etwas ahnte. Er war mit Charlotte Benzing an der Polizeihochschule im gleichen Semester und hatte von Anfang an ein Auge auf sie geworfen, doch sie blieb undurchdringlich und auf Distanz. Erst am allerletzten Tag des Studiums fiel ihre Maske. Lucarelli war verblüfft ob ihrer Leidenschaftlichkeit in jener einzigen Liebesnacht, von der Lucarelli keine Sekunde vergessen hatte. Danach hatten sie sich nie wieder gehört oder gesehen, bis Benzing vom Stuttgarter Innenministerium als Quereinsteigerin in die oberste Etage der Freiburger Polizei katapultiert wurde. Nach ihrer Ernennung schob sie jede Erinnerung an die gemeinsame Nacht weit von sich, und selbstverständlich verlor nie jemand ein einziges Wort darüber.

»Was gibt es denn am Tag des Herrn?«, begrüßte sie ihn nicht gerade freundlich.

»Ein noch nicht identifizierter Jogger wurde heute Morgen im Sternwald erschossen.«

Einen Moment lang herrschte Stille.

»Irgendwelche Anzeichen für die Tat eines Wahnsinnigen, der wahllos Leute umbringt?«

»Bisher nicht. Es sieht danach aus, als ob das Opfer geahnt hätte, dass Gefahr drohte. Vermutlich war der Mann sogar bewaffnet.«

»Bewaffnet? Beim Joggen?«

»Er trug einen Pistolenhalfter.«

»Also wohl kein Serienmörder.«

»Nach dem ersten Anschein nicht.«

Die Möglichkeit eines frei herumlaufenden Serienmörders scheuchte die Medien auf. Das bedeutete für Benzing den einen oder anderen Fernsehauftritt. Lucarelli fragte sich, ob sie heiß darauf war, ihr Gesicht im Fernsehen zu sehen, so wie ihr Vorgänger Steinle, der dafür keine Gelegenheit ausgelassen hatte. Im Hintergrund miaute eine Katze. Durch das Telefon klang es fast wie ein Krähen, aber es war eine Katze.

»Halte mich auf dem Laufenden.«

4.

Lucarelli hatte das Team im Besprechungsraum versammelt. Die jungen Kriminalkommissare Benny Liebig und Pia Sperber rührten in dem Kaffee aus dem Automaten, der an einem Sonntag einzigen verbliebenen Bezugsquelle. Pia war letzte Woche Dreißig geworden. Sie war blond, schlank, ehrgeizig und, wenn sie es darauf anlegte, ziemlich attraktiv. Liebig war ein Jahr jünger. Mit seinem runden, gutmütigen Gesicht wirkte er unauffällig, kein Typ, der mit den anderen wetteiferte oder sich um jeden Preis hervortun musste. Arens war bereits in der Abteilung, als Lucarelli vor sechs Jahren das Mord-Dezernat bei der Freiburger Kripo übernommen hatte. Die beiden teilten sich das Büro und während der Jahre waren sie weit mehr als nur gute Kollegen geworden.

»Am frühen Morgen wurde im Sternwald ein noch unbekannter Jogger erschossen«, eröffnete Arens schnörkellos. »Der Tatort befindet sich oberhalb des Trimm-Dich-Pfads in Richtung Kybfelsen. Gezielter Schuss aus nächster Nähe. Das Opfer war ungefähr Mitte Vierzig, in guter körperlicher Verfassung und, vom durchschwitzten Hemd her zu urteilen, bereits eine Zeitlang im Wald unterwegs. Er hatte einen Hausschlüssel, doch weder Geld noch einen Autoschlüssel bei sich.«

»Dann wohnte das Opfer in der Nähe?«, fragte Liebig.

»Möglich« antwortete Arens. »Es gibt eine wichtige Besonderheit. Der erschossene Mann hatte einen Pistolenhalfter umgeschnallt. Wir können daraus folgern, dass er mit einem Angriff gerechnet hatte.«

Pia schüttelte den Kopf.

»Im Ernstfall eine ziemlich schwache Verteidigung, wenn sich der Täter im Wald hinter jedem Busch verstecken kann.«

»Das Opfer trug auch eine Sportuhr«, setzte Arens fort. »Es ist möglich, dass wir aus den gespeicherten Daten Informationen über die letzten Stunden des Opfers, den Zeitpunkt des Todes und vielleicht den Tathergang bekommen. Ich habe die Uhr heute Morgen noch zu Dr. Stamer in die Gerichtsmedizin gebracht. Wir sollten uns anhören, was er zu sagen hat.«

Arens griff nach dem grauen Festnetztelefon, das in der Mitte des Konferenztischs stand. Er las eine Nummer aus dem Adressbuch seines Handys ab und tippte sie ein. Als es klingelte, aktivierte er die Sprechanlage. Stamer meldete sich sofort. Er galt als kauzig und kurz angebunden. Auch heute hielt er sich nicht lange mit Begrüßungsformeln auf.

»Die Uhr hat ein GPS, sowie einen Puls- und Schrittzähler. Das GPS wurde allerdings nicht aktiviert.«

Arens und Lucarelli warfen sich einen Blick zu. Ein Mann, der sich bedroht fühlt und zum Joggen eine Pistole mitnimmt, war nicht scharf darauf, Ortungssignale zu senden.

»Aus den gespeicherten Daten lassen sich einige Information ableiten«, fuhr der Mediziner fort. »Der Mann hatte regelmäßig trainiert. Wochentags unterschied sich das Trainingsprogramm hinsichtlich von Zeit und Belastung teilweise erheblich. Am Wochenende lief jedoch oft dasselbe Programm. Jogging, etwas mehr als eine Stunde. Meistens Samstag und Sonntag.«

Stamer sprach mit einer sonoren Baritonstimme, die seinen Worten Autorität verlieh. Pia Sperber machte sich Notizen.

»Der Mann war insgesamt 41 Minuten bei einer durchschnittlichen Pulsfrequenz von 151 Schlägen die Minute unterwegs. Dabei gab es nach oben drei Ausreißer. In den Minuten 15 bis 18 oszillierte der Puls um 178 Schläge, von Minute 31 bis Minute 34 schwankte er um den Bereich von 180 herum. Danach pendelte sich der Herzschlag im Bereich von etwas unter 150 ein. Das Profil deutet darauf hin, dass der Mann zeitweise das Tempo angezogen hatte oder, was wahrscheinlich ist, in ansteigendem Gelände unterwegs war. Zwischen den beiden Ereignissen hatte er sich schnell erholt, also war die Strecke dazwischen flach oder es ging sogar bergab. Damit zur dritten Besonderheit. Drei Minuten vor dem Herzstillstand stieg der Puls von 148 auf 203. Der genaue Todeszeitpunkt war um 7 Uhr 03.«

»Gibt es dafür eine Erklärung?«, fragte Arens.

»Es könnte sein, dass der Mann versucht hat zu fliehen und während eines längeren Sprints maximal belastet hat. Ein starker Anstieg der Herzfrequenz kann allerdings auch psychosomatische Ursachen haben. Der Vergleich mit dem Trainingsdaten aus der Vergangenheit zeigt, dass das Opfer zur Tatzeit über die Strecke gesehen weniger schnell unterwegs war als üblich. Das kann auf eine Anspannung durch Stress deuten. Den zweiten Anstieg bewältigte er mit mehr als einer Minute Rückstand verglichen mit seiner üblichen Zeit.«

»Lassen Sie mich umgekehrt fragen«, schaltete sich Lucarelli ein. »Wenn der Mann stets dieselbe Strecke lief, können Sie uns sagen, ob er normalerweise zwischen Minute 35 und 40 einen Anstieg mit hoher Belastung gelaufen war? Außerdem wäre wichtig, wie weit der Mann bereits unterwegs war, bevor er erschossen wurde.«

»Die Uhr hat zwar ein GPS, aber es war wie gesagt nicht aktiviert. Wie groß war der Mann?«

»Ungefähr ein Meter achtzig«, antwortete Arens.

»Moment bitte.«

Stamer schaltete auf »remote« und aus dem Lautsprecher erklang ein Menuett von Wolfgang Amadeus Mozart. Pia setzte sich hinter den PC des Sitzungszimmers und ließ eine Leinwand hinunter. Alsbald erschien darauf ein Kartenausschnitt des Sternwalds mitsamt der umliegenden Stadtteile Waldsee, Vauban und Wiehre.

»Ich habe die von der Uhr gezählten Schritte berücksichtigt«, meldete sich Stamer zurück. »Die Schrittlänge hängt vom Laufstil und der Länge der Beine ab. Berücksichtigen muss man ebenfalls den Fitnesszustand und die Schwierigkeit des Geländes. Nach meiner Schätzung könnte der offenbar austrainierte Mann im Flachen mit ungefähr 12 bis 13 km pro Stunde unterwegs gewesen sein. Wenn ich aufgrund der Pulsmessung davon ausgehe, dass die Anstiege zum Teil steil waren und er dort langsamer vorwärtskam, könnte er bis zur Minute 38 zwischen 7,5 und 8 km unterwegs gewesen sein. In einem Szenario, in dem der Mann von Minute 38 bis zum Exitus in Minute 41 während eines Fluchtversuchs noch gesprintet wäre, kommt jedenfalls weniger als ein Kilometer hinzu. «

»Haben Sie den Verlauf der letzten Aufzeichnung mit der Wochenend-Historie verglichen?«, fragte Lucarelli.

»Selbstverständlich. Die drei Minuten nach Minute 38 waren völlig anormal. In der Vergangenheit gab es in diesem Zeitrahmen nie eine derart hohe Pulsfrequenz. Außerdem passt der Anstieg auf über 200 Schläge nicht ins Zeitschema. Die nächste Höherbelastung wäre erst später fällig gewesen. Im Durchschnitt der 82 Aufzeichnungen, die wir auf der Uhr haben, etwa zwischen Minute 46 und 50.«

»Was darauf hindeuten könnte, dass der rapide Anstieg der Pulsfrequenz nach Minute 38 bis zum Exodus auf psychischen Stress zurückzuführen ist?«

»So sehe ich das«, sagte Stamer.

»Danke, Doktor«, sagte Lucarelli. »Ich lasse die Uhr von einer Streife abholen.« Stamer legte auf. Arens verortete den Tatort auf der Karte.

»Wir können nach der Spurenlage einen Fernschuss ausschließen«, sagte er. »Der Mann wurde aus nächster Nähe erschossen. Wir müssen den Weg also ungefähr acht Kilometer zurückverfolgen. So finden wir heraus, von wo der Unbekannte losgelaufen sein könnte.«

Arens folgte mit dem Laserpointer einem Waldweg, der vom Tatort nach Südwesten führte. Am östlichen Rand von Merzhausen brachte er den kleinen roten Punkt zum Stehen. Pia schüttelte energisch den Kopf.

»Es kann genauso gut sein, dass der Mann eine gewisse Strecke zwei- oder mehrmals gelaufen ist.«

Sie streckte die Hand aus. Arens überreichte ihr den Pointer.

»Die höhere Belastung in den Pulsbereich von über 175 gab es nach der Historie in ziemlich regelmäßigen Abständen.«

Pia warf noch einmal einen kurzen Blick auf ihre Notizen. »Sie begannen um die Minuten 15, 32 und 48 und dauerten ungefähr vier Minuten. Das sieht nach drei Runden auf der gleichen Stecke aus.«

Pia zeigte mit dem Pointer vom Tatort in Richtung Norden und umkreiste die Gegend des Wiehrebahnhofs.

»Dieser Rundweg hier liegt oberhalb der Sternwaldwiese. Das Opfer könnte in der Nähe das Bahnhofs losgelaufen sein und die Strecke über die Waldseestraße und entlang des Fitnessparcours genommen haben. Genau hier könnte er dann in die Runde eingebogen sein.«

Sie zeigte auf eine Abzweigung und zeichnete den Verlauf der von ihr vermuteten Laufstrecke nach.

»Der Tatort befände sich dann etwa auf halber Distanz der dritten Runde. Ich schaue mir noch das Höhenprofil der Strecke an. Dann kann ich es mit der Merzhausen-Variante vergleichen.«

Lucarelli nickte Pia anerkennend zu.

»Warum würde ein Mörder sein Opfer erst umständlich entwaffnen und dann umbringen?«, wunderte sich Liebig.

»Damit hinterlässt er weniger Spuren«, sagte Pia.

»Die Kugel wurde im Unterholz gefunden«, sagte Arens. »Ziemlich glatter Durchschuss. Weist auf großes Kaliber.«

5.

Peter Mitzler leitete die KTU seit mehr als 25 Jahren. Über die Jahre hatte er es geschafft, sich ein weitreichendes Netz von Beziehungen aufzubauen. Sie reichten bis ins LKA, und wie Lucarelli mutmaßte, sogar noch weiter. Mit Unbehagen dachte Lucarelli an den Tag, an dem er in Pension gehen würde. Mitzler wurde letzten Monat 63, es war also absehbar. Als der Kommissar das Labor betrat, sah der Alte allerdings nicht im Mindesten arbeitsmüde aus. Im Radio lief »The lion sleeps tonight« und Mitzler trällerte, wenn auch mit eher bescheidenem musikalischem Mehrwert, ein schiefes »Wimoweh«.

»Was freut dich so, Peter?«, begrüßte ihn Lucarelli.

»Die Welt wird nicht schöner, wenn ich jeden Tag genau hinsehen muss, was die kriminelle Kundschaft so treibt. Also setze ich dem etwas entgegen. Wenn keiner da ist, stört es ja niemanden, dass ich nicht singen kann.«

Das genaue Hinsehen wurde durch eine riesige Brille verkörpert, durch die Mitzler die Welt des Verbrechens durchleuchtete.

»Und wo sind deine Leute?«

»Noch im Wald. Es hatte die Nacht über geregnet. Da gibt es vielleicht verwertbare Spuren.«

»Und warum bist du nicht im Wald?«

»Weil ich annahm, dass du wissen willst, was ich über die Mordwaffe herausfinde.«

»Erraten, Peter.«

Mitzler deutete auf den einzigen Stuhl, ein stabiles, einfaches Modell aus weiß gestrichenem Holz, das aus den sechziger Jahren des vorigen Jahrhunderts stammte. Lucarelli setzte sich.

»Bei der Tatwaffe handelt es sich um eine Sig Sauer. PK 226, wenn du es genau haben willst. Wird unter anderem von der britischen Armee, dem amerikanischen Secret Service und den Israelis verwendet.«

Lucarelli hob die Augenbrauen.

»Und von unserer Bundespolizei«, schob Mitzler nach.

Sofort gingen Lucarelli verschiedene Szenarien durch den Kopf. Sie verhießen alle nichts Gutes. Politische Verwicklungen, Einmischung von oben und so weiter.

»Ich versuche herauszufinden, ob die Waffe irgendwo verzeichnet ist. Ich habe einen guten Kollegen beim BKA in Wiesbaden. Wenn du mal kurz um den Block gehst?«

6.

Charlotte Benzing hatte zwar das pompöse Mobiliar ihres Vorgängers übernommen, doch waren Steinles ehemalige Vorzimmerdamen nicht lange geblieben. Margit Reiser, die es ganze 15 Jahre mit Steinle ausgehalten hatte, beantragte bereits nach vier Wochen ihre Frühpensionierung, während die jüngere Kollegin wenig später ins Regierungspräsidium wechselte. Keine Frage, Benzing war unbeliebt. Als sie mit gerade Anfang Vierzig zur Polizeipräsidentin aufstieg, hatte man von einem Husarenstück des Innenministeriums gesprochen, was sich einige Neider sofort zunutze machten, sie als politikverbandelte Karrieristin zu stigmatisieren. Das Image breitete sich aus, und Benzing machte keinerlei Anstalten, etwas dagegen zu tun. Kühl blieb sie mit allen auf Distanz und ließ sich von niemandem in die Karten schauen. So vergaben ihr die Vorzimmer-Damen ihre gelegentlichen Grobheiten nicht, obwohl sie von Benzings Vorgänger Steinle an dessen dunklen Tagen vielleicht sogar noch mehr auszuhalten hatten.

Seit zwei Wochen versuchte es die Präsidentin in ihrem Sekretariat mit einem Mann, einem blonden Jüngling namens Sven. Der Neue war jedoch nicht an seinem Platz. Lucarelli durchquerte das leere Vorzimmer und trat ein. Charlotte Benzing saß hinter ihrem Schreibtisch und sah widerwillig über die Ränder einer Lesebrille von einer Aktenmappe hoch.

»Es gibt Neues von unserem Mordfall«, sagte Lucarelli nach spärlich ausgefallener Begrüßung.

»Ich bin gerade beschäftigt.«

»Das Mordopfer war Beamter des BKA. Wir konnten ihn anhand der gefundenen Pistolenkugel identifizieren.«

Benzing setzte die Brille ab.

»Der Name ist Hanno Dillenburg, 48. Seit fünfzehn Jahren beim Bundeskriminalamt. Zuletzt war er dort im Personenschutz für Bundesminister Helmuth Raab in Berlin eingesetzt. Als Raab zum Vizepräsidenten der EU-Kommission ernannt wurde, hat er Dillenburg als seinen Leibwächter nach Brüssel mitgenommen. Seither ist er beurlaubt und arbeitet dort als Beamter auf Zeit. Aber er ist immer noch Beamter des BKA.«

»Was treibt ein Leibwächter aus Brüssel im Freiburger Sternwald?«

»Hanno Dillenburg ist in Freiburg aufgewachsen und hatte vor einigen Jahren von seinem Vater eine Wohnung in der Maria-Theresien-Straße geerbt. Vorige Woche begleitete er seinen Chef zur Sitzung des Europäischen Parlaments nach Straßburg und hatte dieses Wochenende in Freiburg verbracht. Obwohl die Sitzung des Parlaments nur einmal im Monat in Straßburg stattfindet, war Dillenburg laut Zeugenaussagen häufig am Wochenende hier.«

Die letzte Bundestagswahl, für die Helmuth Raab kandidiert hatte, lag schon ein paar Jahre zurück. Lucarelli erinnerte sich, wie dessen Konterfei hundertfach von den Plakaten herunterlächelte. Das lieferte die Erklärung. Raab war unter der Woche in Brüssel, wohnte aber noch in seinem früheren Wahlkreis. Natürlich wurde er zu Hause ebenfalls von Sicherheitsbeamten beschützt. Dillenburg war daher öfter in der Gegend.

»Willst du das BKA informieren?«, fragte Lucarelli. »Die werden sicher wissen wollen, dass hier einer ihrer Beamten ermordet wurde.«

Charlotte Benzing lehnte sich zurück und sah nachdenklich auf die mannshohe Zimmerpflanze, die Sven kürzlich unter verhohlenem Gelächter der Umstehenden in den sechsten Stock geschafft hatte. Wenn sie die Angelegenheit hoch genug aufhängte, war die Bundespolizei schneller hier als der tapfere Sven gebraucht hatte, um den Hibiskus vom Parkplatz in ihr Büro zu schleppen. Lucarelli schielte auf das Dossier, in das sich Benzing vertieft hatte. Offensichtlich handelte es sich um die Budgetplanung, eine ebenso wichtige wie aufwendige Prozedur, die sie zum ersten Mal nach ihrer Ernennung als Amtschefin verantworten musste. Lucarelli schöpfte daraus Hoffnung, dass sie weder Zeit noch Lust hatte, beim BKA am großen Rad zu drehen.

»Mach du das«, entschied Benzing.

7.

Das Haus von Helmuth Raab lag in Glottertal, einem idyllischen Schwarzwalddorf am Fuß des Kandels, knapp fünfzehn Kilometer nördlich von Freiburg. Als Lucarelli eintraf, befand sich Raab bereits in einem Flugzeug in Richtung Washington. Sein Fahrer, ein hagerer Belgier namens Emil Henin, hatte ihn am Morgen zum Flughafen Zürich gefahren. Als Lucarelli eintraf, stand er auf der Garageneinfahrt und war damit beschäftigt, einen Stapel frisch gebügelter Hemden im Kofferraum eines silbergrauen, dick gepanzerten BMW zu verstauen.

Lucarelli zeigte seinen Ausweis und erklärte Henin, warum er hier war. Nach dem ersten, ungläubigen Entsetzen informierte Raabs Chauffeur den Sicherheitschef der EU-Kommission. Als er das Telefongespräch beendet hatte, ging er voran in Raabs von hohen Steinmauern umgebenes Anwesen. Der schroffe, abweisende Eindruck wandelte sich, sobald man die eiserne Sicherheitstür passiert und den Garten erreicht hatte. Der Hausherr besaß unübersehbar ein Faible für Rosen, die in verschiedenen Arten und Farben, verteilt über gut ein Dutzend Beete, die mehr als die Hälfte der Fläche des gesamten Gartens einnahmen. Auf der geräumigen, mit blühenden Topfpflanzen dekorierten Terrasse befand sich ein großer Esstisch mit dazu passenden Stühlen. Emil Henin machte eine einladende Handbewegung und die beiden Männer setzten sich unter den aufgespannten, grauen Sonnenschirm. Selbst hier vernahm man das laute Summen der Bienen, die sich über die Rosen hermachten. Sonst war alles still.

Der Belgier sprach ausgezeichnet Deutsch. Wie er meinte, sei Dillenburgs Ausbleiben nicht aufgefallen, da er sich bis Mitte der Woche freigenommen hatte. Durch die Dienstreisen des Chefs sammle sich bei den Leibwächtern regelmäßig eine hohe Anzahl von Überstunden an, die durch freie Tage ausgeglichen würden. Bis vergangenen Freitag habe Dillenburg Dienst gehabt. Nach seiner Ablösung um achtzehn Uhr war Henin selbst mit dem Dienstwagen vom Wohnhaus in Glottertal zum Bahnhof Denzlingen gefahren, um den Leibwächter zum Zug zu bringen.

»Wo wollte Dillenburg hin?«, wollte Lucarelli wissen.

»Nach Freiburg. Er hat in der Stadt eine Wohnung.«

»Wissen Sie, was er am Abend vorhatte?«

»Nein. Dillenburg war in letzter Zeit nicht sehr gesprächig. Ich kann mir jedoch vorstellen, dass er ins Spielcasino gefahren ist. Darüber sprach er nicht.«

Henin hob die Hand und entschuldigte sich. Der Belgier schob die einen Spalt geöffnete Terassentür auf und ging ins Haus. Er wirkte auf Lucarelli ruhig und ausgeglichen, was für einen Mann, der viele Stunden täglich in unmittelbarer Umgebung eines gestressten Politikers arbeiten musste, sicher kein Nachteil war. Darüber hinaus schien er sportlich, ein Asket mit länglichem Gesicht, spitzem Kinn und tiefen Sonnenfalten um die Augen. Lucarelli stellte sich vor, wie er sich auf einem Rennrad mit zusammengebissenen Zähnen einen Alpenpass hinaufquälte, ohne der grandiosen Bergwelt oder den entlang der Straße weidenden Kühen auch nur einen Blick zu schenken. Henin stellte zwei Gläser und eine Flasche Wasser auf den Tisch.

»War Dillenburg spielsüchtig?«, fragte Lucarelli.

»Er erzählte ab und zu, dass er gerne wettete. Vor allem Fußball hatte es ihm angetan, aber er setzte auch bei Pferderennen und Tennisturnieren. Irgendwann hatte er damit angefangen, Leute anzupumpen, und spätestens da habe ich gewusst, dass etwas mit ihm nicht stimmt.«

»Gab es noch weitere Hinweise?«

Henin zögerte.

»Herausgekommen ist Dillenburgs Spielsucht, als mein Fahrer-Kollege eines Abends während eines Termins in Brüssel einen Kreislaufkollaps hatte und ausfiel. Dillenburg hatte Dienst, sprang ein und setzte den Chef nach Ende des Events in seinem Brüsseler Apartment ab. Doch anstatt den Dienstwagen in die Garage zu stellen, jagte er mit ihm über die Autobahn ins Spielcasino von Namur. Dabei wurde er mit 210 Stundenkilometern geblitzt, wo in Belgien gerade mal 120 erlaubt sind. Zu allem Überfluss schrammte er auf dem Casinoparkplatz noch ein anderes Auto.«

»Und was passierte dann?«

»Die Kommissionsverwaltung wollte Dillenburg feuern, aber Raab hatte ihn beschützt. Dillenburg legte ein Attest vor, dass ihm Spielsucht bescheinigte, was sicher auch den Tatsachen entsprach. Der Deal mit der Verwaltung sah so aus, dass er bleiben durfte, doch seinen gesamten Jahresurlaub dafür verwenden musste, sich in einer Spezialklinik für Suchtkrankheiten behandeln zu lassen.«

»Wann war das?«

»Vor etwas mehr als zwei Jahren. Raabs neue Amtszeit hatte gerade angefangen. Da hatte er noch sehr viele Muskeln.«

»Wie darf ich das verstehen?«

»Die Mitglieder der Kommission werden von den Regierungschefs ihres Mitgliedstaates vorgeschlagen, bevor sie vom Kommissionspräsidenten und dem Parlament bestätigt werden. Gerade am Anfang der Amtszeit muss sich die Verwaltung gut mit ihm stellen, da sie noch ein paar Jahre auf ihn angewiesen ist. Gegen Ende des Mandats sieht es anders aus. Wenn etwa die Partei des Kommissars im Heimatland nicht mehr an der Regierung ist, wird er nicht mehr nominiert. Dann wird er zu einer *lame duck*. Niemand rührt dann für irgendwelche Sonderwünsche noch einen Finger.«

»Wenn ein Politiker Muskeln hat, bedeutet das aber noch lange nicht, dass er sie für einen unbedeutenden Sicherheitsbeamten einsetzt.«

Die Bienen wurden vom Geräusch eines Sportflugzeugs übertönt, das über das Tal in Richtung Kandel flog. Lucarelli wartete, doch Henin strich sich nur über seinen rabenschwarzen Bart.

»Hatte Dillenburg vielleicht etwas gegen Raab in der Hand? Ein persönlicher Leibwächter ist Tag und Nacht mit seiner Schutzperson zusammen. Da bekommt man einiges mit.«

»Wie ein Chauffeur auch, Herr Kommissar. Daraus ergibt sich ein Loyalitätsverhältnis.«

»Wenn er bei seiner Spielsucht rückfällig wurde, brauchte er Geld. Und der Täter kannte sich mit Dillenburgs Lauf-Gewohnheiten ziemlich gut aus.«

»Da kann ich Ihnen nicht helfen«, schüttelte Henin den Kopf.

»Wo waren Sie am Sonntagmorgen zwischen sechs und acht?«

»Vor dem Dienst fuhr ich mit dem Rad über Sankt Peter auf den Kandel und über Waldkirch zurück. Ich übernachte seit Jahren in der Pension Roseneck. Die Chefin hat mir erlaubt, bei ihr ein Fahrrad unterzustellen.«

»Zeugen?«

»Leider nein. Normalerweise gehe ich nebenan im Freibad noch schwimmen, aber das Wetter war nicht danach. Ungefähr um acht saß ich beim Frühstück. Fragen Sie Carola, die Wirtin.«

8.

Die Suchtklinik befand sich am Waldrand oberhalb des Kurorts Badenweiler. Lucarelli bekam einen Termin mit Dr. Christine Ganz, die während Dillenburgs Aufenthalt dessen Therapeutin gewesen war. Die ernst blickende Psychologin, nach Lucarellis Schätzung Anfang Fünfzig, beschrieb Dillenburg als gespaltene Persönlichkeit. Einerseits konnte er charmant und verbindlich auftreten und wirkte, je länger die Therapie dauerte, auf die anderen Patienten vertrauenserweckend. Andererseits litt er unter Angstzuständen und Panikattacken, deren Ursachen bis in die Kindheit zurückreichten. Hanno Dillenburg hatte ein schlechtes Verhältnis zu seinen Eltern, die ihm Wertschätzung und Anerkennung versagten. Laut Dr. Ganz litt er besonders darunter, dass ihm sein jüngerer Halbbruder vorgezogen wurde. Während dieser in den Augen der Eltern als besonders begabt galt, stand Dillenburg in der Schule und auch im Sport immer im Schatten des Jüngeren. Der Mangel an Erfolgserlebnissen in der Kindheit, so erklärte die Psychologin, führte bei Dillenburg zu einem geringen Selbstwertgefühl. Er empfand daraus resultierend ständig den Zwang, sich Glücksmomente zu verschaffen, um sein Selbstwertgefühl zu steigern. Im Anfangsstadium seiner Spielsucht erlebte er durch einige erzielte Gewinne tatsächlich positive Erlebnisse. Doch wurde dadurch das Belohnungszentrum im Gehirn konditioniert. Er litt unter permanenter Angst und Nervosität über ein mögliches Schwinden seines Glücks, da es über seinen

Erfolg entschied und auch für sein Selbstwertgefühl verantwortlich gewesen war. Typischerweise suchte Dillenburg im Verlauf der Krankheit nach neuen Reizen, die über ständig wachsende Geldeinsätze in eine Abwärtsspirale mündeten. Spielsucht, so meinte Dr. Ganz, sei nicht vollständig heilbar. Ein einmal erkrankter Patient sei nie mehr in der Lage, irgendwann wieder kontrolliert zu spielen. Wurde er ein einziges Mal rückfällig, liefen wieder genau die gleichen Prozesse ab.

»Wir haben in der Therapie versucht, den Ursachen auf den Grund zu gehen. Herr Dillenburg sollte lernen, seine Impulse zu verstehen und teilweise auch mit Hilfe von Erfahrungsgruppen Bewältigungsstrategien zu entwickeln«, erklärte die Psychologin.

»Und war ihm das nach Ihrer Einschätzung gelungen?«, wollte Lucarelli wissen.

»Wir bieten nach der stationären Entlassung noch eine ambulante Nachbehandlung an. Bei Dillenburg war das schwierig, weil er beruflich viel unterwegs war. Nach der dritten Sitzung brach er ab. Bis dahin hatte ich den Eindruck, dass er stabil war. Er versuchte durch regelmäßige Waldläufe seine Selbstkontrolle zu stärken. Außerdem hatte sich Herr Dillenburg mit ein paar Patienten während der sechswöchigen Therapie angefreundet. Es hilft, wenn man bei der Suchtbekämpfung nicht allein ist. Ich hatte die Hoffnung, dass er es schaffen würde.«

»Erinnern Sie sich an die Personen, mit denen er sich hier angefreundet hatte?«

»Da müssen Sie mit der Leitung sprechen. Ich selbst darf die Namen unserer Patienten nicht herausgeben.«

9.

Im Büro angekommen, begann Lucarelli seine Espressomaschine in Gang zu setzen. Es handelte sich um eine alte Faema E-61, die noch mit Handhebeln betrieben wurde. Nur mit einiger List hatte sie Lucarelli vor dem Zugriff eines pedantischen Oberamtsrats retten können, der den Betrieb auf dem Polizeigelände zum Sicherheitsproblem erklärt hatte. Freilich, die dreigruppige Maschine wirkte ein wenig überdimensioniert, zumal Bürokollege Arens nichts von Lucarellis Kunst wissen wollte und eisern beim Tee blieb. Auch die Prozedur, die sich am Tag mehrmals wiederholte, hätte man für umständlich und zeitraubend halten können. Doch Lucarelli fühlte sich immer noch zur Hälfte als Italiener, und die Espressi aus der gut sechzig Jahre alten Maschine gehörten zu ihm, genau wie die Anzüge des berühmten Vetters aus Milano. Arens blickte vom Bildschirm seines Computers auf, als er die vertrauten Geräusche vernahm.

»Die KTU hat an der Terrassentür von Dillenburgs Wohnung in der Maria-Theresia-Straße Einbruchspuren gefunden«, sagte er. »Laut Peter Mitzler war es ein Kinderspiel gewesen, dort einzubrechen. Komisch, oder? Da nimmt Dillenburg eine Waffe mit in den Wald, aber in seine Wohnung kam man quasi mit einem Zahnstocher rein.«

»Das könnte zwei Dinge bedeuten. Die Bedrohung für Dillenburg war entweder neu oder er hatte kein Geld für eine Sicherheitstür.«

»Das letztere könnte in jedem Fall sein. Wir haben Belege gefunden, dass er auf die geerbte Wohnung vor ungefähr drei Jahren eine Hypothek aufgenommen hatte. Zweihunderttausend.«

»Dillenburg war spielsüchtig«, sagte Lucarelli. »Das kann irgendwann zu einem Fass ohne Boden werden.«

Er berichtete von seinem Gespräch mit Raabs Fahrer, das ihn in die Suchtklinik zu Dr. Ganz geführt hatte.

»Die KTU hat in der Wohnung von Dillenburg außer seinen eigenen noch Fingerabdrücke von zwei weiteren Personen gesichert«, sagte Arens. »Der Abgleich mit unserer Datenbank war negativ. Da Dillenburg viel in Belgien und Frankreich unterwegs war, checke ich das noch mit den Kollegen vor Ort. Außerdem haben wir ein offenes Handy gefunden, offenbar ein Diensthandy. Es waren sechs Kontakte eingespeichert. Eine Nummer davon gehört seinem Chef, Helmuth Raab. Pia überprüft, wann und wo die Telefone im deutschen Netz eingeloggt waren.«

Arens Handy klingelte. Er sah kurz aufs Display, dann stellte er es ab.

»Kollege Liebig ist dabei, mit der EU-Kommission über Dillenburgs Kontaktspeicher ein »who is who« zu veranstalten. Leider hat er angefangen, es auf Französisch zu versuchen. Une grande salade, kann ich nur sagen. Grauenhaft. Man muss sich die Ohren zuhalten.«

»Dillenburg hatte neben dem Diensthandy sicher noch ein privates Telefon, Mike. Das dürfte vermutlich das Spannendere sein. Wenn Liebig schon dabei ist, sein Französisch aufzufrischen, kann er gleich noch die belgischen Telefongesellschaften abklappern.«

Lucarelli streute Zucker in den Espresso, rührte einmal

um und trank die Tasse aus. Im Gegensatz zum aufwändigen Prozedere der Produktion dauerte der Trinkvorgang unwirklich kurz.

»Außerdem müssen wir die Überwachungskameras auswerten. Viele gibt es nicht in der Gegend, aber vielleicht haben wir Glück.«

»Pia ist bereits dran«, sagte Arens.

10.

Lucarelli fiel auf, dass er noch nichts gegessen hatte. Gutes Essen brauchte Zeit. Ohnehin war er beim Kochen kein Experte, obwohl es anders hätte kommen können. Seine Mutter kochte fast täglich für die Familie, und weil sein Vater gutes Essen schätzte, hatte sich Helga über ihre schwäbische Hausmannskost hinaus weit in die französische und italienische Küche hinausgewagt. Doch hatten die Künste seiner Mutter nicht dazu geführt, dass er ihr über die Schulter schauen wollte. Umso mehr hatte Lucarelli versucht, seinem Vater nachzueifern, der in seiner besten Zeit in Italien einer der besten Tennisspieler war. Das gelang ihm zwar nicht, doch reichte das Niveau allemal aus, um jeden Hobbyspieler zu beeindrucken. So fügten sich die Dinge. Zu seinen Bewunderern gehörte der tennisverrückte, inzwischen sechzigjährige Restaurantbesitzer Pino, der nach zwei überstandenen Hüftoperationen ähnlich einer frisch aufgezogenen Uhr wieder sein vormaliges Pensum von täglich zwei Stunden Tennis herunterspulte.

Vor einiger Zeit überraschte Pino Lucarelli in der Umkleide mit der Frage, ob er Lust habe, mit ihm bei den Vereinsmeisterschaften im Doppel anzutreten. Lucarelli hatte seit dem Ende seiner Tenniskarriere nicht einmal im Traum daran gedacht, bei einem derartigen Turnier mitzumachen, doch hatte er Pinos flammender Bitte nichts entgegenzusetzen. Mit dem Sieg im Endspiel verbuchte der emotionale Gastwirt seinen größten sportlichen Erfolg und betrachtete seinen Doppelpartner

fortan als eine Art VIP. Pino bestand darauf, dass der
»Campione« mindestes zwei Mal die Woche in seinem
Restaurant einkehrte. Dabei ließ er Lucarelli nicht von
der Karte bestellen, sondern überraschte ihn oft mit etwas Neuem. Auf diese Weise erlebte Lucarelli eine Art
Zeitreise zurück ins Elternhaus nach Stuttgart, wo Helga
ebenfalls nie ein Wort über den Speisezettel verloren
hatte. Nach dem gemeinsamen Grappa pflegte der Wirt
einen Zettel auf die andere Seite des Tisches zu schieben,
auf dem, mit dem Geschriebenen nach unten, eine einzige, dem Gehalt des Kommissars angepasste Zahl stand.
   Doch gab es weitere Gründe, warum Lucarelli dem
Restaurant gerne einen Besuch abstattete. Pino überließ
ihm seine italienische Zeitung, im Hintergrund lief stim-
mungsvoller Jazz von Nina Simone oder Paulo Conte,
und vor dem Grappa stellte der Chef einen Espresso auf
den Tisch, der es mit seinen Eigenproduktionen auf-
nehmen konnte. Die Hauptattraktion war jedoch die
rassige Brünette Francesca, die seit neustem drei Mal
die Woche im Restaurant bediente. Ein paar Mal schon
hatte sie mit Lucarelli verstohlen geflirtet, doch zu einer
längeren Unterhaltung war es nie gekommen.
Alle Gäste waren bereits gegangen. Bevor Francesca
zusperren musste, hatte sie sich noch zu ihm an den
Tisch gesetzt. In ihrer Familie, so erzählte sie, war es
bereits der Großvater, der in den frühen Sechzigerjahren
nach Deutschland gekommen war. Ebenso wie ihr Opa
hatte auch Francescas Vater eine deutsche Frau geheiratet. Damit wurde Deutsch zur Familiensprache, und
ihr Italienisch, das der Vater ohnehin nur sporadisch
mit ihr gesprochen hatte, verschwand fast vollständig

aus ihrem Leben. Freilich hatte sie auch nichts dagegen unternommen. Mit ihrem italienischen Namen, dem dunkelbraunen Teint und den markant dunklen Augen blieb sie, obschon tatsächlich nur noch zu einem Viertel, in der Schule immer »die Italienerin«. Nicht selten war sie traurig, weil sie das Gefühl hatte, nicht wirklich dazuzugehören.

»Wenigstens war meine Ehe dazu gut, dass ich jetzt nicht mehr Falcone, sondern Müller heiße«, sagte sie halb im Scherz. »Ich habe das nicht einmal rückgängig gemacht, als ich mich von Herrn Müller scheiden ließ.«

»Francesca Müller hat was«, sagte Lucarelli. »Meine Eltern haben mir von Geburt an einen Zwitternamen verpasst.«

Er erzählte die Geschichte von Helga, die ihrem Sohn unbedingt einen deutschen Vornamen geben wollte. Warum Vater Silvio in dieser wichtigen Schlacht den Kürzeren gezogen hatte und Lucarelli nicht Giovanni, sondern getreu der Übersetzung »Hans« hieß, war ihm immer ein Rätsel geblieben.

»Mir wurde als Kind auch nichts geschenkt«, bekannte Lucarelli. »Allerdings legte sich das, als ich älter wurde und anfing, sehr gut Tennis zu spielen. Die anderen Tennisspieler haben mich respektiert, weil ich besser war und sie besiegt habe. Und die ganz anderen wurden irgendwann nicht mehr so wichtig.«

»Und heute?«

»Bin ich bei der Kripo. Da will sich ohnehin keiner mit mir anlegen.«

Das stimmte zwar nicht, aber Lucarelli hoffte, dass das Thema damit beendet war.

»Bei der Polizei? Im Edelzwirn und mit Schlips?«, fragte sie belustigt.

»Die Garderobe stammt von meinem unerbittlichen Vetter aus Milano, der dort eine Maßschneiderei betreibt. Grundsätzlich bin ich sowieso lieber die Nadel als der Heuhaufen. Und Sie?«

»Ich habe vor zwei Jahren etwas Neues angefangen und studiere im fünften Semester Psychologie. Für mich ist jeder Tag ein Erfolg, an dem keiner Oma zu mir sagt.«

»Wieso? Oma Müller hört sich doch gut an.«

Sie lachte und Lucarelli bewunderte ihre schneeweißen Zähne. Sein Handy summte. Es war Arens. Lucarelli stand auf.

»Ich muss mich leider verabschieden, Francesca.«

»Wurde jemand umgebracht?«

Er legte einen Zwanziger auf den Tisch.

»Steht morgen sicher in der Zeitung. Schwer ist der Beruf. Wenn Sie mit dem Studium fertig sind, lege ich mich bei Ihnen auf die Couch.«

»Sie können vorher schon einmal drauf sitzen, Giovanni.«

Sie riss einen Zettel aus dem Papierblock, den Pino sonst für seine Privatrechnungen verwendete und schrieb etwas darauf. Dann schob sie ihm das Papier mit dem Geschriebenen nach unten hin. Erst als er draußen war, drehte Lucarelli den Zettel um.

»Oma Müller« stand da in übergroßen Druckbuchstaben. Und daneben eine Telefonnummer.

11.

Arens wartete im Auto vor dem Restaurant. Sie fuhren über den vierspurigen Zubringer stadtauswärts auf die A5.

»Die KTU hat sich Dillenburgs Auto vorgenommen. Sie mussten es erst einmal finden. Er hatte wohl in der Nähe seiner Wohnung keinen Parkplatz bekommen«, sagte Arens.

Lucarelli sah aus dem Fenster. Die Sonne war hinter dem Kaiserstuhl verschwunden, der im ausgehenden Licht ungewohnt mächtig wirkte.

»Auf der Beifahrerseite befanden sich Fingerabdrücke einer Frau. Sie ist polizeilich registriert, weshalb wir sie gleich identifizieren konnten. Ihr Name ist Selina Forster. Gegen Forster lief ein Verfahren wegen unerlaubtem Drogenbesitz. Das Beste kommt aber noch. Auf der Beifahrerseite wurden auch Spuren von Koks gefunden. Sieht so aus, als hätte es Frau Forster mit dem Schnupfen ziemlich eilig gehabt.«

»Und in Dillenburgs Wohnung und an seiner Kleidung wurden keine Spuren von Kokain gefunden?«

«Mitzlers Leute haben jeden Winkel abgesucht. Da war nichts.«

»Was wissen wir über Selina Forster?«

»28 Jahre alt, Abschluss von der Hotelfachschule Lausanne. Danach fünf Jahre beim Reiseveranstalter TUI, davon zwei Jahre in einem Ferienclub auf Mallorca und drei Jahre auf Martinique. Seit zwei Jahren arbeitet sie für ein Unternehmen namens Gastro-GmbH. Die Firma betreibt drei Nachtclubs. Einen in Konstanz, den zweiten in Müllheim und einen weiteren in Kehl.«

»Und wieso fahren wir jetzt nach Müllheim?«

»Selina Forster wohnt in Freiburg. Ich bin vorhin vorbeigefahren. Eine Nachbarin hat gesehen, dass sie gegen fünf mit dem Auto losgefahren ist. Würdest du jeden Tag von hier an den Bodensee oder bis nach Kehl gondeln?«

»Wohl kaum. Bleibt noch zu hoffen, dass sie nicht in der Buchhaltung arbeitet. Die ist um diese Uhrzeit sicher geschlossen.«

Wenig später erreichten sie das hell erleuchtete, flache Gebäude. Der Empfang befand sich direkt hinter der Eingangstür. Sie mussten warten, weil die Rezeptionistin damit beschäftigt war, von einem vor ihnen eingetroffenen Gast das Eintrittsgeld zu kassieren. Eine splitternackte Frau in Römischen Sandalen huschte vorbei. Rechts neben einer in rotes Schummerlicht getauchten Bar hockten zwei weitere Frauen mit umgeschlungenen Handtüchern auf billig wirkenden Bambus-Barhockern und starrten auf einen Spielautomaten. Eine der beiden, eine zierliche Schwarzhaarige, bemerkte die Neuankömmlinge und hob lächelnd die Hand. Der Gast, inzwischen mit Handtüchern und Badeschuhen ausgestattet, winkte zurück. Man kannte sich.

Nachdem sie ihre Ausweise gezeigt hatten, griff die Empfangsdame zum Telefon. Sogleich führte sie die beiden Polizisten durch einen Gang an zwei Umkleideräumen vorbei zu einer Tür, auf der auf einem schlichten Schild »Privat« stand. Dahinter lag ein mittelgroßes, nüchtern gehaltenes Büro mit zwei Schreibtischen, ausgestattet mit jeweils einem Computer, einem Telefon und Regalen für die Ablage. Neben einem abschließbaren Arzneischrank stand ein weißes Ledersofa, das schon bessere Zeiten gesehen hatte. Von einem einfachen Tisch mit vier Stühlen sah man hinaus auf den Parkplatz. Selina Forster bot den beiden Polizisten an, hier Platz zu nehmen.

Sie trug ein knielanges, enganliegendes Sommerkleid mit halboffenen, dunkelblauen Schuhen. Ihr hübsches Gesicht besaß eine kleine Nase, volle Lippen, aber vor allem strahlend hellblaue Augen. Zweifellos eine schöne Frau, die auf stilvolles Aussehen Wert legte. Anders als auf dem Bild in Arens' Ermittlungsakte waren die langen Haare nicht mehr schwarz, sondern irgendwo zwischen elegantem rostbraun und einem Stich ins Violette gelandet. Wie Selina erklärte, verantwortete sie als Stellvertreterin des Geschäftsführers den organisatorischen Ablauf des Clubs. Die Abläufe seien ähnlich wie in einem Hotel. Man bot den Gästen eine ordentliche Qualität an Speisen und Getränken, kümmerte sich um das Personal, und die Räumlichkeiten mussten jederzeit zu hundert Prozent sauber und gepflegt sein.

Die Nachricht von Dillenburgs gewaltsamen Tod nahm Selina Forster nach erster Überraschung gefasst auf. Sie hatte ihn, wie sie zögerlich zugab, in der Suchtklinik Badenweiler kennengelernt. Danach habe sie ihn gelegentlich getroffen, sei jedoch keine sexuelle Beziehung mit ihm eingegangen. Ihren Club, so behauptete Forster, hätte Dillenburg nie betreten.

»Kann es wirklich nicht sein, dass Dillenburg am vergangenen Wochenende hier war?«, fragte Arens.

»Ich sagte bereits, er war nie im Club. Jedenfalls habe ich ihn nicht gesehen.«

»Wann und wo genau haben Sie ihn denn das letzte Mal gesehen?«

Selina Forster wandte den Kopf ab und sah durch das Gardinenfenster hinunter auf den Parkplatz. Lucarelli betrachtete ihr Profil. Sie sah gut aus, doch erst die leuchtend hellen Augen machten etwas Besonderes aus ihr.

»Vor ungefähr drei Wochen habe ich ihn in Freiburg auf einen Kaffee getroffen«, sagte sie.

Sie stand auf, begab sich zum Schreibtisch und holte ein Papiertaschentuch aus ihrer Handtasche. Lucarelli und Arens warfen sich einen Blick zu.

»Erkältet?«, fragte Arens.

»Ein bisschen. Was wollen Sie eigentlich?«

»Zum Beispiel wollen wir wissen, wer Ihnen das Koks liefert, das Sie offensichtlich konsumieren«, sagte Arens. »War es Dillenburg?«

»Wie kommen Sie auf so etwas?«

»Wir haben Spuren von Kokain in Dillenburgs Auto gefunden. Und Ihre Fingerabdrücke, Frau Forster.«

Sie kniff die Augenbrauen zusammen und schüttelte den Kopf.

»Verstehe ich nicht.«

»Es waren die einzigen Fingerabdrücke im Fahrzeug, die nicht von Dillenburg selbst stammten«, sagte Arens.

»Das ist noch kein Beweis.«

Selina Forsters Blick wanderte rastlos in ihrem Büro umher. Sie war keine gute Schauspielerin.

»Dann sage ich Ihnen, wie es gewesen ist«, sagte Lucarelli. »Dillenburg ist am Freitagabend hier auf den Parkplatz gefahren und hat Sie vom Auto aus angerufen. Sie sind rausgegangen, und er hat Sie mit einer Lieferung Koks versorgt. Offensichtlich haben Sie sich gleich im Auto eine Brise reingezogen. Das war sehr unvorsichtig, Frau Forster.«

»Das können Sie nicht beweisen.«

»Sie haben bereits ein laufendes Verfahren wegen unerlaubten Drogenbesitzes am Hals. Anfang des Jahres wurden Sie mit drei Gramm Kokain erwischt. Wenn die Staatsanwaltschaft das Verfahren nicht einstellt, dürfte das nicht gut für Sie ausgehen. Was glauben Sie, was der Staatsanwalt tun wird, wenn er erfährt, was wir in Dillenburgs Auto gefunden haben.«

Selina Forster schob die Lippen zusammen. Mit zusammengekniffenen Augen starrte sie aus dem Fenster.

»Wir suchen den Mörder von Hanno Dillenburg. Wir haben kein Interesse, Ihre Situation zu verschlimmern«, sagte Lucarelli.

Sie drehte den Kopf und sah ihm für einen Moment in die Augen. Ein scheuer, prüfender Blick nur, dann wandte sie sich wieder ab.

»Okay«, sagte sie fast schon flüsternd, ohne jemand anzusehen. »Aber was ich sage, wissen Sie nicht von mir.«

12.

Die kleine BKA-Delegation traf pünktlich um elf Uhr ein. Chef war Hauptkommissar Bertram Briegel, ein großer, breitschultriger Mann mit hoher Stirn, tiefblauen Augen und angegrautem, kurzem Bart. Wie Briegel erklärte, war er während Dillenburgs Dienstzeit im BKA dessen Vorgesetzter in der Abteilung Personenschutz gewesen. Begleitet wurde er von einer Kollegin namens Marion Feldkamp, die eine blaue Uniform der Bundespolizei trug. Neben dem stattlichen Briegel wirkte sie zierlich und sehr jung, nach Lucarellis Schätzung Ende Zwanzig. Charlotte Benzing hatte für das Meeting einen klimatisierten Sitzungssaal in der Chefetage freimachen lassen, verzichtete jedoch auf einen persönlichen Auftritt. Lucarelli trat mit seinem aktuellen Team an. Während Arens, Pia Sperber und Liebig an der gegenüberliegenden Längsseite des Sitzungstischs Platz nahmen, beäugten sie die BKA-Kollegen mit einer Mischung aus Unbehagen und Neugierde.

Nach einer kurzen Vorstellungsrunde begann Lucarelli mit den vorliegenden Erkenntnissen zum Tathergang. Aufgrund der gespeicherten Daten auf der Sportuhr und des Streckenprofils war gesichert, dass Hanno Dillenburg auf einer routinemäßig absolvierten Joggingrunde unterwegs war. Die Daten legten nahe, dass er am Tatort bereits zwei Mal vorbeigelaufen war, bevor er vom Mörder mit Dillenburgs eigener Dienstwaffe aus nächster Nähe erschossen wurde.

»Wir können annehmen, dass sich der Mörder hinter

einem Gebüsch nahe dem Tatort versteckt hatte, um Dillenburg zu überraschen«, ergänzte Arens. »Die KTU fand DNA-Spuren und einen frischen Schuhabdruck. In der unmittelbaren Nähe fanden sich außerdem Abdrücke eines Fahrradreifens. Diese Spuren könnten vom Täter stammen.«

»Ist es möglich, dass ein Profi am Werk war und Dillenburgs Gewohnheiten über längere Zeit ausspioniert hat?«, fragte Marion Feldkamp.

»Denkbar, aber unwahrscheinlich«, antwortete Lucarelli. »Die Art und Weise, wie Dillenburg umgebracht wurde, spricht gegen einen professionell begangenen Mord. Das Wetter war schlecht und es war früh am Sonntagmorgen. Dennoch wäre ein Profi das Risiko, von Spaziergängern oder anderen Joggern gesehen zu werden, kaum eingegangen.«

Bertram Briegel nickte, für Lucarelli ein Zeichen, um fortzufahren. Er widmete sich Dillenburgs Spielsucht. Dabei erwähnte er auch das Gespräch, das er in der Suchtklinik Badenweiler mit Dr. Ganz geführt hatte.

»Dillenburg hatte Schulden. Sie betrugen vor zwei Jahren zweihunderttausend Euro, als seine Bank eine weitere Erhöhung der Hypothek auf seine Wohnung abgelehnt hatte«, ergänzte Arens. »In Dillenburgs Auto wurden Spuren von Kokain und die Fingerabdrücke der stellvertretenden Geschäftsführerin des Saunaclubs »La Lune« in Müllheim gefunden. Der Name der Frau ist Selina Forster. Frau Forster hat in der Befragung ausgesagt, dass sich Dillenburg auch von ihr zwanzigtausend Euro geliehen hatte. Seit gut einem Jahr begann er, nach und nach seine Schulden zu begleichen. Die letzte Rate hatte er mit einer Prise Kokain bezahlt. Von dieser Lieferung haben wir Spuren in Dillenburgs Auto gefunden.«

»Hat Dillenburg mit Drogen gedealt?«, fragte Briegel.

»Selina Forster glaubt, dass er zumindest gelegentlich im EU-Umfeld ein paar Kunden mit Kokain beliefert hatte«, antwortete Arens. »Frau Forster hat ausgesagt, dass während der EU-Parlamentswoche in Straßburg in einem Hotel Partys mit Drogen stattgefunden haben. Dillenburg könnte dabei die Hände im Spiel gehabt haben.«

»Wie konnte Selina Forster das wissen?«, fragte Marion Feldkamp.

»Nach ihrer Aussage waren bei diesen Koks-Partys auch Prostituierte dabei. Eine davon hatte eine Zeitlang im »La Lune« mit ihr gearbeitet. Die Informationen stammen von dieser Frau«, antwortete Arens.

»Es ist noch ein weiteres Detail interessant«, fuhr Lucarelli fort. »Selina Forster hatte Dillenburg in der Suchtklinik kennengelernt. Sie hatte sich dort wegen einer Essstörung behandeln lassen. Direkt im Anschluss an die Behandlung übernahm sie den Geschäftsführerposten im Saunaclub La Lune. Bis zu ihrem Aufenthalt in der Klinik hatte sie keine Berührungen zum Sexgewerbe, sie war Hotelfachfrau und arbeitete vorher in zwei Ferienclubs von TUI. Es könnte also sein, dass Forster in Badenweiler neben Hanno Dillenburg noch jemand anderen kennengelernt hat. Und dieser jemand könnte auch bei Dillenburg eine Rolle gespielt haben.«

»Haben Sie die Patientenliste?«, wollte Feldkamp sofort wissen.

»Die Klinik verlangt für die Herausgabe einen offiziellen Antrag der Staatsanwaltschaft. Ich hole ihn gleich ab. Danach sollte es schnell gehen«, antwortete Pia Sperber.

»Eine weitere bemerkenswerte Tatsache ist, dass wir an der Terrassentür von Dillenburgs Wohnung frische Einbruchspuren gefunden haben« sagte Lucarelli. »Dillenburg hatte den Einbruch nicht bei der Polizei gemeldet. Wir gehen davon aus, dass der Einbrecher etwas gesucht hat, das Dillenburg bei der Polizei nicht als gestohlen melden wollte.«

»Wie etwa der Besitz von Kokain«, meinte Feldkamp.

»Zum Beispiel«, sagte Arens. »Aber wir wissen noch nicht, ob und wie die Dinge zusammenhängen.«

Briegels Handy vibrierte. Er stand auf und ging mit dem Telefon in der Hand hinaus. Drei Minuten später war er zurück.

»Kann ich Sie unter vier Augen sprechen?«, wandte er sich an Lucarelli.

Lucarellis Team verließ den Raum. Sichtbar widerwillig folgte Marion Feldkamp.

13.

Das BKA wird sich in den Fall einschalten«, verkündete Bertram Briegel ohne Umschweife. »Dillenburg war befristet nach Brüssel zur Kommission abgeordnet, aber noch immer Beamter bei uns. Wie es aussieht, könnte er Straftaten begangen haben. Es ist die Politik des Hauses, dass wir in derartigen Fällen die Ermittlung selbst übernehmen.«

»Damit niemand anders zu viel Staub aufwirbelt?«, fragte Lucarelli.

»So ist es. Das Dealen von geringen Mengen von Kokain wäre dabei eher eine Nebensache. Die Frage ist aber, ob das alles war. Wenn Dillenburg von irgendwelchen Kokain- oder Sexpartys mit Prostituierten wusste, könnte er auch jemanden erpresst haben.«

»Seinen eigenen Chef etwa?«

Briegel schüttelte den Kopf.

»Meine Abteilung war einige Jahre für Raabs persönlichen Schutz verantwortlich, als er noch in Berlin Minister war. Wir kennen ihn. Ich bezweifle, dass er für einen flüchtigen Spaß mit Prostituierten oder Drogen seine Karriere riskieren würde.«

»Wie sein Chauffeur sagt, hat Raab Dillenburg mit aller Macht vor einem Rauswurf bei der EU-Kommission bewahrt. Vielleicht hatte Dillenburg etwas anderes gegen ihn in der Hand?«

»Ich kenne die Geschichte mit dem Dienstwagen und weiß auch, dass Raab Dillenburg damals rausgehauen hat. Dennoch kann ich mir eine Erpressung schwer vorstellen. Dillenburg war zu Raabs Berliner Zeiten sein Lieblingsleibwächter. Die beiden haben gemeinsam Fußballspiele angesehen und sich auch so sehr gut verstanden. Als Raab als Kommissar in die EU-Kommission nach Brüssel wechselte, hat er im Ministerium alle Hebel in Bewegung gesetzt, um Dillenburg mitzunehmen.«

»Eben. Und Raab befand sich einschließlich seines Fahrers und zwei weiteren Leibwächtern zur Tatzeit in der weiteren Umgebung des Tatorts.«

»Was wollen Sie damit sagen?«

»Genau das, was ich gesagt habe.«

Briegels Miene verfinsterte sich.

»Das BKA wird ein Ermittlungsteam schicken. Ich gehe davon aus, dass Sie zur Verfügung stehen.«

14.

Es war Zufall, dass Professor Salzinger genau in diese Richtung sah. Er saß an seinem Schreibtisch und hatte kurz von seiner Arbeit aufgesehen. Im ersten Augenblick begriff er nicht, was geschah. Es kam ihm vor, als sei direkt vor dem mittleren Fenster etwas Großes in die Tiefe gestürzt. In der nächsten Sekunde hörte er einen Schrei und das Quietschen scharf bremsender Reifen. Noch ehe der Professor zum Fenster gehastet war, hatte sein Gehirn die drei Informationen zusammengesetzt: Sturz, Schrei und die Vollbremsung eines Autos auf der Straße. Salzinger sah mit einer bösen Vorahnung nach unten. Er schloss die Augen und versuchte ruhig zu atmen. Nach einer Weile wagte er einen zweiten Blick. Eine elegant gekleidete Frau lag genau unterhalb seines Fensters auf dem Bürgersteig. Instinktiv hatte sie im letzten Moment versucht, mit den Armen ihren Kopf zu schützen. Der Aufprall hatte die Arme seltsam verwinkelt und verdreht, der blutende Kopf befand sich irgendwo dazwischen. Ein grauenhaftes Bild.

Gerald Salzinger stürmte die Treppe nach unten. Er verließ das Gebäude durch den Haupteingang, hastete an der Front des Gebäudes entlang, bevor er rechts abbog und nach wenigen Augenblicken die Stelle des Aufpralls erreichte. Ein Mann beugte sich bereits über die Frau und tastete nach ihrem Puls. Vom Rond Point Schuman näherte sich mit heulenden Sirenen ein Krankenwagen. Ein Notarzt und zwei Sanitäter sprangen heraus und eilten zu der regungslos daliegenden Frau.

Der Professor wandte die Augen ab. Er bahnte sich den Weg durch die Menge einer inzwischen angewachsenen Schar von Schaulustigen und überquerte die Avenue d'Auderghem hinüber zum Park Cinquantenaire. Vor ihm öffnete sich der Blick auf die Weite des mit Spazierwegen durchzogenen, grünen Parks und dem Triumphbogen, der aus der Ferne so aussah wie eine Kopie des Brandenburger Tors. Doch der Professor sah nirgendwo hin. Benommen wankte er dem Bauwerk entgegen, ohne von irgendetwas Notiz zu nehmen. Er bekam nur schwer Luft und setzte sich auf eine Bank am Wegesrand. Alles war so schnell gegangen, doch das Bild des zertrümmerten, leblosen Körpers würde Salzinger nie wieder loslassen. Eine Weile starrte er fassungslos vor sich auf die staubige Erde. Als er den Blick hob, fielen ihm zwei Jogger ins Auge, die am Südrand des Parks nur ein paar Meter Luftlinie von der Katastrophe entfernt ihre Bahnen zogen. Auf halber Distanz befand sich eine weitere Bank, auf der ein breitschultriger Mann im dunklen Anzug Platz genommen hatte. Die Ellenbogen auf die Knie gestützt, vergrub er das Gesicht in den Händen. Salzinger erkannte René Gaston, den Chef der Generaldirektion für Wettbewerb.

Der Professor brauchte nicht lange, um das letzte Teil des grauenhaften Geschehens in das Bild einzufügen. Das Büro des Generaldirektors lag genau oberhalb von seinem eigenen, darüber gab es nichts mehr. Es gab keine andere Möglichkeit. Die Frau war von Gastons Office in die Tiefe gestürzt.

15.

Bis zu seiner Ernennung zum Chefökonom lehrte Professor Gerald Salzinger Wirtschaftswissenschaften an der Uni Freiburg. Die Fakultät zeigte sich stolz, dass es einer der ihren in die Europäische Kommission geschafft hatte und verzichtete sogar auf die üblichen Machtspielchen bei der Ernennung seiner Lehrstuhlvertretung. Man beurlaubte den Kollegen einstimmig für seine Amtszeit von drei Jahren.

Die Stelle war bedeutend und bescherte dem Inhaber eine gewisse Reputation. Die Generaldirektion für Wettbewerb, im Brüsseler Jargon DG Competition, bereitete in der EU-Kommission die Entscheidungen über Unternehmensfusionen, Kartellstrafen und Staatsbeihilfen vor, bevor sie vom Kollegium der Kommissare unter Federführung des Wettbewerbskommissars verabschiedet wurden. Vor einigen Jahren waren einige ihrer Entscheidungen vom Gerichtshof aufgehoben worden. Um es besser zu machen und dem politischen Druck zu begegnen, hatte die Kommission die Position des Chefökonomen erfunden. Seine Amtszeit wurde befristet, sodass er von der Kommission nach Ende seines Mandats weder etwas zu erwarten noch zu befürchten hatte, was ihm die von den Erfindern der Position gewollte Unabhängigkeit verschaffte. Die hauseigenen Ökonomen der Kommission waren nämlich nicht durchgängig dümmer als er, doch traute man ihnen nicht zu, einem ehrgeizigen Vorgesetzten offen zu widersprechen. Bei den meisten Chefs auf den verschiedenen Etagen der Hierarchie galt unbedingte Loyalität als wichtigste Qualität eines Mitarbeiters, und wer Karriere machen wollte, tat in der Regel gut daran, in Deckung zu bleiben. Also brachte man den externen Experten ins Spiel, der ohne Furcht vor einem Kollateralschaden für die eigene Karriere seine Expertise einbringen durfte.

René Gaston hatte, wie er selbst gerne erzählte, früher in der ersten französischen Liga Rugby gespielt. Die breiten Schultern, der voluminöse Brustkorb und der büffelartig wirkende Kopf des Generaldirektors trugen dazu bei, dass man sich das noch immer vorstellen konnte. Passend zu seinem Aussehen genoss er den Ruf eines Bulldozers, zumindest, wenn er vom jeweiligen Hindernis keine Retourkutsche zu befürchten hatte. Gleichzeitig besaß er ein feines Gespür für Prioritäten. Gaston wusste, dass er die unabhängigen Freigeister von der Universität nicht in Rugby-Manier einfach umpflügen konnte, sondern mit Umgarnungen gewogen stimmen musste. Es war deshalb kein Zufall, dass der schlaue Franzose trotz erbitterter Proteste seines Stellvertreters dem Professor aus Freiburg das zweitschönste Büro des Gebäudes zugewiesen hatte. Es handelte sich um das Corner-Office im achten Stock, direkt unterhalb von Gastons eigenem Büro, selbstverständlich mit ebenso großartigem Blick auf den Park und die südöstlichen Bezirke von Brüssel.

Professor Salzinger wusste genau, von wo die Frau in die Tiefe gestürzt war. Aber er glaubte auch, dass es da noch etwas Anderes gab, was die deutsche Polizei unbedingt wissen musste. Eine ganz Weile hatte er stumm hinter seinem Schreibtisch gesessen und gegrübelt. Dann griff er zum Hörer seines Diensttelefons, legte aber nach kurzem Zögern wieder auf. Es war besser, wenn er sein privates Handy benutzte.

16.

Lucarelli und der Professor kannten sich. Sie hatten sich bei einer Mordermittlung kennengelernt. Salzinger lehrte zu der Zeit noch Wirtschaftswissenschaften in Freiburg und hatte dem Kommissar entscheidende Hinweise für die Aufklärung eines Mords an einem zwielichtigen Investmentbanker geliefert. Lucarelli hatte Salzingers unprätentiöses Auftreten zu schätzen gelernt, das ohne jede Erhabenheit auskam. Darüber hinaus besaß der Professor die seltene Gabe, sich in seinem Fachgebiet so auszudrücken, dass ihn ein Laie verstand.

»Ich hatte von Ihrem großen Sprung in die Europazentrale gelesen. Gratuliere nachträglich«, sagte Lucarelli nach einer freundlichen Begrüßung.

»Das ist inzwischen schon ein bisschen her«, wiegelte der Professor ab. »Wie geht es Ihnen?«

»Eigentlich müsste es mir gut gehen. Schließlich bin ich Beamter und gerade will mir tatsächlich jemand die Arbeit abnehmen.«

Salzinger lachte.

»Immerhin haben Sie noch Humor. Geht es um den Mord im Sternwald?«

»Das BKA ist angerückt und will selbst ermitteln. Was kann ich für Sie tun, Herr Professor?«

»Hier in Brüssel ist vor meinen Augen etwas Schreckliches passiert. Vielleicht ist es wichtig für Sie.«

»Ich höre.«

»Wie Sie wissen, war Hanno Dillenburg bei der EU-Kommission als Leibwächter für den Vizepräsidenten

Helmuth Raab eingesetzt. Heute ist eine Frau von einem Kommissionsgebäude in den Tod gestürzt. Ich dachte, Sie sollten wissen, dass die zu Tode gekommene Frau mit Ihrem Mordopfer Hanno Dillenburg ein Verhältnis hatte. Ihr Name war Adina Verzasca.«

Lucarelli stockte einen Augenblick. Das war in der Tat wichtig.

»Ist sie gesprungen oder wurde sie gestoßen?«

»Das ist noch nicht geklärt. Die Brüsseler Polizei vernimmt gerade Zeugen. Unter anderem mich.«

»Sie?«

»Das Büro, aus dem die Frau stürzte, liegt nur eine Etage über meinem. Der Sturz hat sich direkt vor meinen Augen abgespielt.«

»Sehen Sie eine mögliche Verbindung zum Mord an Dillenburg?«

Am anderen Ende entstand eine Pause. Lucarelli wartete.

»Wenn Frau Verzasca tatsächlich hinuntergestoßen wurde, käme mein Chef, Generaldirektor René Gaston, in Frage. Es war sein Büro, in welchem sich das Drama abgespielt hat.«

»Was hatten die Frau und Gaston miteinander zu tun?«

»Die Kommission hat vor einiger Zeit ein rigoroses Rotationsprinzip eingeführt, damit die Beamten nicht an ihren Sesseln kleben bleiben. Das geht sogar so weit, dass sie nach einer gewissen Zeit die Generaldirektionen wechseln müssen, die etwas Vergleichbares sind wie in Deutschland die Ministerien. Gaston und Verzasca sind sich auf diese Weise gleich zwei Mal begegnet. Bevor Gaston Generaldirektor der DG-Competition und Verzascas Chef wurde, war er Generaldirektor der DG-Finance, als Verzasca dort noch Referatsleiterin war. Also war Gaston in zwei verschiedenen Generaldirektionen der Kommission ihr oberster Vorgesetzter.«

»Und gibt es eine Verbindung zu Helmuth Raab, für dessen Sicherheit Hanno Dillenburg als Leibwächter zuständig war?«

»Die Kommissare und Vizepräsidenten der Kommission verantworten politisch einen bestimmten Bereich. Die Beamten der Generaldirektion sind ihnen gegenüber weisungsgebunden. Vizepräsident Raab hat seit längerem die Zuständigkeit für die Dossiers von DG Finance. Kurz gesagt, Gaston und Verzasca arbeiteten, bevor sie von DG Finance zu DG Competition wechselten, im Zuständigkeitsbereich von Helmuth Raab.«

»Und was umfasst der Bereich dieser DG Finance?«

»Vor allem die Regulierung von Banken, Versicherungen und Finanzmärkten.«

»Halten Sie es für möglich, dass Dillenburg als Leibwächter des Vizepräsidenten Raab etwas Brisantes in der Hand hatte, was zu Dillenburgs Geliebter Verzasca gelangt sein könnte?«

»Könnte zumindest sein. Deshalb habe ich Sie angerufen.«

»Ist es gesichert, dass Dillenburg und Verzasca eine intime Beziehung hatten?«

»Die beiden haben versucht, das Verhältnis geheim zu halten. Meine Sekretärin meinte jedoch, die Liaison sei im Hause eine Art offenes Geheimnis gewesen.«

»Was wissen Sie über die Frau?«

»Die Familie des Vaters stammt aus dem Tessin. Sie

hatte in Zürich studiert und konnte Deutsch. Über die Mutter besaß sie einen EU-Pass, ich glaube einen Griechischen. Ich kannte sie nur aus Sitzungen.«

»Vielen Dank, Herr Professor. Das könnte nützlich sein. Könnten Sie mir jemanden aus der Kommission vermitteln, der für illegale Aktivitäten der Bediensteten zuständig ist? Im Idealfall kein Formalist, der sich drei Mal nach oben absichert, bevor er etwas sagt. Wenn Sie verstehen, was ich meine.«

»Durchaus.«

»Nochmals danke, Herr Professor.«

Sie legten auf. Lucarelli begab sich ins Badezimmer. Eine Weile betrachtete er sich stumm im Spiegel. Er könnte die Dinge auf sich beruhen und die Leute vom BKA einfach machen lassen. Die Frage war natürlich, ob sie den Dingen wirklich auf den Grund gehen würden, wenn das Mordmotiv mit einem Fehltritt des ehemaligen Bundesministers Helmuth Raab und einer nachfolgenden Erpressung durch den eigenen, vom BKA entsandten Leibwächter zusammenhing. Manche Leute kamen ohne jeden Idealismus aus, sie sprangen immer nur so hoch, wie sie mussten, und wenn irgendwer von weiter oben in der Nahrungskette verheerende Befehle erteilte, nahmen sie es mit einem Schulterzucken hin. Sie hatten es leichter, denn nie trugen sie mit ihren Vorgesetzten Gefechte aus, die ihnen während schlafloser Nächte im Magen lagen.

So war er nicht. Lucarelli ging zurück ins Wohnzimmer und griff nach dem Telefon.

»Was gibt es Neues, Mike?«

»Bertram Briegel und Marion Feldkamp sind in die

BKA-Zentrale nach Wiesbaden zurückgekehrt. Dafür kamen sechs Neue. Der Häuptling heißt Dieter Schupp. Er will, dass wir an dem Fall Dillenburg weiterarbeiten. Unter seinem Kommando versteht sich.«

Lucarelli überlegte. Der Name Schupp sagte ihm etwas.

»Die Suchtklinik in Badenweiler hat die Patientenliste geschickt«, fuhr Arens fort. »Wir gehen sie gerade durch. Kollege Liebig ist mit den BKA-Leuten zu Dillenburgs Wohnung aufgebrochen. Sie wollen sich bei den Nachbarn umhören, ob jemand etwas gesehen hat.«

»Macht Sinn«, sagte Lucarelli.

»Pia hat die Überwachungskameras in der Nähe des Tatorts ausgewertet. Viele gibt es dort ohnehin nicht und es war kaum jemand unterwegs. Die Halter der Autos haben wir überprüft und die Identitäten der Fahrer festgestellt. Ein Radfahrer wurde um 7 Uhr 17 in der Schauinsland Straße auf der Höhe des Waldparkplatzes Wonnhalde von einer Kamera erfasst. Die Identität des Fahrers konnte noch nicht festgestellt werden. Die Person trug eine tief ins Gesicht gezogene Kappe und eine Sonnenbrille.«

»Eine Sonnenbrille? Um diese Zeit und bei dem Wetter?«

»Radfahrer tragen immer Brillen. Wegen der Mücken und um die Augen vor dem Fahrtwind zu schützen«, meinte Arens.

Lucarelli hatte nicht viel Ahnung vom Radsport und dachte nicht im Entferntesten daran, es einem deutschen Fernsehkommissar gleichzutun, der sich, obschon nicht unbedingt der drahtige Typ, mit einem alten Dreigangrad über das Münsteraner Kopfsteinpflaster quälte.

»Ich fahre erst einmal in Urlaub«, sagte Lucarelli.

»Wie bitte? Jetzt?«

»Hattest Du nicht gerade gesagt, das BKA sei mit einer ganzen Truppe und einem eigenen Häuptling angerückt?«

17.

Vedi Bruges e poi muori, Giovanni?«, fragte Francesca Müller.

»Eigentlich wollte ich nicht nach Brügge, sondern nach Brüssel«, sagte Lucarelli.

»Wirklich? In Brüssel habe ich eine Weile gelebt. Die Stadt ist völlig anders als Freiburg, sehr international und es ist dauernd was los. Nachdem ich mich von Herrn Dr. Müller getrennt hatte, brauchte ich eine Pause von Germany. Ich bin zu meiner Freundin Fabienne gezogen und habe mich erholt.«

»Da ist dauernd was los und du hast Dich erholt«, resümierte Lucarelli.

»In der Stadt kannst du dir den Film in englischer Originalsprache ansehen. Da sich die Kinobetreiber nicht getrauen, entweder die französisch sprechenden Wallonen oder die flämisch sprechenden Flamen zu verprellen, zeigen sie die Filme so, wie sie gedreht wurden. Du wirst sehen, die beiden Killer, die sich in dem Film in Brügge herumtreiben, sind enorm sexy.«

»Da kann ich nicht besonders gut mitreden, Francesca.«

»Interessanterweise hat ausgerechnet die Stadt Freiburg da etwas entgegenzusetzen. Wenn auch auf der anderen Seite des Spielfelds.«

»Reiner Zufall, dass ich bei der Polizei gelandet bin. Es hätte auch andersrum kommen können.«

»Du würdest also gerne jemanden umbringen?«

»Dauernd eigentlich.«

»Dann musst du also doch noch vor meinem Examen auf die Couch. Ich bin zwar erst im fünften Semester, aber bei einem krassen Fall wie deinem ist Eile geboten.«

In ihren Augen spiegelte sich die Selbstgewissheit einer Frau, die gewohnt war, alles zu bekommen, was sie wollte. Ihre Gnocchi mit schwarzen Trüffeln schmeckten vorzüglich, wobei es sich um ein Geheimrezept handelte, das Francesca irgendwann Pino abgeluchst hatte. Angesichts des Festmahls war Lucarelli froh, dass er einen 2010er Casino di Neri beigesteuert hatte, den Carlo von einem betuchten Stammkunden zu Weihnachten geschenkt bekommen und an ihn weitergereicht hatte. Die Szene ähnelte einem alten Film mit Cary Grant und Grace Kelly, allerdings mit dem Unterschied, dass die Gastgeberin nicht erpicht darauf war, eine passende »I-am-hard-to-get« Inszenierung aufzuführen. Das Tiramisu, selbstverständlich mit einem guten Schuss Amaretto, war inzwischen verspeist und Francesca lächelte. Sie ließ keine Zweifel, wie der Abend weitergehen sollte. Manchmal ist das Leben einfach, dachte Lucarelli.

»Darf ich dich mal einen Moment allein lassen? Du stürmst hoffentlich nicht gleich in die Küche, um die Teller abzuwaschen. Oder?«

»Manche Reflexe habe ich im Griff.«

Sie verschwand durch die Wohnzimmertür. Lucarelli stand auf und begab sich zu ihrem Musikregal, einer breiten Konstruktion aus Glas und weißer Pinie, deren Fläche fast die halbe Wand einnahm. Francesca hing an alten CDs, obschon deren Endzeit schon seit einiger Zeit angebrochen war. Die oberste Reihe des Regals war Altmeistern des französischen Chansons vorbehalten. George Brassens, Joe Dassin und Jacques Brel waren da, dazwischen neuere Aufnahmen von Patricia Kaas, ZAZ oder dem ebenso wie Jacques Brel in Brüssel geborenen Paul van Haver, genannt Stromae. Außer eines frühen Albums von Gianna Nannini fiel Lucarelli nichts Italienisches ins Auge. Er konnte nicht länger darüber nachdenken, denn Francesca kehrte zurück. Sein Blick wanderte an einem knallengen roten Kleid hinab, das bis knapp unter die Knie reichte. Der dünne Stoff verbarg kaum ein Detail ihres makellosen Körpers. Dazu trug sie elegante Pumps, die von Christian Louboutin stammen mussten.

»In der Uni nennt man mich schon Oma Müller, Commissario. Bevor mein Selbstvertrauen endgültig zu Boden sinkt, habe ich mich noch einmal in meinem Kleiderschrank umgesehen.«

»Oma Müller«, wiederholte Lucarelli.

Die Szene wirkte wie aus einem alten Bond-Film, in dem James auch nicht besonders viel tun musste, um seine Damenbekanntschaften zu vertiefen. Bei mindestens der Hälfte der Ladies handelte es sich allerdings um Spioninnen der Gegenseite, die ihn mit gewissen Hintergedanken aufs Kreuz zu legen suchten. Lucarelli wusste nicht, warum er ausgerechnet jetzt daran dachte. Vielleicht weil das alles einfach zu gut aussah, um wirklich wahr zu sein?

»Hier ist die Patienten-Couch.«

Sie zeigte auf das dunkelblaue Sofa neben dem Musikregal. Lucarelli gehorchte. Francesca blieb auf der Stelle, drehte sich einmal um die eigene Achse und lächelte. Das raffinierte Kleid besaß am Rücken einen breiten, in rotem Stoff eingelassenen Reißverschluss, der am unteren Ende eine Handbreit geöffnet war. Lucarelli wollte etwas sagen, bekam aber nichts heraus. Sie kam näher, schob seine Knie auseinander und kniete sich zwischen seine Beine. Ihre Hände taten nichts, nur ihre Augen wanderten über seinen Körper und sein Gesicht, bis sie seine Augen fanden. Ein langer, lustvoller Blick, dann wanderten ihre Blicke wieder nach unten, bis zur Beule in Lucarellis Hose. Sie lächelte, ein Lächeln zwischen Lust und Siegesgewissheit, irgendwo zwischen Hingabe und Triumph. Sie stand auf und drehte sich um. Er begriff. Langsam zog er den Schieber nach oben. Auf halber Strecke schloss er die Augen und hielt für einen Moment inne. Erst jetzt zog er den Reißverschluss mit einem einzigen Zug hoch. Für eine Sekunde gönnte er sich einen Blick durch den offenen Schlitz, bevor er seine Stirn gegen ihren Rücken presste. Sein Herz pochte, als er von hinten ihren festen Bauch umklammerte. Sie löste sich, trat ein Stück von ihm weg und beugte sich nach vorne. Ein paar Augenblicke blieb sie so stehen, und Lucarelli genoss, was er sehen sollte. Nach einer Weile begann sie mit zwei Fingern über ihren Slip zu streichen, bevor sie ihn zur Seite schob. Erst jetzt drehte sie ihm wieder den Kopf zu. Lucarelli empfing einen Blick, der keinen Zweifel daran ließ, was sie jetzt wollte.

18.

Charlotte Benzing bereitete keine Umstände. Nach kurzem Gespräch mit der Präsidentin telefonierte Lucarelli mit Dieter Schupp, dem Leiter der vom BKA eingesetzten Sonderkommission. Wie ihm inzwischen eingefallen war, hatte er Schupp vor vielen Jahren während eines Lehrgangs kennengelernt. Zwischen beiden gab es, wie sie damals feststellten, einige Gemeinsamkeiten. Beide waren im Stuttgarter Süden aufgewachsen und wollten seinerzeit Profisportler werden.

Schupps Karriere als Fußballer endete abrupt nach einer schweren Knieverletzung, was der Sport-Presse damals ein paar Schlagzeilen wert gewesen war. »Besser als ein Kopfschuss«, hatte Schupp während des Lehrgangs gewitzelt, doch Lucarelli blieb das Lachen im Halse stecken.

Schupp legte sich nicht quer. Lucarelli tat gut daran, auf langes Palaver zu verzichten. Er wünschte Glück und verabschiedete sich.

19.

Die A4 in Richtung Paris durchschnitt die hügeligen, grünen Landschaften Ostfrankreichs. Lucarelli glitt auf der fast leeren Autobahn dahin. Zur vollen Stunde verfolgte er die Nachrichten eines Straßburger Regionalsenders. Erleichtert stellte er fest, dass er noch immer einiges verstand. Während der Tenniskarriere hatte er in Frankreich eine Turnierserie gespielt und sich einer Pariser Trainingsgruppe angeschlossen. Die Franzosen gaben sich keinerlei Mühe, für ihn ins Englische zu wechseln. Es zahlte sich aus, dass Vater Silvio mit ihm Italienisch sprach und Lucarelli im Gymnasium Französisch als Leistungskurs belegt hatte. Eine Liaison mit einer Tennisspielerin aus dem südfranzösischen Béziers tat das Übrige, wenngleich die Pariser lästerten, ihre Sprache klänge nach allem, bloß nicht nach Französisch.

Bei Metz verließ er die A4 und erreichte über die A 31 nach dreißig Fahrminuten die luxemburgische Grenze. Auf der Gegenspur stauten sich die Pendler, die nach Büroschluss aus der Finanzmetropole zurück nach Frankreich strömten. Einige Kilometer weiter stieß er auf den Pendlerverkehr in Richtung Belgien. Er beschloss, eine Pause einzulegen, und setzte sich in die Cafeteria der Autobahnraststätte. Überall war es ungemütlich und wirkte wie eine überdimensionierte Kantine. Bei einem labberigen Club-Sandwich las er die Nachrichten auf dem Smartphone. Er wählte Francescas Nummer.

»Wo bist du?«, wollte sie wissen.

»In Luxemburg, kurz vor der belgischen Grenze. Grauenhafter Verkehr.«

»Ich habe mit meiner Freundin Fabienne telefoniert und gelogen, dass sich die Balken biegen. Kein Wort davon, dass du Oma Müller verführt hast. Und schon gar nichts davon, wie wunderbar du …«

»Schon gut«, wehrte Lucarelli ab.

»Fabienne meinte, in der Stadt fände im Moment eine große Messe statt. Dazu kommen noch ein EU-Gipfel und ein NATO-Meeting. Schwierig, ein vernünftiges Zimmer zu bekommen. Zumindest wenn du keine Mondpreise berappen willst.«

»Das habe ich bereits festgestellt. Ich muss wohl etwas außerhalb buchen. Vielleicht in Zaventem oder Leuven.«

»Fabienne sagte, du könntest zuerst einmal bei ihr unterkommen. Ihre Wohnung befindet sich in unmittelbarer Nähe der Metro. Das wirst du zu schätzen lernen. Brüssel ist der unangefochtene Spitzenreiter Europas in punkto Staus. Dagegen sind London und Paris richtige Autoparadiese.«

»Was du alles weißt.«

»Soll ich dir die Telefonnummer und ihre Adresse aufs Handy schicken?« Lucarelli zögerte.

»Das ist sehr aufmerksam, Francesca.«

»Fabienne ist Journalistin. Falls du dich für Europäische Politik interessierst, eine erstklassige Adresse.«

Lucarelli musste sich eingestehen, dass er kaum jemanden, der in der EU eine Rolle spielte, beim Namen nennen konnte. Die Präsidentin der Europäischen Zentralbank kannte man, und ab und zu trat auch der Präsident der EU-Kommission im Fernsehen auf. Politik konnte im Mordfall Dillenburg eine Rolle spielen, doch trotz seines Nachholbedarfs war es Lucarelli nicht wohl dabei, mit einer Journalistin unter einem Dach zu wohnen. Denn was er in Brüssel vorhatte, war definitiv nichts für die Presse.

20.

Hinter der belgischen Grenze zerstreute sich der Verkehr. Die Autobahn wand sich in sanften Kurven durch die dicht bewaldeten Ardennen. Verkehrsschilder wiesen den Weg zu Ortschaften, die als Schauplätze blutiger Weltkriegsschlachten zwischen Deutschen und Franzosen in die Geschichte eingegangen waren. Verdun, Reims und Sedan lagen nicht weit entfernt, ein paar Kilometer südlich der parallel zur Autobahn verlaufenden französischen Grenze. Wie viele andere konnte sich Lucarelli ein neuerliches Gemetzel zwischen den beiden Ländern schwer vorstellen. Die wichtigste Errungenschaft der EU, die Schaffung von Frieden zwischen den alten Kampfhähnen, schien selbstverständlich geworden.

Lucarelli empfand anders, was mit der Vergangenheit seiner Familie zusammenhing. Seine Mutter hatte ihm vom Krieg erzählt, den sie als Kind miterlebt hatte. Sie schilderte die britischen Bombenangriffe auf Stuttgart vom Juli 1944, während derer mehrere Häuser in ihrer Straße getroffen wurden. Als sie nach quälenden Stunden der Angst aus dem Keller krochen, stand das kaum zwanzig Meter entfernte Eckhaus nach einem Volltreffer in Flammen. Nach der dritten Bombennacht brachte man Helga zusammen mit anderen Kindern in ein kleines Dorf am Rand der Schwäbischen Alb. Ihre Mutter blieb in der Stadt, da sie weiter in der Rüstungsfabrik im Stadtteil Zuffenhausen arbeiten musste. Am 12. September 1944 kehrten die britischen Bomber zurück und entfachten mit einem Hagel aus schweren Spreng-

und Brandbomben im Stuttgarter Talkessel einen verheerenden Feuersturm. Helgas Mutter überlebte, doch für immer gezeichnet durch eine Brandnarbe, die ihre rechte Gesichtshälfte entstellte. Ihr Mann fiel drei Monate später während der deutschen Ardennen-Offensive in der Nähe von Rochefort, einem kleinen belgischen Städtchen unweit der Stelle, an der Lucarelli gerade vorbeigekommen war.

Am Autobahnkreuz »Vier Armen« bog Lucarelli ab in Richtung Flughafen. Wie an den Verkehrsschildern zu erkennen, befand er sich nun in Flandern. Francesca hatte erzählt, dass sie im flämischen Teil Belgiens nicht Französisch, sondern Deutsch oder Englisch gesprochen hatte. Viele Flamen grenzten sich demonstrativ von den Wallonen ab und weigerten sich, deren Sprache zu sprechen. Laut Francesca hatte das für Ausländer gewisse Vorteile. Da ein Belgier in seinem eigenen Land von der jeweils anderen Hälfte der Bevölkerung als Fremdling angesehen wurde, scherte sich kaum jemand darum, ob jemand gar Deutscher oder Italiener war.

Die Route führte über den Place Dumont, der sich bereits in unmittelbarer Nähe von Fabiennes Adresse befand. Die Mitte des großen, rechteckigen Platzes wurde von großen, quaderförmigen Blöcken abgeschirmt. Wie Lucarelli sofort ins Auge fiel, waren die Stadtplaner nach den Brüsseler Terroranschlägen des Jahres 2016 besonders vorsichtig vorgegangen. Drei breite Zufahrtsstraßen boten die Möglichkeit, einen schweren LKW vor dem Erreichen des Platzes auf Touren zu bringen. Die massiven Barrieren aus Granit, auf denen man hölzerne Sitzflächen angebracht hatte, stellten dem ein Bollwerk entgegen, das auch schwerste Fahrzeuge im Ernstfall daran hindern sollte, zum Zentrum durchzubrechen. Die andere Seite der beidseitig eingezwängten, rings um den Platz verlaufenden Fahrbahn säumten engmaschige Reihen hüfthoher Poller. Die Anwohner mochten sich daran gewöhnt haben, dachte Lucarelli. Aber auf einen Fremden wie ihn wirkte dieser Ort wie eine Anti-Terror Festung.

Vom Platz ging es abwärts in die Rue de L'Eglise. Lucarelli wunderte sich über die vielen Delikatess- und Schokoladengeschäfte, die hier dicht an dicht aufeinander folgten. Rechterhand lag die Metrostation Stockel, von der Francesca gesprochen hatte. Dahinter fiel die Straße steil ab. Es begann ein Wohngebiet mit dicht stehenden, einfachen Häusern, jedes anders und bunt zusammengewürfelt. Kurz darauf meldete das Navi die Ankunft am Ziel.

21.

Fabienne hatte einen Tisch bei einem Italiener in ihrer Straße reserviert. Obschon es bereits nach halb zehn war, gab es in dem großen, L-förmigen Gastraum kaum einen freien Platz. Vor der Theke wartete die Kundschaft in einer langen Schlange auf die vorbestellte »Take-away« Pizza. Umso mehr wunderte sich Lucarelli über die saftigen Preise.

»Die Kultur in Brüssel ist anders« erklärte Fabienne. »Man isst spät und gut. Dabei schaut man weniger aufs Geld als in Deutschland. Hier halten sich noch viele selbständige Metzgereien und kleine Obst- und Gemüsehändler, die in deutschen Städten fast ausgestorben sind.«

»Hast du lange in Deutschland gelebt?«, fragte Lucarelli.

»Ich bin ebenso wie Francesca im schwäbischen Rottweil aufgewachsen. Wir waren während der gesamten Schulzeit in der gleichen Klasse und wurden zu den unzertrennlichen »Vier F«. Francesca Falcone und Fabienne Fritz.«

Sie setzte ein spitzbübisches Lächeln auf. Hinter einer dunklen Hornbrille strahlten zwei lebhafte, grüne Augen. Von der Figur her glichen sich die Freundinnen, wenngleich Fabienne etwas grösser war. Lucarelli hätte nicht vermocht, sich auf eine Haarfarbe festzulegen, sie lag irgendwo zwischen rotblond und rot. Die langen, ab den Schultern leicht gewellten Haare passten zu den feinen Gesichtszügen.

»Frau Falcone heißt inzwischen allerdings Müller«, bemerkte sie amüsiert. »Da waren es nur noch drei F.«

Fabienne erzählte, wie sie mit Francesca nach dem Abitur nach Berlin gezogen war, um nach fast zwanzig Jahren schwäbischer Beschaulichkeit die Luft der Großstadt zu atmen. Anders als ihre Freundin, die noch einige Zeit länger in der Hauptstadt blieb, ging Fabienne nach einem Jahr nach Köln, um Medienwissenschaft zu studieren. Nach drei Jahren schloss sie ab und gelangte zum ersten Mal nach Brüssel. An der Freien Universität belegte sie ein Masterstudium für Europäische Politik und Journalismus.

»Warum gerade in Brüssel?« wollte Lucarelli wissen.
»Die Universität bot das Studium in Englisch an. Das zwang mich, mein schwäbisches Gymnasiumenglisch aufzupolieren. Außerdem dachte ich mir, dass ich mir hier die EU aus nächster Nähe ansehen könnte. Das hat mir sicher nicht geschadet. Jedenfalls bekam ich nach dem Abschluss ein Praktikum bei einem EU-Parlamentarier und gleich danach ein weiteres bei der Hessischen Landesvertretung.«

Ein Ober mit bemerkenswert langer Nase stellte die Getränke ab, einen einfachen Chianti und das bekannte Mineralwasser aus San Pellegrino. Alles in diesem Lokal war beflissentlich Italienisch. Dazu gehörte, dass sich das Personal erst gar nicht mühte, mit den Gästen Französisch oder gar Englisch zu sprechen. Vom Akzent her verortete Lucarelli den kleinen Mann nach Apulien, der Heimat seines Vaters. Er vermied so gut es irgend ging, ihm auf die Nase zu starren.

»Der wichtigste Zufall ist wohl, wem man im Leben

begegnet« meinte Fabienne. »Ich hatte in der hessischen Vertretung manchmal mitgeholfen, die Informationsveranstaltungen zu organisieren. Dabei hatte ich den Stellvertretenden Ressortleiter der Frankfurter Zeitung kennengelernt. Die Zeitung leistet sich als eine der wenigen den Luxus eines Brüsseler Büros. Einer der dort fest angestellten Journalisten wollte zurück in die Zentrale. Also hat mich der Vize-Chef gefragt, ob ich dort anfangen wollte.«

Lucarelli schüttelte verwundert den Kopf.

»In Brüssel werden doch auch für Deutschland wichtige Entscheidungen getroffen. Wie kann ein eigenes Büro da Luxus sein?«

»Die Printmedien stehen unter einem permanenten Druck, Kosten zu sparen. Mit dem Aufschwung der Online-Werbung werden in den Zeitungen viel weniger Inserate gedruckt als früher. Der zweite Faktor ist die abnehmende Nachfrage nach qualitativ hochstehendem Journalismus. Die Leute, die sorgfältig recherchierte Fakten und Analysen lesen und dafür bezahlen wollen, werden weniger. In den sozialen Medien geht es ohnehin schon mehr um einfache Schlagzeilen und Meinungen, die mit der Wahrheit nicht mehr viel zu tun haben. Einfache, zugespitzte Behauptungen und grobe Polarisierungen sind für viele Medienkonsumenten attraktiver als Details über EU-Richtlinien.«

»Machst du dir Sorgen um deinen Job?«

»Meistens hatte ich bisher Glück gehabt. Im Moment tut sich wieder ein neues Türchen auf.«

Die grünen Augen hinter den Brillengläsern strahlten.

»Was heißt das?«, fragte Lucarelli.

»Noch gar nichts. In bestimmten Biotopen gibt es eine eiserne Regel. Was man nicht schwarz auf weiß hat, existiert nicht. Aber wenn du mich noch ein paar Tage mit deiner Anwesenheit beehrst, erfährst du vielleicht mehr.«

22.

War Professor Salzinger in Freiburg eher leger unterwegs gewesen, trug er nun einen eleganten dunklen Anzug mit blütenweißem Hemd und dunkelblauer Krawatte. Die grauen Haare auf seinem Kopf hatten Zuwachs bekommen und die Brille, die er jetzt trug, schienen die Augenringe noch zu vergrößern.

Das Lokal bot einen großzügigen Blick über den Park bis hinüber zum Triumphbogen. Laut Salzinger bestand der wesentlichste Vorzug des Restaurants allerdings darin, dass es nur einen Steinwurf vom Rond Point Schuman entfernt lag. Parlament, Ratsgebäude und Berlaymont, das Hauptgebäude der Europäischen Kommission, waren in wenigen Gehminuten erreichbar. Die Atmosphäre wirkte gedämpft oder sogar ein wenig steif, wozu die übertriebene Förmlichkeit, der in schwarzen Anzügen geschäftig herumwirbelnden Ober einen Teil beitrug. Sie plauderten eine Weile über Belangloses, dann kam der Professor zur Sache.

»Inzwischen weiß man ungefähr, was sich abgespielt hat.«

Salzinger dämpfte die Stimme. Die Tische der Brasserie standen eng beieinander, sodass die Leute an den Nachbartischen leicht mithören konnten.

»Erwiesen ist, dass Adina Verzasca vor dem Vorfall durch das Vorzimmer hindurch wütend ins Büro von Generaldirektor René Gaston gestürmt war. Nach einem Wortwechsel soll sie auf die Dachterrasse seines Büros gerannt sein. Bevor Gaston etwas unternehmen konnte, sei sie gesprungen.«

»Was sagt die belgische Polizei dazu?«

»Sie geht von Selbstmord aus. Der zeitliche Ablauf wird von der Vorzimmerdame bestätigt, an deren Schreibtisch sie im Vorzimmer auf dem Weg zu Gaston vorbeigerannt war. Ich selbst hatte gerade auf die Uhr gesehen, als der Körper an meinem Bürofenster vorbei in die Tiefe stürzte. Mittwoch, 11 Uhr 22.«

»Und sie wurde mit Sicherheit nicht hinuntergestoßen?«

Der Professor zuckte mit den Achseln.

»Das weiß ich nicht.«

Salzinger hatte »Filet Americain« empfohlen, die belgische Variante von garniertem Rindstartar. Der Ober stellte zwei Teller auf den Tisch und kehrte noch einmal mit langen, dunkelgelben Pommes Frites in einem silberglänzenden Frittier-Sieb zurück. Der Koch verwendete Senf, Mayonnaise und Worcestersauße, Frühlingszwiebeln und Kapern lagen separat auf dem Teller. Lucarelli tat es Salzinger gleich und mischte alles unter das kräftig gewürzte Fleisch.

»Ich war erst einmal in Belgien«, sagte Lucarelli. »Ich hatte ein Hallen-Tennisturnier in Antwerpen gespielt. Es war im November, das Wetter war mies und ich war vor allem beim Training, bei der Massage und im Spielerhotel. Eine Schande. Vielleicht kann ich mir dieses Mal Brüssel und sogar Brügge ansehen.«

»Müssen Sie nicht zurück, wenn sich herausstellt, dass zwischen den Todesfällen Dillenburg und Verzasca kein Zusammenhang besteht?«

»Ich befinde mich offiziell im Urlaub. In Mordfall Dillenburg herrscht seit gestern das BKA. Da werde ich nicht unbedingt gebraucht.«

Salzinger lächelte.

»Hat man Sie weggeschickt oder sind Sie geflohen?«

»Eher wohl letzteres«, gab Lucarelli zu.

Der Professor sah auf die Uhr. Da sich vor dem Lunch mit Lucarelli eine Sitzung länger hingezogen hatte, war er mit Verspätung eingetroffen. Den nächsten Termin konnte er nicht aufschieben. So war es, wie er erzählte, seit er hier war.

»Wissen Sie, warum Verzasca auf Gaston so sauer war?«, kam Lucarelli noch einmal auf den Fall zurück.

»Ich kann mir vorstellen, dass Verzasca wegen ihrer Absetzung als Direktorin wütend war. Die Kommission hatte am Tag ihres Todes die entsprechende Entscheidung getroffen. Gaston hatte sie offenbar nicht vorgewarnt. So etwas gilt hier als Affront.«

»Dann verstanden sich die beiden wohl nicht besonders.«

»Kann man nicht sagen, nein.«

»Vielleicht hatte Verzasca Gaston bedroht oder sogar erpresst? Sie hatten mich angerufen, weil es zu dem Mord an Dillenburg möglicherweise eine Verbindung gibt.«

Salzinger zögerte einen Augenblick. Er inspizierte die umliegenden Tische. In Hörweite saßen zwei elegant gekleidete Frauen, die sich angeregt auf Spanisch unterhielten.

»Verzasca könnte natürlich irgendetwas Kompromittierendes von ihrem heimlichen Liebhaber Dillenburg erfahren haben«, sagte Salzinger mit gedämpfter Stimme. »Vielleicht ist das absurd. Ich hätte nicht gedacht, dass Sie wegen dieser rein theoretischen Möglichkeit nach Brüssel fahren würden.«

»Keine Sorge«, gab Lucarelli zurück. »Trauen Sie Gaston zu, dass er die Frau hinuntergestoßen hat?«

»Verzasca ist eher zierlich und Gaston ein echter Büffel. Aber ein Mord? Das würde ich ihm so schnell nicht unterstellen.«

Lucarelli dachte nach.

»Sagten Sie nicht, Sie hätten ungefähr das gleiche Büro wie Gaston? Nur einen Stock tiefer?«

»Richtig.«

»Dürfte ich mir das Büro kurz ansehen, Herr Professor?«

»Nur, wenn Sie nicht dauernd »Herr Professor« zu mir sagen. So etwas macht man in Österreich und vielleicht noch in Deutschland oder Italien. Wenn das in der Kommission jemand hört, denken die, wir hätten eine Macke.«

23.

Die Sicherheitskontrolle am Eingang oblag einem privaten Sicherheitsdienst. Lucarelli wunderte sich über eine stattliche Anzahl von Uniformierten, die stoisch ihre Routine abspulten. Auf dem Weg zu den Aufzügen bog Salzinger kurz in einen kleinen Zeitungsladen ab, wo er sich mit einem Sandwich für seine abendlichen Überstunden versorgte. Hinter seinem Vorzimmer öffnete sich ein großes, helles Büro. Es besaß einen riesigen, breiten Schreibtisch, einen Flachbildschirm, einen großen Sitzungstisch mit Stühlen für zwölf Teilnehmer, und dazu eine großzügige Garnitur mit einem Sofa und vier Sesseln.

»Akademische Titel gelten in der Kommission nichts«, erklärte Salzinger. »Der Status wird an der Anzahl von Bürofenstern festgemacht. Die vielen Referenten sitzen in einer kleinen Zelle, die nicht einmal halb so groß sind wie die Büros meiner Uni-Assistenten in Freiburg. Nur wer es ins Organigramm schafft, darf raus und hat Anspruch auf soundso viele zusätzliche Fenster.«

»Lassen sich die Fenster öffnen?«, fragte Lucarelli.

»Nein. Es gab bereits einige Selbstmorde. Vor einiger Zeit traf die Verwaltung Vorkehrungen. Die Fenster lassen sich nur noch einen Spalt breit kippen.«

»Und für Gaston gab es eine Ausnahme?«

»Sein Büro hat Zugang zu einer kleinen Dachterrasse. Betreten ist eigentlich verboten und die Tür müsste verriegelt sein. Aber ein Generaldirektor ist eben ein Generaldirektor. Wenn Sie verstehen, was ich meine.«

»Konnte Verzasca wissen, dass sich die Tür öffnen ließ?«

»Gaston raucht kubanische Zigarillos. Da Rauchen im Gebäude verboten ist, muss er die Terrassentür öffnen. Sonst springt der Rauchmelder an«, sagte Salzinger.

»Befindet sich Gastons Schreibtisch an der gleichen Stelle wie Ihrer?«

»Genau am selben Platz. Geht auch nicht anders, weil dort die Steckdosen für die IT angebracht sind.«

Lucarelli sah sich um. Salzinger hatte wieder die drei Portraits von offenbar bewundernswerten Nationalökonomen aufgehängt, die schon in seinem Freiburger Uni-Büro zu seinem Inventar gehörten. Die Bepflanzung war eher spärlich, die Wände nahmen zwei große Schränke mit Büchern und einfachen hellgrauen Aktenordnern ein. Imposant war die Größe des Büros. Lucarelli bemaß den Abstand vom Schreibtisch bis zur Fensterfront auf gut acht oder neun Meter. Er trat zum Fenster und sah hinunter auf die Straße. Die polizeiliche Markierung der Stelle, wo die Frau aufschlug, war noch zu erkennen. Auf dem Trottoir lagen achtlos verstreut ein paar einzelne, halb verwelkte Nelken.

»War Adina Verzasca beliebt?«

»Das kann man nicht behaupten. Jedenfalls nicht nach dem, was ich gehört habe. Am besten Sie sprechen darüber mit einem Insider. In meinem Ökonomen-Team arbeitet ein österreichischer Kollege. Er arbeitet schon länger für die Kommission und weiß besser, was hier so läuft. Wollen Sie sich vielleicht mit ihm treffen?«

»Sie haben ein Ökonomen-Team?«, fragte Lucarelli verblüfft. »Ich dachte, der Chef-Ökonom ginge in der

Kommission allein zu Werke. Was sind das für Leute? Auch von außerhalb?«

»Nicht alle. Ich habe insgesamt neun Mitarbeiter. Sie haben alle einen PhD in Economics, im Idealfall von einer amerikanischen Eliteuniversität. Eine unabhängige ökonomische Analyse wird leichter akzeptiert, wenn ein Vertrauensvorschuss besteht, und in diesem Zusammenhang wäre die Sichtbarkeit der akademischen Errungenschaften meiner Leute wahrscheinlich hilfreich. Die Verwaltung will davon nichts wissen und weigert sich beharrlich, unsere Türschilder entsprechend aufzupolieren.«

»Vielleicht, weil viele Leute meinen, die EU sei elitär und abgehoben?«, entgegnete Lucarelli.

»Kann man etwas dagegen haben, wenn komplizierte, technische Entwürfe von qualifizierten Spezialisten auf Herz und Nieren beraten und geprüft werden, bevor sie von der Kommission in die Welt gesetzt werden? Und wenn wir uns darauf einigen, ist es nicht selbstverständlich, dass man dafür die besten Mitarbeiter einstellt, die man kriegen kann?«

Salzinger trat neben Lucarelli ans Fenster.

»Das Image-Problem der Kommission hat tiefere Wurzeln«, räsonierte er. »Die Themen sind komplex und die Inhalte in der Öffentlichkeit schwer zu vermitteln. Durch den Wust der im Gesetzgebungsverfahren von den Beteiligten eingebrachten Änderungen wird ein anfangs vielleicht noch schlanker, einfacher Vorschlag der EU-Kommission auf jeder Etappe unappetitlicher. Politische Kompromisse gewinnen schon mit weit weniger Beteiligten keinen Schönheitspreis. Bei über zwei Dutzend Mitgliedstaaten und einem Parlament mit einigen Fraktionen kann nie etwas Simples herauskommen. Das Resultat schieben die Feinde der EU dann einem bürgerfremden Elitarismus zu.«

Es klopfte an der Tür. Salzingers Assistentin streckte den Kopf herein und erinnerte den Professor an seinen nächsten Termin.

»Ich bringe Sie mit Alfried Meindl zusammen. Sie werden sehen, Herr Lucarelli, Dr. Meindl ist zwar auf seine Art speziell, aber trotzdem alles andere als abgehoben«, versicherte er.

»Dann bin ich ja beruhigt.«

»Einem Österreicher ist das Getue mit den Titeln allerdings schwer auszutreiben. Meindl wird es sich nicht nehmen lassen, Sie mit »Herr Kommissar« anzureden. Schon allein, weil man die Mitglieder des Kollegiums der EU-Kommission auch so nennt«, schmunzelte Salzinger.

»Das ist ja großartig. Ich bin sogar Hauptkommissar.«

»Dann kommen Sie bei dem gleich nach dem lieben Gott.«

24.

Lucarelli traf Meindl in einer Outdoorbar des Parks Cinquantenaire. Der Tiroler war etwas jünger als sein Chef, nach Lucarellis Schätzung Anfang Fünfzig. Für sein Alter besaß er außergewöhnlich dichte, schwarze Haare, die er, einem Künstler gleich, über den Hemdkragen stehen ließ. Er kam direkt aus dem Büro, doch im Gegensatz zu Salzinger war er mit hellen Jeans, einem kurzärmeligen hellblauen Hemd und dunkelblauen Rauleder-Slippers leger gekleidet. Meindl begrüßte Lucarelli prompt mit einem Witz über seine im Angesicht eines leibhaftigen Kommissars unzulänglichen Garderobe. Lucarelli holte an der Bar zwei Bier und erkundigte sich, auf welchen Wegen es den Österreicher in die EU-Zentrale verschlagen hatte.

Wie Meindl erzählte, stammte seine Familie aus einem Dorf im Tiroler Inntal, wo sein Vater einen kleinen Lebensmittelladen betrieben hatte. Als in der Nähe ein Supermarkt aufgemacht wurde, schrumpfte das Budget der sechsköpfigen Familie. In der Not besann sich Alfrieds Mutter, dass sie ein Jahr in London als Au Pair und zwei weitere Jahre in Edinburgh in einem Künstlercafé gearbeitet hatte. Ihr Englisch war während der Jahre gut genug geworden, dass sie sich zutraute, Schülern des Gymnasiums Nachhilfeunterricht anzubieten. Die Zahl der Schüler, die aus dem benachbarten Innsbruck anreisten, stieg beständig an und sie verdiente gut. Ein Jahr später schrieb der Tiroler Tourismusverband eine Stelle für die Betreuung englischsprachiger Touristen aus. Alfrieds Mutter bewarb sich und wurde eingestellt. Dort stellte sie fest, dass die Urlaubsregion Tirol immer größere Mühe hatte, den wachsenden Bedarf an qualifizierten Bergführern zu stillen. Alfrieds Vater gab den Laden auf, absolvierte eine Ausbildung als Bergführer und wurde ein gefragter Mann. Als ihn ein Seefelder Nobelhotel während der Wintermonate zusätzlich für Skitouren seiner zahlungskräftigen Gäste engagierte, stand die Familie finanziell wieder auf solidem Boden.

Als jüngstes von vier Kindern profitierte Alfried am meisten vom finanziellen Aufschwung der Eltern. Nach dem Abitur durfte er an der Leopold-Franzens-Universität in Innsbruck studieren. Dieses Privileg, das in der gesamten Familiengeschichte keinem einzigen seiner Vorfahren zuteilwurde, war ihm, wie er meinte, immer ein besonderer Ansporn gewesen.

»In der Kommission ist es allerdings nicht so einfach, sein Können auch zu zeigen«, meinte Meindl kopfschüttelnd. »Man trifft nicht selten auf Leute, die das verhindern wollen.«

»Um selbst besser dazustehen?«

Meindl nickte.

»Es gibt überall enorm Ehrgeizige, die sich mit allen Mitteln nach oben arbeiten, und zur Strategie gehört das Ausbremsen von Konkurrenten. Das ist nicht außergewöhnlich und kommt auch in den nationalen Ministerien vor. Aber ein internationaler Job in Brüssel fällt noch einmal in eine besondere Kategorie.«

»Was ist hier so anders?«

Meindl trank sein Bier aus und lächelte.

»Wissen Sie Herr Kommissar, die Leute, die hier arbeiten, sind bereit, für ihren Beruf die vertraute Kultur, ein angenehmeres Klima und ihre Familien und Freunde in der Heimat zurückzulassen. Viele hier finden keinerlei persönlichen Kontakt zu Belgiern. Sie leben ausschließlich in der sogenannten EU-Bubble. Das wirkt sich aus. Über die Zeit kommt zu wenig Luft in die Käseglocke, es fehlt das Korrektiv von Freunden mit völlig anderen Berufen und einem anderen Horizont. Alle unter der Käseglocke reden dauernd darüber, wer nun diesen oder jenen Job in der Hierarchie bekommt, wer bei Ernennungen auf die Nase gefallen war oder karrieremäßig in die Wüste geschickt wurde. Es ist eine Art Gesellschaftsspiel, dem kaum jemand entkommt. Für die meisten Mitglieder der EU-Bubble ist es daher enorm wichtig, dass sie in der Hackordnung gut dastehen.«

»Weil der relative Erfolg oder Misserfolg aus dem persönlichen Umfeld viel genauer beobachtet und bewertet wird?«

»Zumindest ist das meine Theorie«, sagte Meindl. »Die Belgier mal ausgenommen. Die haben ein anderes, natürlicheres Umfeld. Viele schicken ihre Kinder auch nicht in die Europäische Schule.«

Lucarellis Telefon vibrierte. Er warf einen Blick auf das Display, stand mit einer entschuldigenden Handbewegung auf und tat ein paar Schritte vom Tisch.

»Wie gefällt es dir in Brüssel?«, fragte Francesca.

»Bis jetzt habe ich noch nicht viel gesehen.«

»Du brauchst eine Reiseführerin.«

»Fabienne will sich mit mir nachher in der Stadt treffen. Das ist ein Anfang.«

Francesca schwieg. Hatte sie damit gerechnet, Lucarelli würde sie auffordern, nach Brüssel nachzukommen? Diese Möglichkeit fiel ihm erst ein, als es zu spät war.

»Dann noch einen schönen Abend«, sagte sie kühl. »Ich muss los.«

Sie hatte einfach aufgelegt. Lucarelli begab sich wieder an den schlichten, wackeligen Holztisch. Meindl schob gerade einen Bierdeckel unter ein Tischbein.

»Professor Salzinger hat mir erzählt, dass schon mehr Beamte aus den Bürofenstern in den Tod gesprungen sind«, sagte Lucarelli. »Wie kommt das?«

»An Geld gewöhnt man sich. Menschen brauchen aber auch Anerkennung und Freunde. Aber von ein paar Fällen auf eine Theorie zu schließen, traue ich mich nicht. Das wäre nicht seriös.«

»Ganz der Wissenschaftler«, sagte Lucarelli. »Warum könnte sich Adina Verzasca umgebracht haben?«

Meindl griff in seine Jackettasche und fischte eine einzelne Zigarette heraus. Er zündete sie jedoch nicht an, sondern legte sie neben sein Bierglas.

»Verzasca war enorm ehrgeizig«, sagte Meindl. »Ich kann mir vorstellen, dass sie mit ihrer beruflichen Situation unzufrieden war. Zu René Gaston hatte sie ein sehr kompliziertes Verhältnis. Und das Schicksal zeigte sich in ihrem Fall maximal ironisch.«

»Schicksal?«

»Die Personalpolitik der Kommission ist für die Betroffenen in aller Regel unvorhersehbar. Also Schicksal.«

»Und das meinte es nicht gut mit Verzasca.«

»Es hat sich mit bitterböser Ironie alle Mühe gegeben. Der Anfang der Geschichte ist, dass Verzasca bei der DG Finance Referatsleiterin war. Sie erwarb sich den zwei-

felhaften Ruf als inkompetente, launische und macht-
süchtige Diva. Gaston sah sich das eine Weile an und
zog dann die Reißleine. Bevor sie noch mehr Schaden
anrichten konnte, lobte er sie zur DG-Competition weg.
Er ging sogar so weit, dass er eine Beförderung zur Direktorin unterstützte. Alle, die Verzasca kannten und
wussten, wie schlimm sie war, hielten das für den böses-
ten Witz, den man sich ausdenken konnte.«

Meindl zündete seine Zigarette an und blies den Rauch
in die Luft.

»Aber wie gesagt, das Schicksal war maximal ironisch. Als Gaston zum Chef der DG-Competition ernannt wurde, musste sich Gaston nämlich erst recht mit
Verzasca herumschlagen, weil er sie dort auf einen weit
wichtigeren Posten weggelobt hatte. Gaston dürfte bitter
bereut haben, dass ihm damals die Courage fehlte, die
Dame auf ein Abstellgleis zu stellen.«

Lucarelli hörte in Meindls Stimme eine gute Portion
Verachtung.

»Warum wurde Verzasca von Gaston derart mit Samt-
handschuhen angefasst?«

»Es ist kein Geheimnis, dass die Angestellten einer
großen Organisation eigene, persönliche Ziele verfolgen. In Personalangelegenheiten ist der Spielraum für
eigennützige Entscheidungen besonders groß. Schwache
Chefs nutzen ihn zum Beispiel, um noch schwächere
Mitarbeiter einzustellen, um die eigenen Schwachstellen
zu kaschieren. Gaston ist jedoch ein anderer Fall. Er ist
alles andere als ein Schwachkopf, der sich freiwillig mit
einer Flasche umgeben würde. So wollte er Verzasca zwar
loswerden, sich wegen ihr aber nicht die Finger schmut-

zig machen. Wie hinter vorgehaltener Hand gemunkelt wurde, unterhielt Verzasca damals eine Beziehung zu einem gut vernetzten Strippenzieher. In so einer Situation tut ein Karriere-Profi wie Gaston nichts, womit er sich einen mächtigen Feind einhandeln könnte. Also musste das Problem mit einer Beförderung gelöst werden.«

Meindls Stimme kippte weiter ins Verächtliche. Es schien, als läge ihm noch etwas auf der Zunge. Aber er kniff die Lippen zusammen und schwieg.

»Hatte Verzasca mit diesem Strippenzieher eine Affäre?«, hakte Lucarelli nach.

»Gossip ist nicht mein Fachgebiet«, wehrte Meindl ab.

»Eine andere Möglichkeit wäre, dass Verzasca etwas gegen Gaston in der Hand hatte. Können Sie sich da etwas vorstellen?«

»Verzeihen Sie Herr Kommissar, aber so etwas darf ich noch nicht einmal denken. Geschweige denn sagen.«

25.

Lucarelli war mit Fabienne im Wild Geese verabredet. Der Irish-Pub galt als beliebter After-Work Treffpunkt von Kommissionsmitarbeitern, Bankangestellten und Angehörigen der Botschaften, deren Residenzen im Europa-Viertel lagen. Das Lokal war berstend voll, und die Bedienung hatte Mühe, sich mit einem Tablett voller Biergläser und riesiger, fingerdicker Pommes Frites durch die Menge zu schlängeln. Männer in Anzügen befanden sich in der Überzahl, sie hatten ihre Krawatten abgelegt und versuchten, sich durch den anschwellenden Lärm Gehör zu verschaffen. Weiter hinten feierte eine jüngere Frau mit ihren Kollegen Geburtstag. Auf riesigen Großbild-Schirmen lief ein Rugbyspiel, untermalt von schottisch eingefärbten Liedern des Glasgower Veteranen Mark Knopfler. Lucarelli ergatterte einen Platz an der Bar und bestellte ein Guinness. Während er mit einem Auge dem Rugbyspiel zusah, dachte er an das Gespräch mit Meindl. Er versuchte zusammenzusetzen, was er bisher erfahren hatte.

Adina Verzasca hatte ein Verhältnis mit einem bestens vernetzten Liebhaber. Als der mächtige Strippenzieher die Liaison beendet, steht sie ohne dessen schützende Hand da. Generaldirektor Gaston hält Verzasca für unfähig und will sie loswerden. Er lässt noch ein wenig Zeit verstreichen, bevor er zur Tat schreitet und Verzasca degradiert. Verzasca erfährt von ihrer Absetzung als Direktorin durch ein offizielles Schreiben der Kommission, das ihr ohne jede Vorankündigung formell zugestellt wird. Für Verzasca ist das eine schwere Demütigung. Sie stürmt voller Wut ins Büro von René Gaston. So weit, dachte Lucarelli, bestand nach den Aussagen Klarheit. Aber hatte sich Verzasca wirklich selbst in den Tod gestürzt? Der Hergang entsprach nicht dem üblichen Muster eines Selbstmords. Die allermeisten Kandidaten zögerten vor dem tödlichen Sprung. Nach allem, was Gastons Vorzimmerdame ausgesagt hatte, dauerte die Szene im Büro des Generaldirektors nicht länger als fünf Minuten.

Lucarelli verfolgte das Treiben auf dem Bildschirm. Rugby war in Italien populär. Sein Vater war ein begeisterter Anhänger des harten Männersports und hatte ihm die Grundlagen beigebracht. Wie Meindl beiläufig erwähnte, hatte Gaston in jungen Jahren in Frankreich selbst Rugby gespielt und es sogar bis in die erste Liga geschafft. Lucarelli rätselte, auf welcher Position er eingesetzt wurde. Die kräftigsten Spieler operierten als Pfeiler im Gedränge, während von einem sogenannten Hakler eher technische Fähigkeiten verlangt wurden. An den Seiten lauerten die Außendreiviertel, die mit Körpertäuschungen und schnellen Haken durch die letzten Verteidigungslinien des Gegners brachen. Um einen Tipp abzugeben, hätte Lucarelli Gastons Figur sehen müssen. Er suchte im Internet. Es gab weit über fünfzig Fotos von ihm, doch ausschließlich in Anzügen, die so gut wie alles verhüllten. Lucarelli genehmigte sich einen weiteren Schluck Guinness. Er versuchte, sich einen Tathergang vorzustellen.

Als Verzasca wutentbrannt in sein Büro stürmte, konnte Gaston kaum an seinem Schreibtisch gesessen haben. Wahrscheinlich befand er sich zum Rauchen auf der Dachterrasse. Verzasca findet ihn dort vor, beschimpft ihn und es kommt zu einem Wortgefecht. Schließlich stößt Verzasca eine Drohung aus. Sie hat etwas gegen Gaston in der Hand, um ihn ans Messer zu liefern. Der ehemalige Rugbyspieler ergreift spontan die Gelegenheit, bringt Verzasca aus dem Gleichgewicht und bugsiert sie über das Geländer. Aber war es so? Lucarelli ärgerte sich, dass er der belgischen Polizei keine Fragen stellen konnte.

Die Aufmerksamkeit des Kommissars kehrte zurück zum Rugbyspiel. An der linken Außenlinie lauerte ein schrankähnlicher Riese, der garantiert mehr als 120 Kilogramm auf die Waage brachte. Er bekam den Ball, wurde freigesperrt und hatte plötzlich ein paar Meter Platz. Sie reichten ihm, um Tempo aufzunehmen, und jetzt war er in Fahrt. Die bulligen Abwehrspieler der Gegnermannschaft versuchten den Riesen zu fassen oder angelten im Hechtsprung erfolglos nach seinen Beinen. Doch der Hüne schlug einen Haken und stieß die nächsten Verfolger mit der freien rechten Hand wie lästige Fliegen zur Seite. Über die letzten beiden Verteidiger walzte er wie eine Urgewalt einfach hinweg, als seien sie überhaupt nicht da. Jetzt realisierte Lucarelli, dass es sich um eine Aufzeichnung eines längst vergangenen Spiels der so genannten All Blacks handelte. Und er erkannte den Mann mit der Nummer 11, von dem sein Vater öfter gesprochen hatte. Voller Ehrfurcht hatte er erzählt, dass es in der Geschichte des Sports nie wieder einen Rugbyspieler gegeben hatte, der seine Gegner so brachial aus dem Weg räumte wie der Neuseeländer Jonah Lomu.

26.

Fabienne erschien in einem eng geschnittenen, dunkelblauen Kostüm, einer blütenweißen Bluse und schwarzen Stöckelschuhen. Selbst hier, wo sich die Gäste direkt aus ihren Büros einfanden, fiel ihre Eleganz auf. Lucarelli machte ein ehrlich gemeintes Kompliment.

»Das ist nicht der normale Arbeitsdress«, verriet sie. »Ich hatte einen besonderen Termin.«

Sie lächelte geheimnisvoll. Lucarelli fragte nicht nach. Er stand auf und überließ ihr seinen Barhocker.

»Was machst du wirklich in Brüssel?« fragte sie ihn geradeaus. »Francesca hat anklingen lassen, dass du nicht nur zum Vergnügen hier bist.«

»Wie kam sie denn darauf?«, fragte Lucarelli.

»Sie hatte mitbekommen, dass in Freiburg der Leibwächter von Kommissions-Vizepräsident Helmuth Raab erschossen wurde. Stand wohl etwas in der Zeitung. Dann hat sie wohl eins und eins zusammengezählt.«

Lucarelli bestellte zwei Gin-Tonic. Der flinke Bartender begab sich an die Arbeit. Im Handumdrehen stellte er die vollen Gläser auf den Tresen.

»Danke, dass ich bei dir schlafen konnte, Fabienne«, wich Lucarelli aus.

»Kannst du immer noch, Commissario. Aber du kannst die Katze ruhig aus dem Sack lassen.«

Sie stießen an und tranken den ersten Schluck. Währenddessen studierte sie ihn. Ohne Brille wirkten ihre grünen Augen noch größer.

»Erstens genießt du Quellenschutz. Ich verrate niemandem, dass du auf fremdem Territorium auf Mörderjagd gehst. Und meine Zeitung interessiert sich ohnehin nicht besonders für Mord und Totschlag.«

»Und zweitens?«

»Zweitens könnte ich dir ein bisschen helfen.«

»Wie bitte?«

»Ich nehme ein paar Tage Urlaub.«

»Du willst Urlaub nehmen, um mir zu helfen?«

»Genau. Bald ist nämlich Schluss bei der Zeitung. Und ich habe in meinem Leben schon viel verschenkt. Aber noch keinen Urlaub. Also nehme ich ihn, bevor er verfällt.«

»Du hörst bei der Zeitung auf?«

»Ich gehe zur EU-Kommission. Vorhin war das entscheidende Job-Interview.«

»Gratuliere, Fabienne. Ich habe gehört, es sei nicht so ganz einfach, da reinzukommen. Wie hast du denn das geschafft?«

»Das Auswahlverfahren bestanden«, grinste sie. »Willst du wissen, wie das läuft? Die meisten Leute glauben ja, überall hier würde gekungelt.«

»Ich höre dir zu.«

»Die Bewerbungsverfahren sind offen, jeder kann teilnehmen. Es gibt Tausende von Bewerbern. In der ersten Runde wird mit Multiple-Choice- und Intelligenztests ausgesiebt. Die Kommission mietet überall in Europa riesige Säle und Sporthallen, um den Andrang zu bewältigen. Alles läuft anonym mit Nummern, Gemauschel ist ausgeschlossen. Die Aufgaben sind knifflig, und man braucht auch einiges Glück, um über diese Hürde zu kommen. In der zweiten Runde folgen dann fachbezogene Tests, in denen auch geprüft wird, ob sich jemand in einem Fachgebiet auskennt und sich verständlich ausdrücken kann. Hier hat eine Journalistin naturgemäß gute Karten. Aber die meisten meiner Kollegen, die es probiert haben, sind schon vorher an diesen Eingangstests gescheitert, wo man vor allem rechnet und Kreuzchen macht.«

Hinten im Gastraum schmetterte die Gruppe ein vielstimmiges »Happy Birthday«. Die Lautstärke war beachtlich. Fabienne unterbrach sich für einen Moment. Sie genehmigten sich einen weiteren Schluck.

»Wenn man das alles bestanden hat, bekommt man eine Einladung für die mündliche Prüfung«, setzte sie fort. »Die läuft dann auf Englisch und in einer weiteren Fremdsprache. Bei mir war das Französisch, und da habe ich wohl gepunktet. Jedenfalls setzte mich das Prüfungs-Komitee nach einstündiger Inquisition auf die Liste der erfolgreichen Bewerber. Damit hatte ich allerdings immer noch kein Angebot. Ich musste mich noch in einer Generaldirektion erfolgreich auf eine ausgeschriebene Stelle bewerben. Es ist noch nichts offiziell. Aber nach dem Gespräch hat der Abteilungsleiter vorhin ziemlich deutlich durchblicken lassen, dass er mich haben will.«

»Dann sollten wir wohl etwas anderes trinken«, schlug Lucarelli vor.

»Warten wir mal ab, bis ich das schwarz auf weiß in den Händen halte.«

Sie prosteten sich noch einmal zu. Fabienne leerte ihr Glas in einem Zug.

»Jetzt bin ich aber auch neugierig, Commissario. Ich schlage vor, wir gehen irgendwohin, wo es ruhiger ist.«

»Und wo ist das?«

Sie überlegte einen Moment.

»Bei mir in der Nähe gibt es ein Restaurant mit einer großen Terrasse. Der Wirt hat außerdem den Garten des Nachbarhauses gemietet. Dort gibt es genügend Platz. Und wenn nebenan trotzdem jemand Deutsch versteht, schalten wir auf Schwäbisch um.«

»Bedaure, Fabienne. Ich bin zwar in Stuttgart auf die Welt gekommen. Aber eine Katze, die im Fischgeschäft geboren wird, ist deshalb noch lange kein Fisch. Im Fach Schwäbisch würde ich vor deinem Prüfungskomitee mit Pauken und Trompeten durchfallen.«

27.

Lucarelli staunte über das originelle Ambiente. Der einfache Holztisch, an den sie der Kellner platzierte, stand direkt vor einem backsteinumrandeten, alten Garagentor. Unmittelbar rechts davon befand sich eine Nische mit altem, gestapeltem Holz und wild durcheinander wachsenden Sträuchern. Auf der gegenüberliegenden Seite öffnete sich der gepflegte Rasen des Nachbarhauses, auf den der Gastronom, durch welches Verhandlungswunder auch immer, ein paar zusätzliche Tische stellen durfte. In Richtung des Ausgangs wucherte eine stattliche Buchenhecke, auch dort stand eine Reihe schmalerer Tische.

Fabienne erzählte, dass der vormalige Wirt des Gou mit seinen langen, pechschwarzen Haaren und dem ausdrucksvollen Gesicht an den jungen Cat Stevens erinnert hatte und seine Erscheinung für manche ihrer Kolleginnen schon allein ein Grund gewesen sei, das Lokal zu besuchen. Irgendwann sei Stevens auf Eisdielen umgestiegen, von denen er inzwischen gleich mehrere betrieb. Geblieben war die entspannte, fast familiäre Atmosphäre. Die Ober trugen zu ihren einfachen schwarzen Hosen bequeme, kurzärmelige weiße Hemden und verzichteten auf jedes Brimborium. Fabienne war bester Laune und bestellte sogleich zwei Gläser Cava. Sie plauderten eine Weile über Belangloses, bevor sie auf den Mordfall zu sprechen kamen. Lucarelli erzählte von den Ermittlungen, die sie in Freiburg angestellt hatten.

»Hanno Dillenburg war der Leibwächter von Kommissions-Vizepräsident Helmuth Raab. Während einer The-

rapie gegen seine Spielsucht hatte er einen Nachtklubbesitzer kennengelernt. Wir haben uns auf seine Spur
gesetzt und herausgefunden, dass dieser einige Stammkunden während der Parlamentswoche mit Prostituierten aus seinem Club versorgt hat. Es gibt darüber hinaus
Anhaltspunkte, dass Hanno Dillenburg für diese Partys
an prominente Abnehmer Kokain geliefert hatte. Die
Frage ist, ob Dillenburg kompromittierende Fotos von
diesen Partys besaß. Wer immer betroffen war, Adina
Verzasca könnten sie in die Hände gefallen sein.«

»Dillenburg hatte von Prominenten kompromittierende Fotos gemacht und sie dann erpresst?«

»Möglich ist es. Jedenfalls hat ein Einbrecher bei ihm
nach etwas gesucht. Möglicherweise Drogen. Oder eben
auch Fotos.«

»Und dieser Nachtklubbesitzer? Dem hätte Dillenburg
mit der Erpressung der gemeinsamen Kundschaft doch
das Geschäft ruiniert. Das wäre in alter Mafia-Tradition
doch ein Mordmotiv, oder?«

»Theoretisch ja. Er hat wohl ein Alibi, die Kollegen
müssen es aber noch überprüfen. Natürlich gibt es
außerdem die Möglichkeit eines Auftragsmords. Aber
für einen Killer ist der Täter für meinen Gefühl nicht
professionell genug vorgegangen. Der Mörder brauchte
eine gute Portion Glück, um nicht gesehen zu werden.«

Der Ober erschien, um den Wein nachzuschenken.

»Es gibt jedoch noch ein anderes Szenario«, fuhr Lucarelli fort. »Dillenburg war als Leibwächter überall dabei, wo der Chef hingeht. Raab ist der Vizepräsident der
Kommission. Der trifft eine Menge Leute, und Dillenburg hörte sicher oft mit, was da besprochen wurde.«

»Also käme Raab selbst in Betracht?«

»So weit sind wir noch nicht. Es steht allerdings fest, dass Raab Dillenburg vor einem mehr als berechtigten Rauswurf bewahrt hat. Dillenburg hatte sich unerlaubt seinen Dienstwagen geschnappt und damit ziemlichen Mist gebaut. Die Kommissionsverwaltung wollte Dillenburg feuern, doch Raab betrieb mit aller Macht seine Begnadigung. Für einen Politiker ist es außergewöhnlich, wenn er sich derart für einen unbedeutenden Sicherheitsbeamten ins Zeug legt. Das könnte bedeuten, dass Dillenburg einiges wusste. So jemanden zu feuern, ist gefährlich.«

Lucarelli verscheuchte eine Wespe, die seinen Salatteller umkreiste.

»Die Frage wäre also, ob Raab eine schwache Stelle hat, die Dillenburg kannte«, sagte Fabienne.

Lucarellis Handy vibrierte. Der Kommissar versprach Arens, später zurückzurufen.

»Raab hatte, seit er für den Deutschen Bundestag kandidierte, einen Vertrag mit der PR-Agentur Holzinger«, sagte Fabienne. »Die Beratungsfirma hatte ihm geholfen, sich bekannt zu machen und für seine Bewerbungskampagnen PR-Termine an Land gezogen und seine Reden geschrieben. Zwei Enthüllungsjournalisten nahmen sich seine Firma vor nicht allzu langer Zeit in Stuttgart vor. Sie fanden heraus, dass die Agentur sehr erfolgreich dabei war, Konzernchefs Termine bei Raab zu vermitteln, als er Minister und später in Brüssel Kommissar wurde. Alles wirkte nicht koscher, doch bei der Recherche kam nichts Konkretes heraus.«

Fabienne hielt inne und dachte nach.

»Vielleicht hatte Holzinger für die exklusiven Termine seiner Kunden bei Raab Geld kassiert und dem Vizepräsidenten davon etwas abgezweigt«, fuhr sie fort. »Wenn Dillenburg etwas davon wusste und es benutzt hat, hätte man auch hier ein Motiv.«

»Gibt es eine nähere Verbindung zwischen Raab und Generaldirektor Gaston?«, fragte Lucarelli.

»Raab ist bereits in der zweiten Amtszeit zuständig für die Regulierung der Finanzmärkte. Bevor Gaston zur DG Competition wechselte, war er Generaldirektor der Raab unterstehenden DG Finance. Die beiden haben ein paar Jahre lang sehr eng zusammengearbeitet.«

»Und Adina Verzasca arbeitete mit beiden zusammen?«

»Wenn Verzasca damals in der DG Finance Referatsleiterin war, wäre der Begriff ›zusammengearbeitet‹ im Hinblick auf Raab ziemlich hochgegriffen. In den Generaldirektionen herrscht eine steile Hierarchie, die penibel eingehalten wird. Verzasca hatte noch drei Vorgesetzte über sich, einen Direktor, den Stellvertretenden Generaldirektor und ganz oben Gaston. Daneben haben Kommissare noch ihre persönlichen Mitarbeiterstäbe, die man in der Kommission analog des französischen Regierungssystems Kabinette nennt. Sie können bei politischen Entscheidungen den Generaldirektor aushebeln, indem sie den Chef von einer anderen politischen Linie überzeugen. Aus diesem Grund tritt die Generaldirektion bei Gesprächen mit dem Kommissar immer mit den entsprechenden Schulterklappen an. Eine einfache Referatsleiterin, wie Verzasca damals war, darf bei einer Sitzung vielleicht schon einmal dabei sein, um technische Fragen zu beantworten. Aber so gut wie niemals ist jemand von den mittleren Chargen mit dem Kommissar allein.«

Nicht weit von ihnen zog ein schweres Flugzeug im Landeanflug vorüber. Lucarelli blickte verblüfft in das dämmernde Abendlicht. Fabienne erklärte, dass die Festlegung der Start- und Landerouten angesichts der dichten Besiedelung des Großraums Brüssel stets heftig umkämpft war. Die besonders betroffenen Gemeinden beschwerten sich beständig, und die Routen wurden in der Folge immer wieder geändert. Die gegenwärtige Variante sah für ihr Quartier hauptsächlich Landeanflüge vor, die etwas weniger Krach machten. Erstaunlicherweise, so sagte Fabienne, hatte sie sich an den Lärm gewöhnt.

»Und du glaubst, dass du in einer so riesigen Organisation wie der Kommission glücklich werden kannst?«, fragte Lucarelli.

»Wie meinst du das?«

»Wie du ja selbst sagst, ist man da ja nur ein kleines Rädchen. Eingezwängt in eine riesige Hierarchie, siehst du die echten Chefs nur von Weitem. Anscheinend hat die Verwaltung sogar Angst vor Selbstmorden. Sie verrammelt ihren Mitarbeitern alle Fenster, damit niemand rausspringt.«

»Es ist rührend, dass du dich um mich sorgst, Commissario. Aber nichts auf der Welt hat nur schöne Seiten.«

Ein neues Flugzeug nahm Anlauf zur Landung in Zaventem. Fabienne trank ihr Glas aus.

»Als karriereorientierter Mann würde ich allerdings nicht in der Kommission anfangen«, setzte sie fort. »Die heutige und nächste Generation muss für die Sünden der Vergangenheit bezahlen. Wenn heute über siebzig Prozent der Führungspositionen mit Männern besetzt sind und die Kommission als leuchtendes Beispiel der Gleichberechtigung mittelfristig ein Verhältnis von Fünfzig zu Fünfzig anstrebt, müssen neue Führungspositionen weit überproportional mit Frauen besetzt werden.«

»Und Frauen haben spiegelbildlich grandiose Aufstiegschancen.«

»Rein mathematisch gesehen auf jeden Fall. Aber wie man bei dieser Verzasca sieht, muss es nicht unbedingt gut ausgehen.«

28.

Thorsten Schelter war Referatsleiter beim Europäischen Antibetrugs-Amt. Die Behörde kümmerte sich hauptsächlich um Subventionsbetrug und die Veruntreuung von EU-Fördergeldern. Schelters Abteilung war für betrügerische und andere kriminelle Aktivitäten der Bediensteten der EU-Institutionen zuständig. Sie besaß umfangreiche interne Ermittlungsbefugnisse. Der Abteilungsleiter war beinahe ergraut und von hagerer Gestalt. Wie seine Aussprache verriet, stammte er aus Hamburg.

»Vielen Dank, dass Sie sich Zeit für mich nehmen«, bedankte sich Lucarelli.

»Herr Salzinger hat mich angerufen und gebeten, mit Ihnen ein vertrauliches Gespräch zu führen. Wie Sie sich vorstellen können, ist der Mord an einem Sicherheitsbeamten des Vizepräsidenten für die Kommission keine Bagatelle. Wir werden Sie bei der Aufklärung im Rahmen unserer Möglichkeiten unterstützen«, formulierte Schelter steif.

Das fensterlose Besprechungszimmer wirkte nüchtern, abweisend und kahl. Einzig die blau-gelbe Europafahne in der Ecke brachte ein wenig Farbe ins trostlose Ambiente.

»Am besten, wir kommen direkt zur Sache«, sagte Schelter. »Dillenburg hatte einen Büroanschluss und ein Diensthandy. Für beide Anschlüsse wurden alle Verbindungsdaten der letzten sechs Monate gespeichert. Ebenso sind die Emails vorhanden, die Dillenburg in dieser Zeit über den Account der EU-Kommission gesendet und empfangen hat. Er hatte diese zwar größtenteils gelöscht, doch wird bei uns alles automatisch gespeichert.«

Schelter schob einen USB-Stick und einen Computerausdruck auf die andere Seite.

»Der Ausdruck enthält eine Liste mit den Telefondaten der letzten vier Wochen. Dillenburg hatte häufig mit einem Mann namens Alberto Moretti telefoniert. Moretti arbeitet für eine private Sicherheitsfirma, die einige der Dienstgebäude der Europäischen Institutionen bewacht.«

»Wir haben Hinweise, dass Dillenburg zusammen mit einem Nachtklubbesitzer während der Sitzungswoche des Parlaments Kunden mit Frauen und Kokain versorgt hatte«, sagte Lucarelli. »Wir gehen davon aus, dass sich einiges in einem Straßburger Luxushotel abspielte. Ein möglicher Geschäftspartner hatte während der Sitzungswoche regelmäßig eine Suite gemietet, um Partys zu veranstalten. Es könnte jedoch sein, dass Dillenburg andere Kunden direkt im Parlamentsgebäude beliefert hat. Um risikolos mit dem Stoff ins Gebäude zu kommen, könnte der Kontakt zu diesem Sicherheitsoffizier für Dillenburg hilfreich gewesen sein. Ich würde gerne mehr über ihn wissen.«

»Die Sitzungswoche des Parlaments findet meistens nur einmal im Monat in Straßburg statt«, sagte Schelter. »Ansonsten tagt das Parlament in Brüssel. Wir können herausfinden, wo Moretti eingesetzt wurde.«

»Ist Ihnen bekannt, dass Dillenburg mit Adina Verzasca ein Verhältnis hatte?«

»Ist das nicht die Direktorin aus der DG Competition, die vor ein paar Tagen von einem Kommissionsgebäude in den Tod gesprungen ist?«

»Genau die.«

»Die Kommission ist ziemlich groß, Herr Lucarelli. Um Affären dieser Art kümmern wir uns nicht.«

»Ich möchte nicht von Vorneherein ausschließen, dass es zwischen dem Mord an Dillenburg und dem Tod von Verzasca eine Verbindung gibt. Wäre es möglich, dass ich auch ihre Verbindungsdaten und Mails bekomme?«

Die Augen hinter Schelters Brille weiteten sich.

»Gibt es Anzeichen für kriminelle Aktivitäten von Frau Verzasca?«

»Dillenburg hatte möglicherweise jemanden erpresst. Vielleicht wusste Verzasca etwas.«

»Wie kommen Sie darauf?«

»Kokain-Partys mit Escort Ladys sollten bei einem Politiker möglichst unter dem Teppich bleiben. Wenn da etwas in die Öffentlichkeit kommt, droht das Ende der Karriere. In Dillenburgs Wohnung wurde eingebrochen. Vielleicht suchte der Einbrecher nach Dillenburgs Erpressungsmaterial. Wenn Dillenburg einen Einbruch ins Kalkül gezogen hatte, könnte er versucht gewesen sein, etwas bei Adina Verzasca zu verstecken. In die Kommissionsgebäude kommt kein Fremder rein.«

»Das ist eine ziemlich vage Theorie«, sagte Schelter. »Eine Direktorin der EU-Kommission macht sich wohl kaum zum Komplizen eines Erpressers.«

»Dillenburg war viel unterwegs. Er konnte etwas bei Verzasca deponiert haben, ohne gleich ihr Misstrauen zu erregen. Als er erschossen wurde, hat sie womöglich nachgesehen.«

Schelter schüttelte widerwillig den Kopf.

»Hat die belgische Polizei das Büro von Verzasca durchsucht?«, insistierte Lucarelli.

»Das weiß ich nicht. Aber ich kann es herausfinden. Warten Sie bitte.«

Schelter erhob sich und verließ mit versteinerter Miene den Raum. Lucarelli sah sich um. Ob sonst hier Verdächtige verhört wurden? Schelter hatte glücklicherweise die Tür aufgelassen, wodurch vom Gang ein wenig Luft hereinkommen konnte. Lucarelli atmete tief durch, er war müde. Wie er den Blick durch den kargen Besprechungsraum schweifen ließ, dachte er an den letzten Abend.

Fabienne hatte ihm nach dem Essen noch ein paar Fotos gezeigt. Die ersten stammten vom Abschlussball am Gymnasium in Rottweil. Francesca und Fabienne sahen in ihren Abendkleidern hinreißend aus, in ihren Gesichtern standen Stolz und eine noch schüchterne Zuversicht vor dem großen Sprung in eine neu gewonnene Freiheit. Fabienne erzählte, dass sie nach dem Abitur in eine Wohnung im Berliner Stadtteil Kreuzberg gezogen waren. Während eines Abendessens mit Freunden entstanden weitere Bilder. Losgelöst von den Zwängen ihrer schwäbischen Kleinstadt hatten ihre Gesichter alles Maskenhafte abgestreift, und ihre Gefühle füreinander kamen zum Vorschein. Lucarelli konnte nicht übersehen, dass die »Vier F« ein Liebespaar waren. Später jedoch hatte Francesca einen Mann geheiratet und sich wieder von ihm getrennt. Lucarelli hatte lange wach gelegen und über die beiden Freundinnen nachgedacht. Francesca war ihm bei jedem Telefonat befangener vorgekommen. Beim letzten verlor sie sich in kryptischen Andeutungen.

Aber warum hatte sie ihre Freundin Fabienne angerufen, um ihn in Brüssel bei dieser umwerfend attraktiven Frau unterzubringen? War sie so fest davon überzeugt, dass sich Fabienne nicht für Männer interessierte?

Schelter kehrte zurück. Lucarelli hatte, tief in seine Gedanken versunken, die Augen geschlossen. Er bemerkte ihn erst, als er bereits in der Tür stand.

»Die Polizei geht bei Adina Verzasca von einem Selbstmord aus. Sie sah keinen Anlass, ihr Büro zu durchsuchen«, sagte Schelter.

Er setzte sich mit ausdruckloser Miene an den Tisch. Lucarelli wartete. Doch Schelter blieb stumm.

»Eine Untersuchung wäre für meine Ermittlungen im Mordfall Dillenburg wichtig«, setzte Lucarelli nach. »Ebenso natürlich die Telefonverbindungen und Mails.«

»Das ist nicht so einfach, Herr Lucarelli. Frau Verzasca arbeitete in der DG Competition. Die betroffenen Unternehmen sind in einem laufenden Kartell- oder Fusionskontrollverfahren dazu verpflichtet, der Kommission Auskunft über alle Unternehmensdaten zu erteilen. Diese werden als Geschäftsgeheimnisse behandelt und sind vor Einsichtnahme unbefugter Personen geschützt. Verzasca hat Akten in ihrem Büro, die voll sind von sensiblen, geschützten Informationen. Da kann ein Dritter nicht einfach ran. Selbst wenn er bei der Freiburger Polizei arbeitet.«

Den letzten Satz versah Schelter mit einem kaum überhörbaren, ironischen Unterton. Lucarelli begriff. Salzinger hatte durchblicken lassen, dass er nicht in offizieller Mission in Brüssel war. Der EU-Beamte hatte zwar aufs Erste mitgespielt. Doch tat er das nur, solange er selbst nichts riskierte.

»Da Dillenburg Beamter beim BKA war, hat sich das Bundeskriminalamt in den Mordfall eingeschaltet«, spielte Lucarelli seine letzte Karte aus. »Das BKA kann sich an die belgischen Kollegen wenden. Und die belgische Polizei wendet sich dann an die Kommission. So funktioniert das doch, nicht wahr?«

Schelter kniff die Augen zusammen. Ihm schwante, dass Lucarelli dem BKA nur einen Hinweis zu geben brauchte, um eine grässliche Bürokratie in Gang zu setzen. Das bedeutete für ihn eine Menge Formalitäten und schriftliche Vermerke an seine Vorgesetzten, ohne dass er an irgendeiner Stelle eigene Glanztaten vorführen konnte. Er starrte eine Weile stumm an Lucarelli vorbei an die kahle Wand.

»Der Tod von Verzasca und der Mord an Dillenburg müssen nicht zwingend etwas miteinander zu tun haben«, setzte Lucarelli hinzu. »Vielleicht finden wir eine unbürokratische, einfachere Lösung.«

Schelter vergewisserte sich mit einem schnellen Blick, ob er die Tür hinter sich geschlossen hatte.

»Und die wäre?«

»Sie ermitteln intern, und ich lasse die Pferde im Stall. Wenn Sie bei Verzasca etwas finden, können wir immer noch überlegen, wie wir das dann spielen.«

Schelter strich sich nachdenklich übers Kinn.

»Können wir so machen.«

»Ich brauche Informationen über den Mann, mit dem Dillenburg zuletzt telefoniert hat«, sagte Lucarelli.

»Sie meinen Alberto Moretti? Schwierig. OLAF ermittelt nur gegen Bedienstete, die offensichtlich etwas angestellt haben.«

»OLAF?«

»Es gibt in der EU für fast alles griffige Namen. OLAF stammt aus dem Französischen. Abkürzung von Office de Lutte Anti-Fraud. So heißen wir offiziell. Ich werde sehen, was ich tun kann.«

29.

Arens befand sich beim Mittagessen, als Lucarelli anrief. Im Hintergrund hörte er gedämpftes Gemurmel und das Geklapper von Geschirr.

»Ich bin allein«, begrüßte ihn der Kollege. »Wenigstens im Moment.«

»Könntest du nach einem Alberto Moretti Ausschau halten? Er arbeitet bei der Sicherheitsfirma GEOS, die für die Sicherheit der EU-Gebäude zuständig ist. Dillenburg hatte vor dem Mord mehrmals mit ihm telefoniert. Es könnte sein, dass er in Dillenburgs Kokain-Aktivitäten in Straßburg verstrickt war.«

»Okay Chef.«

»Was gibt es Neues bei Euch? Was ist mit dem Nachtclubbesitzer, der für die Partys die Damen besorgt hat?«

»Er war Samstagnacht mit zwei seiner Angestellten unterwegs und ist erst am Sonntagmittag von seinem Trip zurückgekehrt. Behauptet er wenigstens. Die Leute vom BKA prüfen das gerade nach.«

Arens bekam an seinem Tisch Gesellschaft. Er musste aufstehen und sich ein wenig abseits stellen.

»Wir haben die Nachbarn von Dillenburg abgeklappert. Es gab einen Hinweis auf einen Mann, der Dillenburg gelegentlich zum Joggen abgeholt hat. Mit dem Hinweis auf ein Auto mit einer Werbeaufschrift und einer Personenbeschreibung konnten wir ihn identifizieren. Sein Name ist Thomas Meisinger. Keine Einträge bei uns. Er war auch nicht in Dillenburgs Suchtklinik.«

»Habt Ihr schon mit ihm gesprochen?«

»Nein, er befindet sich auf einer Geschäftsreise. Meisinger hat die Generalvertretung einer Sportartikelfirma für Westeuropa. Inzwischen finden wir mehr über ihn heraus. Das BKA hat da ein paar Hebel mehr als wir.«

»Was heißt das?«

»Das BKA wollte sich seine Konten ansehen.«

»Und?«

»Die Herrschaften sind mir gegenüber ein wenig einsilbig. Aber ich werde untertänigst den Boss fragen, was dabei herausgekommen ist.«

»Nimm es nicht persönlich, Mike.« Arens lachte laut auf.

»Ich habe die Verbindungsdaten und Mails von Dillenburg bekommen«, sagte Lucarelli.

»Wie hast du denn das geschafft?«

»Ich schick dir die Liste«, überging Lucarelli die Frage. »Schau mal nach, ob sich eine interessante Spur ergibt. Vielleicht hat Dillenburg vor dem Mord mit Thomas Meisinger telefoniert. Aber Diskretion bitte.«

»Keine Sorge. Das BKA interessiert sich nicht sonderlich dafür, was wir hier machen. Wir sind die Dorfpolizei.«

30.

Am nächsten wäre die Metro-Station Arts-Loi gelegen, doch wollte sich Lucarelli die zu schauriger Berühmtheit gelangte Station Maelbeek ansehen. Die Rue Joseph II führte leicht bergab, vorbei an einer stattlichen Reihe moderner, mehrstöckiger Bürogebäude. Einige davon waren Kommissionsgebäude, aber auch Banken und Versicherungen hatten hier ihr Domizil. Früher, so hatte Fabienne erzählt, wurde das Büro-Viertel zwischen der Rue Belliard und der Rue Joseph II spöttisch »Death-Valley« genannt, denn nach Büroschluss wirkte es wie ausgestorben. Während der langen Brüsseler Winter wurde es schon am Nachmittag finster, und nicht wenige Frauen waren auf dem Heimweg überfallen und ihrer Handtaschen beraubt worden. Mit den Jahren wurde es besser. Inzwischen säumten einige Restaurants die Straße, und unten an der Avenue Livingstone gab es sogar eine Poststelle und einen Supermarkt.

Lucarelli hatte vor, noch einmal mit Salzinger zu sprechen. Der Professor hatte dem zugestimmt, wollte sich mit ihm jedoch nicht im Büro treffen. Stattdessen hatte er ein Restaurant in der Nähe des Tram Museums vorgeschlagen. Er durchquerte einen Innenhof, der in die Eingangshalle der Metro führte. Die Frontseite nahm die Gedenkwand des belgischen Künstlers Benoit Van Innis ein, die dem Bombenanschlag vom 22. März 2016 gewidmet war. Das Kachelfresko mit dem weit verzweigten Olivenbaum drückte den Wunsch nach Frieden, Liebe und Hoffnung aus. Lucarelli ging daran vorbei zur

Rolltreppe. Auf dem gegenüberliegenden Gleis war der Zug eingefahren. In solch einem Metrozug ließ Khalid El Bakraoui um elf Minuten nach Neun seine Bombe detonieren. Ein lächerlicher Zufall spielte damals die entscheidende Rolle über Leben und Tod. El Bakraoui war irrtümlich in die Gegenrichtung aufgebrochen und, als er es bemerkte, umgekehrt. Ohne diesen Irrtum wäre der Attentäter früher in Maelbeek eingetroffen und hätte sicher nicht weniger, aber andere Menschen mit sich in den Tod gerissen.

Schon mehr als eine Stunde vor dem Anschlag in der Metro waren am Flughafen kurz hintereinander zwei Bomben explodiert. Die Polizei wurde hart angegriffen, weil sie den U-Bahn Betrieb in Brüssel nicht sofort unterbrochen hatte. Später kam heraus, dass die belgischen Behörden rechtzeitig Warnungen der türkischen Polizei vor den potenziellen Attentätern erhalten hatten, diese aber ignorierten. Lucarelli hielt es damals für undenkbar, dass so etwas in Deutschland passieren würde. Wenige Monate später steuerte Anis Amri einen tonnenschweren Sattelschlepper in den Weihnachtsmarkt bei der Berliner Gedächtniskirche, obwohl die marokkanischen Behörden die deutschen Kollegen eindringlich vor ihm gewarnt hatten. Hier, unmittelbar am Ort des Unfassbaren, kehrte bei Lucarelli die Erinnerung zurück. Die Attentäter hatten das Ziel, Angst zu verbreiten, und viele hatten wirklich Angst. Die eigene Welt war auf einmal nicht mehr sicher, und die von Benoit Van Innis auf die klinisch weißen Wände der Bahnsteige gemalten Gesichter verkündeten die Botschaft, dass Attentäter vollkommen wahllos jeden ermorden können.

Die Metro fuhr in den Bahnhof. Lucarelli betrat den mäßig gefüllten Wagen am Ende des Zuges. Die nächste Station an der Strecke war Schuman, das Zentrum des Europaviertels. Eine Lautsprecherstimme verkündete in vier Sprachen, dass der Zug aufgrund des EU-Gipfels nicht anhalten würde. Lucarelli begriff. Das Gebiet rund um das Ratsgebäude wurde hermetisch abgeriegelt, weshalb Salzinger für das Treffen einen Ort außerhalb des Sperrgebiets gewählt hatte. Lucarelli stieg in der Station Montgomery aus und wechselte vorbei an der Boulangerie Paul durch einen unterirdischen Gang in die Straßenbahn 44. Nach einigen Kurven tauchte sie aus dem Untergrund auf und die Strecke verlief überirdisch entlang der sechs Autospuren breiten Avenue de Tervueren.

Lucarelli fiel auf, dass die Brüsseler zu den dunkleren Kapiteln der belgischen Geschichte ein unverkrampftes Verhältnis hatten. Die erste Haltestelle der Straßenbahnlinie hielt auf einem kleinen Platz, der nach Leopold dem Zweiten benannt wurde. Offenbar trugen die Belgier dem über vierzig Jahre herrschenden König seine Schreckensherrschaft während der Kolonialzeit im Kongo nicht sonderlich nach. Ein wenig weiter östlich befand sich das alte Wohnhaus von Adolphe Stoclet, dem man allenfalls vorwerfen konnte, dass er keinerlei Hemmungen hatte, sich einen ausgefallenen Geschmack zu leisten. Vor dem Zaun hatte sich eine Reisegruppe aufgefächert, die emsig Handy-Bilder schoss. Ein Besuch der Innenräume des 1905 in Bau gegangenen Palais hätte sich lohnen können. Der wohlhabende Bankier ließ seinerzeit nicht nur das Gebäude, sondern auch die komplette Inneneinrichtung vom Wiener Architekten Josef Hoffmann und einigen Mitgliedern der so genannten Wiener Werkstätte gestalten. Der Bauherr war indes so vergrätzt über die Tatsache, dass die Avenue vor seinem Haus nicht nach ihm, sondern nach der Stadt Tervuren benannt wurde, dass er den prunkvollen Eingang kurzerhand auf die nicht einsehbare Rückseite des Palais legen ließ. Schon aus der Ferne wirkte das sechzig Meter breite Privathaus mit den marmorverkleideten Fassaden, den verschieden angeordneten geometrischen Formen und dem Kupferdach auf Lucarelli wie die Ausgeburt einer obszönen Prunksucht. Aber was wäre die Geschichte der Architektur, ohne das verwegene Ziel ihrer Schöpfer, alles Hergekommene in den Schatten zu stellen? Auf dem Radweg kämpfte sich ein älteres Paar unter sichtbarer Anstrengung den Anstieg hinauf. Keiner der beiden warf auch nur einen einzigen Blick auf das Bauwerk.

31.

Die Straßenbahn hielt an der Station vor dem *Musée de Tram*. Lucarelli erblickte Salzinger, der gerade sein Rennrad am Fahrradständer befestigte. Anstatt Anzug und Krawatte trug er heute nur eine helle Hose und ein kurzärmeliges Freizeithemd. Sie betraten das Restaurant »Le Vignoble« und ließen sich zu ihrem Tisch führen.

»Ich bin heute im Home-Office. Das EU-Viertel gleicht heute einer Festung«, sagte Salzinger, nachdem sie Platz genommen hatten. »Konnte Ihnen Alfried Meindl weiterhelfen?«

»Ich habe noch keine Anhaltspunkte gefunden, dass der Mord an Dillenburg mit dem Tod von Adina Verzasca zusammenhängt. Aber möglich ist es.«

»Wie denn?«

»Zum Beispiel wenn Verzasca Material in die Hände gefallen war, womit Dillenburg jemanden erpresst hatte. Oder es zumindest hätte tun können.«

»Sie glauben, Verzasca könnte selbst jemanden erpresst haben?«

»Ich glaube im Moment noch nichts. Aber es wäre eine mögliche Erklärung.«

»Die logischerweise auf Gaston hinausliefe.«

»Wenn man die Dinge nicht konsequent zu Ende denkt, braucht man erst gar nicht anzufangen.«

»Ein weises Wort«, sagte Salzinger. »Wenn es in der Politik nur auch so wäre. Oder sagen wir besser, wenn tatsächlich auch einmal die Dinge hinten rauskämen, die man sich einmal ausgedacht hat.«

»Klingt da ein wenig Verdruss durch?«, fragte Lucarelli.

Ein Ober im schwarzen Anzug unterbrach den Professor. Nach einem kurzen Blick in die Karte bestellten beide den Business Lunch.

»Man sollte die Verschwörungstheoretiker mal eine Weile in der Kommission arbeiten lassen«, schüttelte Salzinger den Kopf. »Die glauben ja, die EU-Beamten hätten unbegrenzte Möglichkeiten und planten in geheimnisvollen Zirkeln, die Macht an sich zu reißen. In Wirklichkeit müssen jedoch die Mitgliedstaaten in manchen Bereichen nicht nur mit qualifizierter Mehrheit, sondern sogar einstimmig Beschlüsse fassen, bevor sich etwas ändert. Das gilt etwa bei den meisten Steuern, der Außenpolitik oder der Änderung der Verträge. Letzteres bedeutet, dass sich die Mitgliedstaaten erst einmal einstimmig dazu entschließen müssten, sich selbst abzuschaffen, bevor die Schreckensvisionen der Verschwörungstheoretiker eines von Bürokraten in Brüssel regierten Superstaats wahr werden könnten.«

»Und was hat Sie dazu veranlasst, das schöne Freiburg zu verlassen?«

»Die Entscheidungen der DG Competition über Kartellstrafen, Unternehmenszusammenschlüsse oder die Genehmigung von Subventionen sind Beschlüsse, die nicht vom Rat und dem Parlament, sondern von der Kommission getroffen werden. Bei der Anwendung der Wettbewerbsregeln ist sie weitgehend unabhängig von der Politik. Das eine oder andere Endergebnis kann ich als Chefökonom daher mit einer fachlichen Analyse beeinflussen. Von meiner Bedeutung steige ich während meiner drei Jahre in Brüssel von Null auf halbwegs wichtig. Nach dieser kurzen Glanzzeit verschwinde ich dann wieder in meinem akademischen Elfenbeinturm.«

»Und wie ist das in anderen Generaldirektionen?«

»Anders. Es gibt im allgemeinen etwas weniger prominente Arbeit und daher mehr Gerangel um die eigene Sichtbarkeit. Die Leute wollen zeigen, wie brillant sie sind und unbedingt befördert werden müssen. Doch hat sich die Kommission nach dem Willen der Mitgliedstaaten mit neuen Gesetzesvorschlägen stärker zurückzuhalten und sich auf Prioritäten zu konzentrieren. Logischerweise gibt es im Durchschnitt weniger an politisch wichtiger Arbeit, mit der man sich bei den Chefs profilieren kann. Um das ehrgeizige Mittelmanagement bei Stimmung zu halten, muss es möglichst breit in die wirklich wichtigen Projekte eingebunden werden. Bei den Managementmeetings lauern einige Spezialisten darauf, irgendwo einen Fuß in die Tür zu bekommen. Daraus entsteht etwas, was ich salopp mit einer »Mexikanischen Armee« bezeichnen würde.«

Lucarelli hatte den Ausdruck schon einmal gehört. Der Legende nach kämpfte nur eine Handvoll Soldaten gegen den Feind. Der Rest der Armee bestand aus einer Vielzahl von Kommandeuren, die sich mit sich selbst und der Abgrenzung ihrer Kompetenzen beschäftigte. Der Ober stellte die Getränke ab. Anders als die meisten im Lokal hatten Salzinger und Lucarelli keinen Wein, sondern nur Wasser bestellt. Salzinger wartete einen Augenblick, bevor er fortsetzte.

»Vom unteren Ende der Befehlskette kann es so aussehen, als ob die Show in den Kommandozentralen das einzig Wichtige wäre und man sich für ihre eigentliche Arbeit, die aus vielen komplizierten Details besteht, höchstens am Rande interessiert. Das kann über die Jahre zu Verdruss führen. Außerdem gibt es eine Reihe von Führungskräften, die ihre Arbeit nicht wirklich im Griff haben. Um größere Schäden zu vermeiden, stellt man ihnen einen Deputy zur Seite. Damit kommt noch einmal eine zusätzliche Hierarchiestufe dazu. Das kann für die Arbeitsebene noch mehr frustrierend sein.«

»Wie im Fall von Adina Verzasca?«

»Als sie in DG Finance Referatsleiterin wurde, sind ihr in kürzester Zeit die Mitarbeiter in Scharen weggelaufen. Und sie hatte enorme Schwierigkeiten, frei gewordene Stellen zu besetzen. Das gilt als gewisses Anzeichen.«

»Genau da stolpere ich, Herr Salzinger. Wenn es so offensichtlich war, dass Verzasca ihrer Arbeit nicht gewachsen war, stellt sich die Frage, warum sie zur Direktorin befördert wurde. Und das ausgerechnet in DG Competition, von der Sie sagen, dass die Arbeit dort besonders interessant und wichtig ist.«

»Worauf wollen Sie hinaus?«

»Verzasca wurde zur Direktorin befördert, obwohl sie offenkundig schon eine Stufe darunter als Referatsleiterin versagt hatte. Auf der anderen Seite rettete Vizepräsident Raab seinen Sicherheitsbeamten Dillenburg vor dem Rausschmiss, nachdem dieser auf einer unerlaubten Privatfahrt ins Spielkasino den Dienstwagen demoliert hatte. Und dann stürzt Verzasca ausgerechnet aus dem Büro von René Gaston. Und Dillenburg wird in Freiburg erschossen, nachdem er bei Raab Dienst hatte.«

»Verstehe«, sagte Salzinger. »Sie spielen mit dem Gedanken, dass Dillenburg sowohl gegen Gaston als auch Raab etwas in der Hand hatte. Und Verzasca durch die Affäre mit dem Leibwächter davon wusste.«

»Vorläufig liegt die Betonung auf dem Wort Gedankenspiel.«

Der Ober brachte die Vorspeise, die in vielen belgischen Lokalen obligatorischen Kroketten mit Käsefüllung. Auch beim Interieur hatte der Gastronom nicht viel riskiert, es stand ganz im Zeichen der in Brüssel beliebten Art Deco. Ein in moosgrün und zitronengelb leuchtendes Fenster im Kirchenstil zierte die Mitte der Decke, an den Seiten hingen silberfarbene Luster. Um die schwarzen Tische standen mit grauem Samt überzogene Sessel. Das Highlight waren jedoch die einen Halbkreis bildenden Bodenfenster, die einen großzügigen Blick auf den Boulevard de Souverain und den jenseits der Avenue de Tervueren gelegenen Park der Etangs Mellaerts ermöglichten. Lucarelli sah für einen Augenblick hinaus. Auf dem Teich bespritzten sich die Besatzungen zweier feuerroter Tretboote mit Wasser.

»In welchem Bereich hat Adina Verzasca damals bei DG Finance unter Raab und Gaston gearbeitet?«, wollte Lucarelli wissen.

»Das kann ich aus dem Stehgreif nicht sagen«, antwortete Salzinger. »Als ich nach Brüssel kam, war sie bereits bei uns.«

»Sie sagten, der Wettbewerbskommissar und seine DG hätten im Vergleich zu anderen Kommissaren eine große Machtfülle, weil die Kommission in ihrem Bereich Entscheidungen ohne die anderen Institutionen treffen kann.

Das bedeutet umgekehrt, dass ein Kommissar oder Generaldirektor der DG Finance nur einen begrenzten Einfluss auf das Endergebnis hat. Liege ich da richtig?«

»Im Vergleich sicher.«

»In einem potenziellen Erpressungsszenario einen Schritt weitergedacht, dürfte es sich dann aber kaum lohnen, einen Kommissar oder Generaldirektor unter Druck zu setzen, um ein bestimmtes politisches Ergebnis zu erzielen.«

Salzinger schob den letzten Bissen seiner Vorspeise in den Mund. Dabei sortierte er, was er sagen wollte.

»Der zuständige Kommissar hat das Recht, in seinem Bereich dem Kollegium der Kommissare einen Richtlinien-Vorschlag nach seinen eigenen Vorstellungen zu präsentieren. Bis zu dieser Stelle ist sein Einfluss sehr hoch. Wenn das Kollegium seinen Vorschlag annimmt, kann er den Ausgangspunkt der nachfolgenden Beratungen bestimmen. Das ist aber eben nur der Anfang eines langen Prozesses. Die Annahme einer EU-Richtlinie erfolgt durch die Mitgliedstaaten und das Europäische Parlament. In dem mehrstufigen Gesetzgebungsverfahren kommt es regelmäßig zu gewichtigen Änderungen. Das Endergebnis kann am Ende sehr verschieden von dem sein, was ein Kommissar vorgeschlagen hat. Einschließlich einer Ablehnung.«

»Und was ist mit dieser Brüsseler Hinterzimmer-Theorie, wonach alles im Stillen ausgemauschelt wird? Haben da ein Kommissar oder ein Generaldirektor nicht irgendwo die Hände im Spiel?«, hakte Lucarelli nach.

Der Professor legte das Besteck zur Seite und tupfte sich mit der weißen Stoffserviette den Mund ab.

»Die Kommission soll das Verfahren im Hinblick auf eine Einigung unterstützen. Am Zug sind jedoch auf der einen Seite die Mitgliedstaaten, im so genannten Ministerrat vertreten durch die für das Dossier zuständigen Fachminister. Die turnusmäßig nach sechs Monaten zum nächsten Mitgliedstaat wechselnde Ratspräsidentschaft versucht durch Änderungen des Kommissionsvorschlags einen Kompromiss zu erreichen. Beim Parlament übernimmt diese Funktion ein für das Gesetzgebungsverfahren gewählter Berichterstatter. Er und der Minister des Mitgliedstaats, der die Ratspräsidentschaft innehat, sind im Endspiel um die Annahme eines Vorschlags die entscheidenden Figuren. Aber beide müssen Mehrheiten hinter sich bringen, sonst wird der Vorschlag nicht angenommen.«

Salzingers Handy klingelte. Er sah kurz aufs Display, entschuldigte sich und ging mit dem Telefon am Ohr nach draußen. Der Ober trug die leeren Teller ab. Lucarelli überflog auf dem Handy einige Artikel belgischer Zeitungen, die über den Tod von Adina Verzasca berichteten. Man ging allgemein von einem Selbstmord aus. Die belgische Polizei hatte eine Pressekonferenz gegeben und sich festgelegt.

»Das hohe Kabinett«, entschuldigte sich der Professor, nachdem er zurückgekehrt war.

»Mitten in der Mittagspause?«

»Das Kabinett ist selbst für den Chef rund um die Uhr verfügbar. Wenn die Leute das eine Weile gemacht haben, glauben sie, das müsste bei jedem so sein. Manche rufen noch am Sonntag oder mitten in der Nacht an, wenn sie meinen, es wäre wichtig.«

»Wer oder was ist das Kabinett?«, fragte Lucarelli.

»Die Kommission hat 27 Kommissare«, erklärte Salzinger. »Das Kollegium kommt einmal die Woche zusammen, um über die Annahme von Vorschlägen abzustimmen. Da jeder Kommissar nicht nur Dossiers seiner eigenen Zuständigkeit durch das Kollegium bringen muss, sondern auch über die Vorschläge der anderen mitentscheidet, hat er einen eigenen Mitarbeiterstab von gut einem halben Dutzend Leuten. Diesen persönlichen Stab eines Kommissars nennt man Kabinett. Die Mitglieder führen mit den anderen Kabinetten vor der Kommissionssitzung die Vorverhandlungen. Wenn der Kommissar auf seine Leute hört, haben sie unter Umständen mehr Einfluss als ein Generaldirektor. Aber die Glanzzeit im Lichtkreis des Kommissars hat auch eine andere Seite.«

»Was meinen Sie?«

»Irgendwann endet die Amtszeit eines Kommissars. Wenn er edel ist, versorgt er die Kabinettsmitglieder vor seinem Abgang noch mit einem guten Posten in der Generaldirektion. *Parachutage* heißt die große Zauberformel für die schnelle Karriere auf Französisch. Wer vom scheidenden Chef keinen Fallschirm bekommt, kann böse stürzen. Fragen Sie Alfried Meindl.«

»Der wirkte auf mich eigentlich ganz aufgeräumt«, wunderte sich Lucarelli.

»Ja, jetzt ist er das ja auch«, sagte Salzinger ernst. »Aber er stand eine Weile auf der Kippe. Es hat wahrscheinlich nicht viel gefehlt, und er hätte irgendetwas Schlimmes gemacht.«

32.

Lucarelli überquerte die Fußgängerbrücke, die in einem langen Bogen über die Avenue de Tervueren hinüber in den Woluwe Park führte. Überholt von einigen Joggern und Radfahrern, die sich durch ein Heer von Spaziergängern schlängelten, folgte er dem Weg. Nach wenigen Minuten traf er auf ein eingezäuntes Sportgelände mit einem Hockeyfeld, einem stattlichen Clubhaus und gut gepflegten Tennisplätzen. Fabienne lehnte auf dem zugehörigen Parkplatz gegen einen schwarzen Renault. Sie ging voraus auf eine Wiese, die zu einem schmalen Teich abfiel. Am hinteren Rand hatte sich eine Entenkolonie niedergelassen, nicht weit von der Straße, die den Park begrenzte. Viele Leute hatten etwas zum Essen mitgebracht, das sie auf ausgebreiteten Picknickdecken verzehrten. Ein paar junge Mädchen bräunten sich in knappen Bikinis.

»In Belgien herrscht die Diktatur der Ganztagsschule«, erklärte Fabienne. »Die Schüler haben bis um vier Uhr Unterricht und danach müssen sie Hausaufgaben machen. Außer am Mittwochnachmittag, da haben sie frei. Es kommt zu einem kurzen, kollektiven Freiheitsrausch. Willst du ein Eis?«

Sie schlenderten den Hügel hinab zu einem Eiswagen, der unten an der Straße geparkt hatte. Auf dem Rückweg fanden sie eine freie Bank. Im Schatten eines alten Kastanienbaums bot sie eine weitläufige Aussicht über den nördlichen Teil des sorgfältig gepflegten Parks und weiter nach Westen. Auf dem gegenüberliegenden Hang lag das Palais von Adolphe Stoclet, gut erkennbar am grünen Turm.

»Hast du schon etwas über die Vergangenheit von Adina Verzasca herausgefunden?«, fragte Lucarelli.

»Sie war in der DG Finance Referatsleiterin für die Regulierung des Wertpapierhandels«, antwortete Fabienne. »Der damalige Generaldirektor war in der Tat René Gaston. Und der zuständige Kommissar hieß Helmuth Raab.«

»War zu dieser Zeit im Bereich Wertpapierhandel etwas Wichtiges im Gange?«

»Im Finanzsektor wird die Gesetzgebung ständig aktualisiert, weil die Industrie ziemlich innovativ ist. Viele Finanzkrisen sind in der Vergangenheit nach Produktinnovationen entstanden, so wie die letzte durch Kreditverbriefungen. Finanzaufsicht und Regulierer müssen also ständig aufpassen, wie sich die Märkte entwickeln, und schnell reagieren. »Es gibt im Internet ein Video von einem Interview, das Verzasca damals gegeben hat. Sollen wir uns das mal ansehen?«, schlug Fabienne vor.

Sie gingen zurück zu ihrer Bank. Fabienne zog ein Tablet aus ihrer Umhängetasche und legte es auf ihr Knie. Es dauerte ein paar Augenblicke, bis das Video anlaufen konnte. Verzasca stand vor einer hellgrauen Interviewwand, geschmückt mit dem Logo des Veranstalters und dem Emblem einer amerikanischen Investmentbank. Die hellblond gefärbten Haare standen im Kontrast zu ihren dunklen, weit aufgerissenen Augen. Der asymmetrische Verlauf ihrer Augenbrauen und ein merkwürdig großer Abstand zwischen Mund und Nase machten die Frau zu alles anderem als einer klassischen

Schönheit. Ihr Englisch war ordentlich, doch sprach sie mit zögerlicher Stimme, als ob sie jedes einzelne Wort zweimal bedachte. Dazu kam ein monotoner, einschläfernder Tonfall.

»Sie wirkt unsicher«, meinte Fabienne. »Außerdem weicht sie den meisten Fragen der Interviewerin aus. Aber vielleicht macht man das so in den unteren Chargen einer Behörde. Die Show gehört den großen Chefs.«

»Um was geht es in der Sache?«

Fabienne drückte auf die Pausentaste.

»Prozedurales im Hinblick auf den nächsten Reformvorschlag der EU-Kommission. Und am Schluss noch um die Behandlung von automatisiertem Handel mit Wertpapieren.«

»Automatisierter Handel?«

»Da sind mit Algorithmen programmierte Computerprogramme am Werk, die in Mikrosekunden auf Marktveränderungen reagieren und große Mengen an Wertpapieren kaufen oder verkaufen. Das System sucht sich dabei seine Handelspartner völlig selbständig. Es reagiert schneller als es je ein Mensch tun könnte.«

»Und ist das gut oder schlecht?«

»Darüber scheiden sich die Geister.«

»Das hat Verzasca aber während des Interviews nicht gesagt, oder?«

»Nein, hat sie nicht. Machen wir weiter?«

Fabienne ließ die Aufzeichnung weiterlaufen. Als die Interviewerin nach einer knappen Antwort von Verzasca eine Rückfrage stellte, ergriff ein Mann das Wort. Offenbar stand die Kamera auf einem Stativ, jedenfalls schwenkte sie nicht zu ihm hinüber. Der Mann sprach

Englisch mit stark österreichisch eingefärbtem Akzent, so wie man es von Arnold Schwarzenegger kannte. Lucarelli wusste sofort, wem die Stimme gehörte.

»Das ist Alfried Meindl. Der Mann, aus dem Ökonomen-Team von Professor Salzinger. Ich hatte ihn im Park getroffen.«

33.

Merkwürdig, dass dir Meindl nicht mehr über Verzasca erzählt hat«, wunderte sich Fabienne. »Er hatte doch offenbar mit ihr zusammengearbeitet.«

»Salzinger hat mir gesagt, dass Meindl eine sehr schwere Zeit hatte«, meinte Lucarelli. »Mag sein, dass er an manches nicht mehr zurückdenken will. Aber wie passt es zu einer ehrgeizbesessenen Direktorin, wenn sie sich mit einem Leibwächter einlässt?«

»Sie wird es für sich behalten haben, Commissario. Aber es ist nicht so, dass man keine Erklärung finden könnte. Verzasca hatte angeblich eine längere Affäre mit Mr. Bigstaff, der in der Kommission lange sein schützendes Händchen über sie gehalten haben soll. Möglicherweise war er um einiges älter. Irgendwann trennt er sich von ihr, vielleicht für eine Jüngere. Verzasca ist inzwischen über Fünfzig. Wie man auf dem Video sehen kann, hat sie nicht viel Selbstvertrauen. Nach dem Verlust des Liebhabers zweifelt sie noch mehr an sich. Sie beginnt etwas mit einem jüngeren Mann. Er steht von seinem Status weit unter ihr und schaut zu ihr auf. Klingt doch plausibel, oder?«

»Die Analyse könnte von meiner künftigen Hauspsychologin Francesca Müller stammen«, kommentierte Lucarelli.

»Wenn sie mit dem Studium fertig ist, wird sie sich sicher erst einmal selbst behandeln«, schüttelte Fabienne den Kopf.

Unten am Teich hatte eine alte Frau damit begonnen,

die Enten mit Brotkrumen aus ihrer Manteltasche zu füttern. Ein Schwanenpaar setzte sich in Bewegung und schwamm herbei, um am Festmahl teilzunehmen. Fabienne starrte nachdenklich auf die Szene.

»Francesca und ich waren einmal sehr ineinander verliebt«, sagte sie traurig. »Die Natur hat es ja so eingerichtet, dass die frisch Verliebten denken, sie hätten das Glück auf Ewig gepachtet. Auch wir hatten eine solche Zeit. Doch fühlte sich Francesca mit der Zeit mehr und mehr von Männern angezogen. Sie schien süchtig nach Sex, und ich genügte ihr nicht. Niemand genügte ihr. Ich wollte nicht, dass sie sich verleugnen muss, nur damit wir zusammen sind. Also haben wir ein paar Dinge ausprobiert. In Berlin gab es einen Club, in dem absolute Freizügigkeit gelebt wurde. Vorne spielte sich alles ab wie in einer normalen Bar, doch weiter hinten und auf einer Empore gab es noch andere Räume. Ich habe zugesehen, wie sie sich reihenweise von gierigen Männern durchficken ließ. Dabei geriet sie regelrecht in Ekstase.«

Fabienne sah stumm auf den Boden. Ein Vogelschwarm flatterte in einem hohen Bogen über den Park. Die Frau am Teich hatte ihr Futter hergegeben und bewegte sich die Richtung der Straßenbahnhaltestelle. Die Schwäne glitten ohne Hast ans andere Teichufer.

»Irgendwann zog ich die Reißleine«, setzte Fabienne mit brüchiger Stimme fort. »Ich musste weg aus Berlin. Köln schien mir weit genug entfernt. Francesca kam noch zwei, drei Mal. Schließlich bot ihr dieser Berliner Club an, am Wochenende als eine Art Tänzerin aufzutreten. Ich habe lange gebraucht, um mir nicht dauernd vorzustellen zu müssen, was sie da alles gemacht hat.«

Es gelang ihr ein schmales Lächeln. Ein Windhauch streifte ihr Haar.

»Irgendwann hatte sie dann auch von diesem Leben genug. Francesca startete eine Art Welttour über die Kontinente. Sie lebte von mehr oder weniger schlecht bezahlten Jobs in Hotels und Restaurants, lernte immer neue Leute kennen und fühlte sich vollkommen frei. Ich weiß nicht, wo sie überall war. Mal bekam ich eine Karte aus Buenos Aires, die sie vielsagend mit ›Vagabunda‹ unterschrieben hatte. Später grüßte sie vom Karneval in Rio, Mauritius, Vietnam und der Ostküste Australiens. Die Reise endete erst, als sie in Neuseeland einen Unfall hatte. Und im Krankenhaus Dr. Müller kennenlernte.«

»Ihren Ex-Mann? In Neuseeland?«

»Francesca konnte ihm nicht ausweichen. Sie hatte einen Fahrradunfall, bei dem sie schwer verletzt wurde. Der Zufall wollte es, dass Müller just zu dieser Zeit im Rahmen eines internationalen Austauschprogramms für junge Ärzte in einer Klinik in Christchurch arbeitete. Er kümmerte sich während der vielen Wochen, die Francesca im Krankenhaus und dann zu Hause im Bett verbrachte, aufopferungsvoll um sie. Er verliebte sich in Francesca und sie landete als Ehefrau von Dr. Müller im beschaulichen Freiburg. Wie sie glaubte, war das ihre letzte Chance auf ein normales Leben. Eine Weile lang schien es gut zu gehen. Doch vor drei Jahren haben sich die beiden wieder getrennt.«

»Und du hattest geglaubt, Francesca hätte damit für alle Zeiten genug von Liebesbeziehungen?«

»Was in einem Menschen eingewurzelt ist, lässt sich nicht so leicht ausrotten. Francesca liebt Sex und neue

Abenteuer. Dass sie sich so schnell wieder auf etwas Ernstes einlässt, hielt sie selbst für ausgeschlossen. Vor allem nicht mit einem Mann.«

34.

Alfried Meindl musste sich mit den Dossiers auskennen, mit denen es Adina Verzasca zu tun hatte, dachte Lucarelli. Er sollte noch einmal mit ihm reden. Fabienne hatte die Idee, zuvor noch mit einem anderen Beamten zu sprechen. Sie erzählte ihm von Reinhold Stindl, den sie während eines Abendempfangs des Sparkassenverbandes kennengelernt hatte und auf sie aufgeschlossen und unverkrampft wirkte. Stindl war schon lange in der Kommission. Zur fraglichen Zeit arbeitet er ebenfalls in DG Finance.

Stindl hatte früher aktiv Fußball gespielt und blieb dem Sport verbunden. Fabienne wusste, dass er sich mit viel Engagement der Tenniskarriere seiner Tochter widmete. Sie trainierte im Davis, einem Club knapp jenseits der Stadtgrenze in Wezembeek. Fabienne fand über die Reservierungs-App heraus, zu welcher Zeit die Tochter Training hatte. Sie meldete sich bei Stindl und schlug ihm ein Treffen im Clubrestaurant vor.

Der Plan ging auf. Als Lucarelli und Fabienne eintrafen, saß er an einem der vorderen Tische auf der Terrasse. Von dort sah man direkt auf die drei vorderen Plätze der Anlage und Stindl konnte das Training aus nächster Nähe beobachten. Ein kleingewachsener Südländer mit einem erstaunlichen Bauch brachte aus einem Trainingskorb Bälle ins Spiel, worauf ein vielleicht 14-jähriges, blondes Mädchen und ein etwas älterer Junge mit der Rückhand Diagonalbälle übten. Auf dem mittleren der drei vorderen Plätze kämpfte ein finster dreinblickender

Glatzkopf mit abscheulich abgehackten Schlägen gegen einen um mindestens einen Kopf größeren, aber auch nicht viel talentierteren Gegner. Lucarelli fragte sich, ob es die beiden verbissenen Matadoren bei der Platzreservierung selbst darauf angelegt hatten vor aller Augen auf dem Präsentierteller zu dilettieren. Die Terrasse war gut besucht. Rechts vom Eingang befand sich ein Stehtisch, an dem die Trainer des Clubs das Ende ihres langen Nachmittags mit einer Blanche und filterlosen Zigaretten begingen. An vielen Tischen saßen bereits Gäste, die auf ihr Essen warteten. Der großen, sorgfältig mit Kreide beschrifteten Tafel konnte man entnehmen, dass in der Küche ein Italiener am Werk war, der neben Pizza und Spaghetti auch anspruchsvollere italienische Spezialitäten fabrizierte.

Wie leicht zu erkennen, stammte Reinhold Stindl aus Bayern. Genüsslich, wie er das rollende »r« zelebrierte, machte er daraus alles andere als ein Geheimnis. Obschon an den Ecken etwas schütter, trug er das dunkelblonde Haar lang. Das verlieh seinem Aussehen einen Hauch ins Künstlerische, weshalb man sich den Mann gut als Theaterregisseur oder Klavierlehrer vorstellen konnte. Wie er erzählte, waren seine Anfänge in Brüssel ursprünglich nur als vorübergehender Ausflug geplant. Seiner Verlobten war in der Stadt damals eine interessante Stelle angeboten worden, und er war nur aus der geliebten Heimat fortgegangen, um sie dort nicht allein zu lassen. Inzwischen lebte das Paar beinahe zwanzig Jahre hier. Die freundlichen, blauen Augen des Fünfzigjährigen ließen ahnen, dass es ihm nicht schlecht ergangen war.

»Tennisclubs in Belgien funktionieren völlig anders, als man es in Deutschland gewohnt ist«, sagte Stindl. »Die Vereine in Deutschland erhalten Zuschüsse und ein Steuerprivileg, wenn sie eine Gemeinnützigkeit nachweisen. Die Gemeinnützigkeit zeigt sich unter anderem in einer breiten Nachwuchsförderung. Darüber hinaus sind die Mitglieder der ersten Mannschaft oft beitragsfrei und ab einem bestimmten Niveau erhalten sie kostenlos Hallenplätze, Training und Zuschüsse für die Startgelder bei Turnieren. Die belgischen Clubs sind in privaten Händen. Das macht einen riesigen Unterschied.«

»Wie wirkt sich das aus?«, wollte Lucarelli wissen.

»Die Eigentümer des Clubs sind private Investoren, und es gibt auch kein Ehrenamt wie in deutschen Vereinen. Für die Eigentümer spielt es keine Rolle, in welcher Liga die Mannschaften des Clubs spielen. So gibt es für Spieler der ersten Mannschaft keinerlei Privilegien, wie etwa vom Verein gesponsortes Mannschaftstraining oder reservierte Trainingsplätze. Das färbt auf die Trainer ab, weil keiner von ihnen erwartet, dass sie den Nachwuchs zum Wettkampfsport bringen oder gar mal ein wirklich guter Spieler herauskommt. Kurzum, der Club stellt die Infrastruktur, will dafür Geld sehen und alles andere ist zweitrangig. Vielleicht bin ich ein Nostalgiker. Aber ich mag das Gefühl nicht, wenn in einem Sportverein niemand einen Finger rührt, ohne gleichzeitig die Hand aufzuhalten.«

Der Koch erschien in einer verwaschenen Schürze und servierte am Nachbartisch das Essen. Sie hatten das Menü abgeändert und zu einer Kalbsleber keine Nudeln, sondern Pommes Frites bestellt. Der tapfere Küchenchef ließ sich den Frevel nicht anmerken, er lächelte sogar, während er die Teller abstellte. Auf dem Center Court stritt der Glatzkopf derweil um einen Ball, den der Lange ausgegeben hatte. Er flitzte im Laufschritt auf die andere Seite und zeigte auf einen Ballabdruck, der nach seiner Meinung die Linie berührt hatte. Augenblicklich sahen alle auf der Terrasse hin.

»Frau Fritz hat mir nur ungefähr gesagt, worüber Sie reden wollen«, sagte Stindl. »Ich muss gleich weiter, um meinen Sohn vom Fußball abzuholen.«

Lucarelli überlegte einen Moment, wo er anfangen sollte.

»Sie haben bestimmt gehört, dass in Freiburg einer der Leibwächter von Vizepräsident Raab erschossen wurde«, begann er. «Ich versuche herauszufinden, ob der Mord mit dem Tod von Adina Verzasca in Verbindung steht.«

»Warum sollte er?«

»Verzasca und der Leibwächter hatten eine Affäre.«

Stindl schüttelte ungläubig den Kopf. Anscheinend hatte sich das Gerücht nicht überall verbreitet.

»Wie gut kannten Sie Frau Verzasca?«, fragte Lucarelli.

»Persönlich so gut wie gar nicht. Gelegentlich vertrat ich den Assistenten des Generaldirektors. Da war ich bei Sitzungen dabei, in denen es um ihre Dossiers ging. Irgendetwas lief mir kalt den Rücken hinunter, wenn ich ihr begegnet bin.«

Stindl stockte einen Augenblick, als ob er bereute, was er eben gesagt hatte.

»Erinnern sie sich an eine kontroverse Diskussion mit Gaston?«

»Verzasca kämpfte heftig um Ressourcen und Zuständigkeiten. An inhaltliche Auseinandersetzungen kann ich mich nicht erinnern. Wie einige, die in der Hierarchie nach oben wollen, schwenkte sie das Fähnchen im Wind. Dafür hasste sie es umso mehr, wenn jemand in ihrer Abteilung es wagte, eine eigene Meinung zu vertreten. Wir hatten mit ihr einen besonders heiklen Fall. Einer ihrer Leute wollte Verzasca wegen Mobbing bei der Personalabteilung anzeigen. Sie hatte dem Mann in einer Auseinandersetzung wutentbrannt eine Reihe von beleidigenden E-Mails entgegengeschleudert. Das waren handfeste Beweise, die Verzasca die Karriere kosten konnten. Gaston hatte alle Hände voll zu tun, dem Mann sein Vorhaben auszureden.«

Von Süden näherte sich ein Jumbo und donnerte im Tiefflug über den Club hinweg. Der Flughafen lag von hier nur ein paar wenige Kilometer entfernt. Es war so laut, dass sie das Gespräch unterbrechen mussten. Lucarelli beobachtete derweil einen Trainer, der sich von den Kollegen am Rauchertisch verabschiedet hatte, um sich wie in Zeitlupe zum Parkplatz zu bewegen. Zum überlässigen Gesamtpaket des platinblonden Dreißigers gehörte, dass die Trainingshose so tief unter der Hüfte hing, dass man sich unweigerlich fragen musste, ob er schon am Morgen keine Kraft mehr hatte, sie nach oben zu ziehen.

Stindl setzte eine schwarze Rundbrille auf, die in der Brusttasche seines Hemds steckte. Er blickte abwesend auf den Platz, wo soeben das Training seiner Tochter geendet hatte.

»Um wen handelte es sich bei dem von Verzasca gemobbten Mann?«, fragte Lucarelli.

»Den Namen weiß ich nicht mehr«, sagte Stindl kopfschüttelnd. »Ich glaube, es war ein Österreicher. Wenn ich mich richtig erinnere.«

Er erhob sich, um an der Bar seine Rechnung zu begleichen. Als Stindl zurückkehrte, hatte er es eilig, sich zu verabschieden. Durch den Zaun hindurch wechselte er noch ein paar freundliche Worte mit dem Trainer, bevor er zusammen mit der Tochter in Richtung Parkplatz eilte.

»Konnte oder wollte er den Namen dieses Mobbingopfers nicht sagen?«, fragte Fabienne.

»Wir können es uns ohnehin denken.«

»Alfried Meindl«, sagte Fabienne.

Auf dem Weg zum Auto fiel Lucarelli ein in helles Holz geschnitzter Wegweiser ins Auge. Er befand sich genau auf der Höhe des Spielfelds, auf dem Stindls Tochter gerade trainiert hatte. In schön geschwungener grüner Schrift wies er den Weg zum Restaurant und ins Sekretariat. Vier weitere Pfeile zeigten in die Richtung der vier großen Grand Slam Turniere. Neben den Namen stand, bis auf den Kilometer genau, die Entfernung.

Lucarelli musste lachen. Luftlinie schien es von hier nach Wimbledon nicht viel weiter als ein Katzensprung.

35.

Sie hatten den Parkplatz des Tennisclubs verlassen und fuhren vorbei an einem großen Einkaufszentrum in Richtung Zentrum. Lucarelli blickte kurz auf die Uhr des Armaturenbretts.

»Fahren wir in die Stadt?«, schlug Fabienne vor. »Ich zeige dir, wo Francesca gearbeitet hat.«

»Sie war längere Zeit in Brüssel?«, wunderte sich Lucarelli.

»Nach der Trennung von Dr. Müller wollte sie erst einmal fort aus Freiburg. Sie wohnte ein paar Monate bei mir und arbeitete in einem Jazzclub in der Innenstadt.«

Sie fuhren auf einer vierspurigen Einfallstraße Richtung Zentrum. Immer neue Ampeln tauchten auf und zwangen zum Anhalten. Sie sprangen offenbar in widersinnigen Intervallen auf Rot, selbst wenn wie jetzt am Abend überhaupt nichts mehr los war.

»Francesca schien von Männern aufs Erste genug zu haben und hielt sich von ihnen fern. Wir haben viel geredet. Dabei reifte ihr Entschluss, es mit einem Studium zu versuchen. Eigentlich war es sehr schön.«

»Wieso nur eigentlich?«

»Meine Gefühle flammten wieder auf. Aber ich hatte in Berlin am Ende eine schlimme Zeit mit ihr, die ich nicht vergessen konnte. Ich wollte mich nie wieder so hilflos und ausgeliefert fühlen. Also tanzte ich auf einem Vulkan. Einerseits war ich verliebt und hungrig nach Zärtlichkeit und Sex. Andererseits hielt mein Kopf den

Finger immer über der Stopptaste. Das war ziemlich anstrengend.«

»Und Francesca?«

»Ich habe das nicht vor ihr ausgebreitet. Sie brauchte jemanden. Ich wollte, dass sie sich fallen lassen kann.«

Die nächste Ampel vor ihnen sprang auf Rot. Fabienne bremste und hielt an. Kopfschüttelnd wendete sie ihm den Kopf zu. Lucarelli wunderte sich über einen neuen Blick in ihren Augen.

»Diese bescheuerten Ampeln haben einen nicht zu unterschätzenden Vorteil«, sagte sie. »Man kann sich zwischenzeitlich küssen.«

Lucarelli kam nicht dazu, darüber nachzudenken. Fabienne beugte sich hinüber und küsste ihn. Sie hörte erst auf, als es hinter ihnen zu hupen begann.

»Ich bin nicht immer das brave Mädchen«, sagte sie.

Lucarelli drückte den Nacken in die Kopfstütze. Der schwarze Renault rollte, nachdem sie ein weiteresEinkaufszentrum passiert hatten, noch eine ganze Weile durch ein Viertel mit nüchternen, mehrstöckigen Apartmenthäusern. Sie will sich selbst etwas beweisen, dachte er. Wie auch immer, es fühlte sich gut an. Lucarelli strich langsam mit der Zunge über seine Lippen, um den Hauch ihres Lippenstifts einzufangen. Endlich endete die schmucklose Gegend. Sie trafen am Square Montgomery ein und bogen rechts ab in Richtung Innenstadt. Den Triumphbogen vor sich, tauchten sie in einen Tunnel ein, der vierspurig unter dem Park hindurchführte.

»Wir landen in der Hölle«, sagte Lucarelli.

»Zur Hölle kannst du gehen, wenn du wieder in Freiburg bist. Jetzt gehen wir erst einmal zu Franky Boy.«

»Wer? Ist der etwa wieder auferstanden?«

»In der Gestalt eines flämischen Bassisten. Du wirst sehen.«

36.

The Music Village lag in der Rue des Pierres, unweit von der Grand Place. Gleich daneben befand sich eine Drag Queen Bar, aus der laute Livemusik drang. Während sie vor dem Eingang zum Jazzclub Schlange standen, erzählte Fabienne, dass dort Transvestiten auftraten. Am Wochenende war es zum Bersten voll und die Damen zeigten sich während der Rauchpausen in glamouröser Aufmachung inmitten ihrer zahlreichen Fans auf der Straße. Francesca kannte die Szene aus ihrem Nachtclub in Berlin. Sie hatte es sich nicht nehmen lassen, ab und zu vorbeizuschauen und mit den Nachbarn Freundschaften zu schließen. Überhaupt, meinte Fabienne, sei die Atmosphäre im gesamten Viertel gelöst und zwanglos. Etwas weiter unten, in Richtung Börse, gab es eine Reihe von Gay-Bars und einen Swingerclub. Francesca hatte es genossen, in diesem Umfeld zu arbeiten. Dazu kam, dass dem Patron des Lokals das Verbindende der Musik eine echte Herzensangelegenheit war.

»Das Music Village ist vielleicht so etwas wie ein Gegenmodell zu diesen belgischen Tennis Clubs, denen es nur um die Moneten geht. Der Chef hätte finanziell gesehen sicher mehr aus seinem Laden herausholen können. Er hieß Paul und investierte weder in besondere Cocktail-Schnickschnacks noch in teure Rotweine aus der Bourgogne, mit denen die Gastronomen in Brüssel angesichts der zahlungskräftigen Kundschaft das meiste Geld verdienen. Nein, Paul zielte auf die echten Liebhaber der Musik. Gemeinsam mit seinen Bedienungen, den Bartendern und nicht zuletzt den Stammmusikern waren alle so etwas wie eine Familie.«

»Wieso waren? Sind sie das nicht mehr?«

»Paul ist plötzlich gestorben. Es muss für alle furchtbar gewesen sein. Die gesamte Familie trauerte. Seine Freunde vom Brüsseler Conservatoire Royal de Musique erschienen und gaben ein Konzert, das alle zu Tränen rührte. Selbst der berühmte Jean Francois Prins gab sich die Ehre und komponierte für Paul ein Stück, das es bis in die Konzertsäle von Paris, London und New York schaffte. Als Francesca hier arbeitete, war ich öfter im Music Village. Kurz nach Pauls Tod hörte Francesca auf und kehrte zurück nach Freiburg. Allein wollte ich nicht mehr hin. Ich hätte dauernd nur an sie denken müssen.«

Fabienne hängte sich bei ihm ein. Sie kam ihm so nahe, dass er ihr Parfüm riechen konnte.

»Damit sind es schon zwei Dinge, die ich schon ewig nicht mehr gemacht habe, Commissario. Einen Mann geküsst und dann noch ins Music Village. Und das an einem einzigen Tag.«

Langsam kamen sie in der Schlange vorwärts. Bald standen sie vor einem Tresen, an dem der Eintritt zu entrichten war, den Fabienne für beide bezahlte. Sogleich wurden sie von einer Bedienung zu einem der letzten freien Tische etwas abseits der Bühne begleitet. Die Band hatte bereits angefangen und Lucarelli verstand sofort, warum Fabienne von »Franky Boy« gesprochen hatte. Sie meinte den Sänger im schwarzen Smoking, der dazu passenden Fliege und einem Männerhut, wie man ihn in den 50iger Jahren trug. Bei einem von der Band stark verjazzten »Fly with me« vermochte er die Stimme des Meisters verblüffend echt nachzuahmen. Lucarelli schloss kurz die Augen, um sich zu vergewissern, ob er zum Original überhaupt einen Unterschied ausmachen konnte.

»Das ist Jean Van Lint, Francescas Lieblingsmusiker«, sagte Fabienne. »Er spielt auch Kontrabass in einer Swing-Band. Da steht er ganz hinten neben dem Schlagzeuger. Aber ab und zu gibt er ›Tribute to Frank‹. Bei dieser Gelegenheit verwandelt sich Jean in Sinatra und tritt nach vorne ins Rampenlicht. Wie wir beide fanden, gehört er da unbedingt hin.«

Lucarelli wusste, dass einem Bassisten im Classic Jazz alles andere als eine Nebenrolle zufiel, und er hätte gewettet, dass van Lint hier eher seine künstlerische Bestimmung sah. Trotzdem, der Musiker schien seinen Show-Auftritt zu genießen. Er war noch nicht einmal bei »My Way« oder »Strangers in the Night« angekommen, doch hatte er das Publikum bereits auf seiner Seite. Lucarelli ließ den Blick durch die Reihen schweifen. Es gab viele fröhliche Gesichter, die Zuhörer wippten im Rhythmus und manche trommelten dazu mit den Fingern auf den Tischen. Fabienne stand auf und begab sich in die Richtung der Waschräume. Ihr Weg führte ein Stück weit an der Bar entlang. Ungefähr in der Mitte wurde sie angesprochen. Fabienne blieb stehen und schüttelte einem Mann die Hand. Sie unterhielt sich ein paar Minuten mit ihm, bevor sie wieder an den Tisch zurückkehrte.

»Vagabunda hat im Music Village offenbar einen unauslöschlichen Eindruck hinterlassen«, sagte sie kopfschüttelnd. »Offenbar hat uns der Typ an der Bar öfter miteinander gesehen. Er hat mich gerade regelrecht ausgefragt.«

»Kannte sie ihn näher?«

»Das hat er wenigstens behauptet. Aber wenn, hatte sie den Kontakt abgebrochen. Francesca zog meistens einfach den Stecker, zog in eine andere Stadt oder gar auf einen anderen Kontinent. Sie sah es als Gelegenheit, irgendwo völlig neu anzufangen. Alles wurde gelöscht und der ganze Ballast der Vergangenheit war weg.«

Lucarelli schob den Kopf ein wenig zur Seite, um einen freien Blick zu erhalten. Er musste zwei Mal hinsehen, aber es gab keinen Zweifel.

»Der Mann an der Bar ist Alfried Meindl.«

»Wie bitte?«

»Du hast schon richtig gehört.«

»Ich dachte immer, Beamte und derlei seien Francesca zu spießig.«

»Wieso? Ich bin schließlich auch einer.«

»Aber du hast Handschellen und eine Knarre.«

»Meindl schießt anscheinend mit Geistesblitzen. Unter Umständen kann das genauso fesselnd sein.«

»So was wie Doktor Superhirn?«

»Er versucht, es sich nicht anmerken zu lassen. Professor Salzinger hat angedeutet, dass ihm das nicht immer sonderlich gut gelingt. Und er in den verschiedenen Schlangengruben, in die er hineingeraten ist, dafür schon bitter bezahlen musste.«

Fabienne nippte nachdenklich an ihrem Glas.

»Ich widerrufe, Commissario. So einer ist definitiv was für Vagabunda.«

37.

Lucarelli setzte sich an den schlichten, quadratischen Holztisch in der Küche.

Fabienne hatte die Haare in ein Handtuch gewickelt und stand im Bademantel am Herd. Mit der einen Hand hielt sie ihr Telefon am Ohr, während sie mit der andern versuchte, die Kaffeemaschine zu bedienen. Offenbar sprach sie mit Francesca über ihre Begegnung mit Alfried Meindl. Plötzlich huschte ein Schatten über Fabiennes Gesicht. Sie winkte ihm flüchtig zu und verschwand mit dem Telefon am Ohr im Schlafzimmer.

Lucarelli überflog die Nachrichten auf seinem Handy. Francesca hatte seine beiden letzten zwar gelesen, aber nicht geantwortet. Nach allem, was er inzwischen wusste, fürchtete sie um ihre Freiheit, und emotionale Abhängigkeit war ihr zuwider. Sowohl Fabienne als auch ihre Ehe waren daran gescheitert, so wie viele andere auch. Er sah auf die Uhr. Es war schon lange hell draußen, aber noch nicht einmal acht Uhr, der europäische Hochsommer strebte seinem Höhepunkt zu. Er zögerte einen Moment, dann rief er Arens an.

»Was gibt es Neues, Mike?«

»Ich bin die Verbindungsdaten von Dillenburgs Diensthandy durchgegangen, die dir der Kommissionsbeamte von OLAF gegeben hat. Dillenburg hat in der Woche vor seinem Tod öfter mit einem gewissen Alberto Moretti telefoniert. Französische Nummer.«

»Er arbeitet bei einer Sicherheitsfirma, die das Gebäude des EU-Parlaments in Straßburg bewacht«, sagte Lucarelli.

»Mit Moretti führte Dillenburg am Samstagabend um 19 Uhr 32 das letzte Telefongespräch. Es dauerte zweiundvierzig Minuten. Interessant ist, dass Moretti auch in Freiburg war. Er wurde vor ein paar Wochen in der Günterstalstraße geblitzt, ganz in der Nähe von Dillenburgs Wohnung. 64 Stundenkilometer anstatt 50. Er wohnt in Durbach, ein paar Kilometer nördlich von Offenburg.«

»In Durbach?«, wiederholte Lucarelli ungläubig.

»Von dort sind es nur ein paar Kilometer hinüber nach Frankreich. Und wenn Moretti in Straßburg arbeitet, kann das Sinn machen. Nettes Örtchen. Es gibt zahlreiche Weingüter, hübsche Fachwerkhäuser und von der Terrasse des Burgrestaurants eine famose Aussicht auf die umliegenden Weinberge.«

»Es ist sicher nett da, Mike. Aber unser Bezirk reicht noch nicht mal bis Offenburg. Woher also weißt du das alles so genau?«

»Ich bin hingefahren und habe auf den richtigen Moment gewartet, um von Morettis Auto heimlich ein paar Fingerabdrücke zu nehmen«, sagte Arens.

»Um sie mit denen in Dillenburgs Wohnung zu vergleichen«, ergänzte Lucarelli.

Er versuchte sich vorzustellen, wie Arens einem Gangster ähnlich um Morettis Auto herumschlich. Der Kollege hatte stets zur Fraktion der Vorsichtigen gehört. Seine Degradierung zum Handlanger des BKA brachte interessante Blüten hervor.

»Was ist mit Dillenburgs Jogging-Partner, der von den Nachbarn gesehen wurde?«

»Du meinst Thomas Meisinger? Ich hatte dir erzählt, dass das BKA seine Konten durchforstet hat. Meisinger hat vor einem Jahr fünfzigtausend Euro und ein halbes Jahr später nochmal fünfzigtausend in bar von seinem Konto abgehoben. Könnte also sein, dass er Dillenburg Geld geliehen oder von ihm Drogen gekauft hat.«

»Wurde Meisinger schon vernommen?«

»Seine Sportartikelfirma sponsert ein Tennisturnier in Brüssel, das diese Woche stattfindet. Meisinger ist vor Ort, um Werbeauftritte zu koordinieren. Da wohl keine Fluchtgefahr besteht, wollte das BKA die belgische Polizei nicht aufscheuchen, um ihn festzusetzen. Wir haben nicht einmal einen Beweis, dass die hunderttausend, die Meisinger von seinem Konto abgehoben hat, tatsächlich bei Dillenburg gelandet sind. Meisinger sollte nach seiner Veranstaltung wieder zurück in Freiburg sein.«

»Wie sieht es auf Dillenburgs Konten aus? Vielleicht geben die Aufschlüsse, was mit Meisingers Geld passiert ist.«

»Sein deutsches Konto hat das BKA schon durchforstet. Es gab wohl in letzter Zeit nichts Interessantes, außer dass der ehemalige Kollege Dillenburg in Brüssel weit mehr Geld verdiente als damals im BKA. Es gibt allerdings noch eine Spur zu dem Konto in Luxemburg, der das BKA noch nachgehen will. Dort hat die bei uns scheinbar allmächtige Bundespolizei weit weniger Power und die Prozedur ist ein bürokratischer Albtraum. Jedenfalls haben wir von der Bank noch keine Auskünfte.«

»Mit dem Auto liegt Luxemburg auf der Strecke zwischen Straßburg und Brüssel, und auch von Freiburg aus liegt das Herzogtum auf direktem Weg. Dillenburg hätte also ohne große Umstände Meisingers Bargeld hinschaffen und dort irgendwo einzahlen können. Wir brauchen mehr Informationen über Meisinger.«

»Okay, Chef.«

Lucarellis Blicke wanderten zu dem Bild, das gegenüber des Tischs hing. Es zeigte ein im Andy-Warhol-Stil animiertes Foto von Fabienne. In hellblau, grün, gelb und rot lächelte sie, um ein paar Jahre jünger als heute, gleich in vierfacher Ausfertigung von der Küchenwand. Ein unbefangenes Lächeln einer Zwanzigjährigen. Womöglich ein Geschenk von Francesca, noch aus der gemeinsamen Zeit in Berlin. Es fühlte sich merkwürdig an, je länger er das Bild betrachtete.

»Wie läuft es bei dir?«, erkundigte sich Arens.

»Ich versuche herauszufinden, ob jemand im Umfeld von Dillenburg und Verzasca eine Leiche im Keller hat.«

»Sehr geheimnisvoll.«

»Bis jetzt habe ich auch nichts, Mike. Noch nicht einmal eine halbwegs belastbare Theorie. Die belgischen Kollegen gehen bei Verzasca von Selbstmord aus. Ich melde mich.«

Es dauerte noch mehr als eine halbe Stunde, bis Fabienne zurückkehrte. Sie sah mitgenommen aus. So gar nicht wie ihr Ebenbild an der Wand.

»Was ist los, Fabienne?«

»Ich habe mit Francesca telefoniert«, sagte sie leise. »Offensichtlich ist mir etwas entgangen, als sie hier in Brüssel war. Sie hatte wohl etwas Ernstes am Laufen.«

Ihre Stimme klang belegt, als ob sie geweint hätte. Lucarelli sah ihr in die Augen. Sie waren immer noch feucht. Matt ließ sie sich auf ihren Küchenstuhl sinken. Fabienne senkte den Kopf. Eine Weile herrschte Stille.

»Es hat mir damals schon in Berlin wehgetan«, brachte sie hervor. »Doch es gab ein letztes Ideal, die vollkommene Ehrlichkeit zwischen uns. Wir versuchten danach zu leben und ich bin dafür an meine Grenzen gegangen. Treue beim Sex schien nicht mehr wichtig. Ich habe manchen Männern sogar die Eier gehalten, während sie in diesem Club wie wilde Tiere über Francesca herfielen. Ehrlichkeit und Vertrauen stand an erster Stelle. Das war das Besondere, an das ich als etwas Bleibendes geglaubt habe.«

»Kann man jemand lieben, der derart viel Freiheit braucht? Und die Ehrlichkeit so weit geht, dass der andere alles mitbekommt und leidet?«

»Ich bin damals in Berlin daran gescheitert«, gab Fabienne zu. »Francesca hatte daraus offenbar den Schluss gezogen, dass sie Geheimnisse vor mir braucht. Bis vorhin jedenfalls.«

»Was ist passiert, Fabienne?«

»Sie war hier in Brüssel mit Alfried Meindl zusammen«, schluchzte sie. »Und ich habe absolut nichts davon gemerkt.«

38.

Meindl war einmal Stammgast im Music Village. Die ersten Jahre besuchte er den Club drei oder vier Mal im Monat, meistens am Donnerstag, wenn es weniger voll war. Er setzte sich stets auf den gleichen Barhocker, blieb etwa bis Mitternacht und trank, während er den Musikern zuhörte, zwei oder drei Gläser Bier. Die Monate vor Francescas Arbeitsbeginn war er plötzlich öfter gekommen, trank um einiges mehr und wechselte zu härteren Sachen. Nicht selten war der Tiroler schon betrunken, als er das Lokal betrat. Meistens saß er dann stumm auf seinem Hocker und starrte ausdruckslos ins Leere, ein gebrochener Melancholiker und nur noch ein trauriger Schatten seiner selbst. Als sich Francesca beim Bartender über den seltsamen Gast erkundigte, erzählte er ihr von Meindls fortschreitender Verwandlung zum Schlechten. Allmählich machten sich einige Sorgen, doch niemand hatte eine Idee, was man tun sollte.

Francesca gab sich ihm gegenüber auf unverbindliche Art freundlich, so wie es bei echten Profis des Gastgewerbes Usus war. An einem freien Abend kam sie privat ins Music Village, und wie immer versammelte sich die Gemeinde der Raucher während der Pausen zwischen den Sets auf der Straße. Auf einmal stand Meindl neben ihr. Die beiden rauchten zusammen, Seite an Seite mit den Gästen der Transvestiten-Bar von nebenan. Sie merkte schnell, dass der Mann alles andere als der abgestumpfte Alkoholiker war, für den sie ihn gehalten hatte. Meindl war gebildet, schlagfertig und mit jenem Humor gesegnet, der für eine Frau vom Schlage Francescas weit anziehender war als rein körperliche Attribute. Aus einer Zigarette wurden fünf. Noch am selben Abend gestand ihr Meindl, dass er Probleme hatte und vom Arzt krankgeschrieben wurde. Für den folgenden Nachmittag verabredeten sie sich für einen Spaziergang im Park und schon am Tag darauf fuhr Meindl mit Francesca an die belgische Küste.

Francesca hatte genügend eigene Probleme, doch ergriff sie die Gelegenheit sich abzulenken. Meindls Aufstieg und Niedergang faszinierten sie, denn für beide Ereignisse waren genau dieselben Eigenschaften ausschlaggebend. Seine Intelligenz, Eloquenz und Kreativität waren so lange Trümpfe gewesen, wie es auf diese Dinge ankam. Sie hatten nicht nur dazu beigetragen, dass Meindl vor einer vielversprechenden Professorenlaufbahn gestanden hatte, sondern war auch der einzige Grund für seinen Wechsel nach Brüssel gewesen. Während einer Reihe von Gastvorlesungen an der Uni Innsbruck fiel Meindl dem österreichischen Wirtschaftsminister Joseph Langthaler auf. Als Langthaler zum EU-Kommissar ernannt wurde, holte er Meindl als Redenschreiber und einem von der Administration unabhängigen Thinktank in sein Kabinett. Meindl blieb dort fast eine ganze Dekade, ständig beflügelt von der Aufgabe, seinem Kommissar eine unverkennbare, originelle Stimme zu geben. Doch widerstrebte es ihm, sich in Seilschaften einzuklinken und sich rechtzeitig um einen Fallschirm zu kümmern, der ihn auf eine Position in den oberen Etagen einer Generaldirektion hätte tragen können.

Meindl hatte sich zu lange darauf verlassen, dass seine Talente automatisch zum Erfolg führten. Fatalerweise erlag er außerdem der Illusion, es könnte für ihn, der selbst jedermann in Ruhe ließ, keine Feinde geben. In Innsbruck lebte er weitgehend unbehelligt im Elfenbeinturm seiner Wissenschaft, da der Institutsdirektor die Hahnenkämpfe mit der Professorenschaft ohne seinen Assistenzprofessor austrug, und als er in der Kommission anfing, hielt von der ersten Minute an der mächtige Kommissar Joseph Langthaler eine schützende Hand über ihn. Vielen in seiner Umgebung blieb Meindl fremd, denn sie rochen schneller als den Achselschweiß, dass er nicht in das übliche Schema eines vernetzten Karrierebeamten hineinpasste. Doch, Langthaler sei Dank, kam niemand an ihn ran.

Alles änderte sich, als die Amtszeit seines Mentors zu Ende ging. Meindl musste erfahren, dass er sich und die Welt, in der er fortan leben musste, falsch eingeschätzt hatte. Nichts war mehr so wie es war. Auf sich allein gestellt, landete er unsanft in der Generaldirektion, für die Langthaler fast zehn Jahre lang zuständig war. Angetrieben von den Gewerkschaften, die mit Herzblut Blitzkarrieren der verhassten Kabinette bekämpften, wurde an ihm ein Exempel statuiert. Meindl bekam keine anspruchsvolle Position, in der er seine Fähigkeiten hätte einsetzen können. Seine Stärken, für die ihn der Kommissar in sein Kabinett geholt hatte, verwandelten sich über Nacht in ein Handicap. Zunehmend resigniert dümpelte er vor sich hin.

Seine Situation änderte sich mit dem Ausbruch der globalen Finanzkrise. Die Kommission hatte für die

Aufarbeitung mehr Arbeit als je zuvor, für die es auf Anhieb nicht genügend spezialisiertes Personal gab. Meindl bekam eine Stelle in DG Finance und wurde an die Front geschickt. Ohne besondere Vorkenntnisse gestartet, schaffte er es in kurzer Zeit zum Experten. Sein Gehirn bekam genügend frische Nahrung, und in seinem Umfeld herrschte, begünstigt durch einen selbstbewussten, liberalen Abteilungsleiter, ein Klima offener Kommunikation. Doch das Schicksal meinte es nicht gut mit Meindl. Die Kommission wurde restrukturiert, und im Zuge dessen wurden einige Positionen in seiner Generaldirektion neu besetzt. Meindls Arbeitsbereich fiel ausgerechnet in die Hände von Adina Verzasca.

Natürlich hatte Meindl von ihrem schlechten Ruf gehört, doch wartete er erst einmal ab. Es dauerte nicht lange bis Verzasca ihre hässliche Seite offenbarte. Inkompetent, launisch und oft unbeherrscht schlug sie die ersten von Meindls Kollegen in die Flucht. Für die politisch interessanten Dossiers verbannte sie ihn hinter die Seitenlinie. Meindl steuerte auf den Zustand der Nichtigkeit hin, so wie er es nach seinem Abgang aus dem Kabinett Langthaler schon einmal erlebt hatte. Als letzten Ausweg beschwerte er sich. Verzasca ging sofort zum Angriff über, erhob die absurdesten Vorwürfe und schaufelte jeden erdenklichen Mist auf seinen Schreibtisch, verbunden mit nicht zu schaffenden Deadlines. Irgendwann brach Meindl in seinem Büro zusammen, zerrieben vom ständigen Mobbing und dem aussichtslosen Kampf, die verrückten Deadlines zu halten. Als ihn die Sanitäter durch den Flur zum Krankenwagen trugen, sah er die Kälte in ihren Augen. Sie hatte gewonnen, sie war tough, eine Frau, die sich gegen die Männer behauptete.

»Es war nicht nur Generaldirektor Gaston, der Meindl davon abgehalten hatte, Verzasca bei der Personalabteilung anzuzeigen«, schloss Fabienne. »Ein guter Teil war Francesca.«

Fabienne fing sich, je länger sie von ihrem Gespräch mit der Freundin berichtet hatte.

»Aber warum? Meindl hatte, wie du sagtest, handfeste Beweise für Mobbing. Mit denen hätte er verhindern können, dass die unfähige Frau auch noch zur Direktorin ernannt wird«, wunderte sich Lucarelli.

»Francesca meinte, dass Meindl tatsächlich schwer mit sich gekämpft hatte. Im Grunde wusste er, dass seine Erwartungen zu hoch waren und er lange Zeit in seinem Leben einfach nur sehr viel Glück gehabt hatte. Die Arbeit in einer Organisation, in der viele Menschen ständig um Macht kämpfen, ist ein vermintes Terrain für intellektuelle Idealisten. Man konnte die Machtspiele entweder mitspielen oder sich ein dickes Fell zulegen und auf Distanz gehen. Francesca brachte Meindl dazu, sich das Geschehen als Schauspiel vorzustellen, in dem er Eintritt bezahlt hatte und zusehen durfte, wie sich die anderen das Leben schwermachten.«

»Wird man so nicht zum Zyniker?«

»Das wirksamste Gegenmittel gegen Zynismus ist Leidenschaft. Meindl musste sie bloß für etwas aufbringen, was ihm Freude machte. Nach ein paar Ausflügen ins Grüne hat er die Nachmittage seines restlichen Krankheitsurlaubs mit meiner Freundin im Bett verbracht. Das brachte ihn erstmal wieder auf die Beine.«

»Das sagst du so cool, Fabienne.«

»Reiner Galgenhumor, Commissario.«

»Aber Francesca ist ja schon länger zurück in Freiburg und Meindl sitzt wieder im Büro.«

»Meindl hat es wohl geschafft, sich neu zu erfinden. Er fing an Schach zu spielen, las zig Bücher über Eröffnungen und kämpfte manchmal ganze Nächte gegen einen unbesiegbaren Computer. Laut Francesca war das die größte Verschwendung menschlicher Intelligenz, die sie je mit eigenen Augen gesehen hatte. Aber was machte das schon. Während Meindls Zeit unter Verzasca war es schließlich auch so gewesen.«

»Alles ist relativ. Selbst der Wahnsinn.«

»Schachspielen war nicht das Einzige, was ihm einfiel. Meindl besaß ein altes Klavier, hatte aber seit Ewigkeiten nicht mehr gespielt. Er nahm ein paar Stunden Unterricht und übte mit Internet-Tutorials so lange, bis er Francesca ihre Lieblingssongs vorspielen konnte.«

»Das ist romantisch«, meinte Lucarelli.

Fabienne hielt inne und sah nachdenklich aus dem Fenster. Einen Moment sah es so aus, als ob sie nach Lucarellis Hand greifen wollte.

»Willst du Alfried Meindl anrufen?«, schlug sie vor.

»Er hat mir im Music Village seine Nummer gegeben, weil er wohl hofft, über mich Francesca wiederzufinden.«

»Das könnte nicht schaden. Aber was sage ich ihm, wo ich seine Nummer herhabe?«

»Ich muss erst einmal nachsehen. Vielleicht habe ich sie schon gelöscht.«

Fabienne stand auf und ging zu ihrem Handy, das sie nach dem langen Gespräch mit Francesca an ein Ladekabel angeschlossen hatte. Das Telefon lag auf dem Boden neben einer Steckdose. Als sie sich bückte, rutschte der kurze Bademantel nach oben. Lucarelli wollte wegsehen, doch er war nicht schnell genug. Unter dem Mantel trug sie nichts. Sein Gehirn fotografierte und speicherte, obwohl der Augenblick nur eine Sekunde gedauert hatte. Lucarelli wusste, dass er die Löschtaste nicht mehr so schnell finden würde.

»Ich weiß was Besseres«, sagte Fabienne, ohne noch einen Blick auf ihr Handy zu werfen. »Heute ist Sommerfest im Wien-Haus. Da geht man als Österreicher hin. Sofern man erlaucht genug ist, eine Einladung zu bekommen. Was meinst du?«

»Klingt gut.«

Sie gab eine Nummer aus ihrer Adressliste ein und ging mit dem Telefon hinaus. Nach drei Minuten war sie zurück.

»Doktor Alfried Meindl ist zur Veranstaltung angemeldet. Und wir beide sind es jetzt auch.«

»Wie hast du das denn geschafft? So ein Event ist sicher nicht für Krethi und Plethi. Und wir sind ja noch nicht mal Vorder-Österreicher.«

»Wir sind aber in Europa, Commissario. Außerdem kenne ich jemand.«

39.

Das Wien-Haus befand sich in der Nähe der Metro-
station Merode in der Avenue de Tervueren. Fabienne
und Lucarelli legten die wenigen Meter zu Fuß zurück.
Fabienne erzählte, dass alle deutschen Bundesländer in
Brüssel Vertretungsbüros unterhielten. Bei den Öster-
reichern war es ebenso, allein das Bundesland Vorarlberg
scherte aus. Die Büros informierten die Heimatministe-
rien über neue Gesetzesvorhaben und Förderprogramme
und versuchten, die Landespolitiker für eine effiziente
regionalspezifische Interessenvertretung in Stellung zu
bringen. Dafür hielten sie regelmäßig Informationsveranstaltungen ab, meistens in der Form von Podiums-
diskussionen mit Spitzenpersonal aus der Landespolitik
und in ihrer Region ansässigen Unternehmen. Die Ver-
anstaltungen der Länderbüros bildeten gleichzeitig so
etwas wie das kulturelle und soziale Rückgrat der EU-
Bubble. Hier traf man sich. Die Bediensteten der EU-
Institutionen waren dankbar für das bisschen Heimat-
gefühl, denn nach dem eigentlichen Event stand man
mit den Landsleuten noch eine Weile bei einem Glas
Wein beisammen. Für Journalisten und Mitarbeiter der
Büros eröffnete sich dabei die Gelegenheit, den einen
oder anderen wichtigen Gast zu treffen und ihm etwas
Interessantes zu entlocken.

Fabienne kam nicht oft im Wien-Haus, obschon die
Events dort nicht zuletzt durch das Ambiente als etwas
Besonderes waren. Lucarelli sah sofort, was sie gemeint
hatte. Die Fassade des Altbaus stand ganz im Zeichen

des Jugendstils. Die Inneneinrichtung schaffte mit kunstvoll geschwungenen Bögen, der Holzverkleidung der Wände, einer Reihe von bunten Deckengemälden und der im Stil der Art Deko bemalten Fenster eine fast schon familiäre Atmosphäre. Fabienne blieb zurück bei ihrer Bekannten, die am Eingang eventuelle Nachzügler in Empfang nahm. Die zahlreichen Gäste lauschten der Begrüßungsansprache der Büroleiterin. In ungekünstelter Mundart erzählte die rothaarige Wienerin sichtlich stolz über die große Beliebtheit der Stadt, die den Mitarbeitern des Hauses dabei half, beim Personal der EU-Institutionen die Türen zu öffnen. Charmant bedankte sie sich bei den Gästen für die Zusammenarbeit und übergab das Mikrofon an den Bürgermeister. Lucarelli ließ den Blick durch den Raum schweifen. Meindl war nicht da. Zumindest konnte Lucarelli ihn nirgends in der Menge ausmachen.

Fabienne unterhielt sich mit einer jungen Frau, die die eintreffenden Gäste begrüßte und in eine Anwesenheitsliste eintrug. Lucarelli sah, wie Fabienne verhohlen auf den Papierausdruck schielte, der vor den beiden auf einem Stehtisch lag. Er bewunderte ihre Anmut, ohne dass ihm dieses Wort eingefallen wäre, doch auf einmal wandte sie ihm den Kopf zu, als ob sie etwas gespürt hätte. Für ein paar lange Augenblicke begegneten sich ihre Augen, und ein Lächeln huschte über ihr Gesicht. Unterdessen kam Alfried Meindl die bogenförmige Steintreppe hinauf, leicht erkennbar an seiner langen, schwarzen Haartracht. Fabienne schüttelte ihm die Hand. Die beiden wechselten ein paar Worte, dann zog sie den Tiroler zur Seite. Lucarelli sah, wie Meindl eine Nummer in sein

Handy tippte, die ihm Fabienne offenbar diktierte. Zeit für Lucarelli, sich unter die Leute zu mischen.

Auf dem Podium war der Bürgermeister bereits bei seinem Schlusswort angekommen. Als Profi wusste er, dass er sich an so einem Abend kurzfassen musste. Beifall brandete auf. Die Flügeltür zum rückseitigen Garten wurde geöffnet und die Gäste strömten nach draußen. Lucarelli schloss sich an. Am Ausgang standen zwei Kellner, die auf Rundtabletts Sekt offerierten. Er nahm ein Glas und begab sich an einen freien Stehtisch am hinteren Ende des Gartens. Nach einer Weile erschien Fabienne.

»Meindl plaudert noch mit dem Bürgermeister«, sagte sie, als sie Lucarellis Tisch erreicht hatte. »Er kennt ihn noch aus seiner glorreichen Zeit im Kabinett Langthaler. Manche haben da ein Kurzzeitgedächtnis und pflegen ihn seit seinem Absturz aus den obersten Gefilden der Kommission beflissentlich zu ignorieren.«

»Und? Macht ihm das was aus?«

»Rampenlicht hat bekanntlich was von einer Droge. Nach Vagabundas Spezialbehandlung schien Meindl davon geheilt. Die Schleimer, die ihm nur in den Arsch gekrochen sind, weil er wichtig war, konnten ihm gestohlen bleiben.«

»Das hat er so gesagt?«

»Wahrscheinlich nicht wörtlich. Dafür scheint mir der Herr Doktor Meindl trotz all seiner Tiroler Bodenständigkeit zu elegant. Es handelt sich um eine freie Übersetzung von Francesca Müller.«

Fabienne hob ihr Glas und lächelte. Sie stießen an.

»Manchmal wird man von seiner Vergangenheit eingeholt«, sagte Lucarelli. »Ich hatte vor einigen Jahren auf der Polizeihochschule eine kurze Affäre mit einer Studienkollegin. Danach verloren wir uns aus den Augen. Sie ging ins Landesinnenministerium nach Stuttgart und landete ein paar Jahre später als Polizeipräsidentin in Freiburg. Damit wurde sie über Nacht zu meiner obersten Chefin. Natürlich versteht sie es, unser kleines, persönliches Geheimnis zu ignorieren und verwandelt sich in einen Eisblock, wenn ich in der Nähe bin.«

»Findest du sie noch attraktiv?«

Lucarelli zögerte. Es wollte ihm keine gute Antwort einfallen.

»Sie sieht sehr gut aus und ist ungemein intelligent und schlagfertig. Aber da ist eine eisige Mauer, durch die ich nicht hindurchschaue. Sie war damals schon so. Doch die Zeiten, in denen ich ein derartiges Mysterium spannend fand, sind vorbei.«

»Aber du bist noch immer ein Ladies-Man, oder?«

Sie zog ein verschmitztes Lächeln auf. Lucarelli wusste nicht, ob sie wirklich eine Antwort erwartete.

»Ein Ladies-Man braucht Charme und Humor, aber vor allem die Gabe nicht nachzudenken. Er hegt keinerlei Zweifel, dass er ein toller Typ ist und die Frauen auf ihn stehen. Erst diese grandiose Selbstüberschätzung ermöglicht es ihm, Frauen zu erobern, die eigentlich viel zu gut für ihn sind.«

»Die Hausse nährt die Hausse?«

»Es gab einmal so eine Zeit. Ich war jung, alles war einfach, und ich habe mich getröstet, dass ich beim Tennis nicht so weit vorankam wie ich wollte. Aber ich bin nicht stolz darauf. Es ist lange her.«

»Und wie ist das heute?«

»Gerade weiß ich nicht mehr so genau, wo mir der Kopf steht.«

Er dachte an die Szene am Morgen, als Fabienne sich vor seinen Augen zu ihrem Handy hinunterbückte. Damals hätte er das als Einladung verstanden und es an Ort und Stelle darauf ankommen lassen. Heute hatte er hingegen gerätselt, ob die Blicke, die sie ihm gewährte, ein Zeichen absichtsloser Unbefangenheit waren. Und er dachte an Francesca, Fabiennes Freundin und Geliebte, und die Komplikationen, die ihn erwarteten.

Inzwischen stieg Meindl die Treppe zum Garten hinunter, einen gefüllten Teller, Besteck und ein Weinglas in den Händen. Fabienne stellte sich auf die Zehenspitzen und winkte ihn herbei. Balancierend schlängelte sich der Tiroler durch die Menge, bis er, ohne einen Rempler zu kassieren, ihren Tisch erreichte. Sein Lächeln geriet ein wenig schief, doch er streckte halbwegs freundlich seine Hand aus.

40.

Früher war der Umgang mit der Außenwelt einfacher«, meinte Meindl scheinbar belustigt. »Heutzutage müssen Kommissionsbeamte jedes Zusammentreffen mit der Außenwelt in eine Liste eintragen. Außerdem dürfen wir uns von einem Unternehmen, einem lebenden Menschen oder einem Verband nur für insgesamt höchstens fünfzig Euro pro Jahr einladen lassen. Nach den Buchstaben der Regelung müsste ich also kalkulieren, wie viel mein Schnitzel und der Wein, den ich trinke, wert sind. Danach bemisst sich dann, ob ich nochmal nachschöpfen und ein weiteres Glas bestellen darf, oder das Limit bereits erreicht ist, weil ich im Februar während einer Konferenz bereits ein Süppchen und einen Strudel gegessen habe.«

Meindl wirkte ganz anders als während der ersten Begegnung im Park, fiel Lucarelli auf. Vor ein paar Tagen waren sie allein gewesen. Im Angesicht der Gäste, die ihn von früher kannten und seine Marginalisierung in der Nahrungskette mit Schadenfreude registriert hatten, umgab er sich mit bittersüßer Ironie.

»Ist das nicht ein bisschen übertrieben? Sieht aus wie: Beamte zählen Erbsen«, sagte Fabienne.

»Das Erbsenzählen war eine Reaktion der Kommission auf einen Skandal, den ein frisch ernannter Direktor vor einigen Jahren ausgelöst hat. Er wurde von zwei als Geschäftsleute getarnten Undercover-Journalisten in ein Edelrestaurant eingeladen. Zu allem Überfluss ließ er während des Essens ein paar Interna fallen, und die Journalisten hatten ihre Story. Da der Plot nur als Skandalgeschichte funktionierte, mussten die bewusst in die Höhe gejazzten Restaurant-Spesen entsprechend amortisiert werden. So fand der Direktor sein Konterfei über viele Tage auf der ersten Seite einiger Krawall-Blätter wieder, und die Kommission war gezwungen, etwas zu tun. Damit das auch richtig auffiel, mussten die neuen Regeln natürlich drastisch übertrieben werden. Allerdings hat mein Arbeitgeber keine Leute, die kontrollieren, ob die Erbsen auch richtig gezählt werden.«

Meindl schien sich über seine eigenen Worte zu amüsieren. Er winkte dem Kellner und ließ sich nachschenken. Eine Weile widmete er sich seinem Schnitzel und dem Kartoffel-Gurkensalat, dem kulinarischen Flaggschiff des Abends.

»Und nach all den Verfehlungen, die ich heute Abend möglicherweise bereits begangen habe, verlangen Sie noch von mir, dass ich aus dem Nähkästchen plaudere?«

Meindls Augen wanderten zu Fabienne und wieder zurück zu Lucarelli. Er versuchte zu lächeln.

»Was wollen Sie wissen?«

»Sie hatten in DG Finance in der Abteilung von Adina Verzasca gearbeitet«, tastete sich Lucarelli vor.

»Heilige Maria. Ich habe versucht, diese Zeit zu vergessen«, antwortete Meindl.

»War es so schlimm?«

Meindl starrte auf seinen Teller. Es entstand eine Pause.

»Fehlbesetzungen kommen in der Kommission schon einmal vor«, sagte er endlich. »Vor allem wenn Quoten aufgefüllt werden oder ein Strippenzieher hinter den Kulissen jemanden versorgen will. Allerdings war Verzasca nicht nur fachlich eine Katastrophe, sondern zu allem Überfluss auch menschlich eine Zumutung. Bösartig, unsicher und karrieresüchtig. Diese Kombination hatte sich bei mir zu einer Art Vorhölle addiert. Ich war damals noch nicht zynisch genug, um alles einfach nur an mir vorbeiziehen zu lassen.«

Meindl verwendete erneut das Wort *Strippenzieher.* Er sprach es ebenso verächtlich aus wie damals im Park.

»Wer war denn der Mann, der Adina Verzasca gegen alle guten Gründe quasi unter Naturschutz gestellt hat?«, stieß Lucarelli vor.

Meindl ergriff sein Weinglas, schwenkte den Inhalt ein paar Mal hin und her und trank es schließlich aus.

»Niemand in der Kommission ist allmächtig. Doch entwickeln sich im Laufe der Jahre gewisse Seilschaften. Manche gehen auf eine frühere, gemeinsame Zeit in den Kabinetten zurück. In diesen Positionen ist man auf sich angewiesen. Wer ein Dossier des eigenen Kommissars möglichst reibungslos durch die Kommission bringen will, braucht vor allem das für das Dossier zuständige Mitglied des Präsidentenkabinetts.«

Meindl hatte vermieden, einen Namen zu nennen. Trotzdem, so verriet Fabiennes Blick, würde sie mit diesem verschlüsselten Hinweis etwas anfangen können.

»Auf YouTube ist ein Interview mit Adina Verzasca zu sehen. Für einen kurzen Moment hatten Sie während des Gesprächs das Wort ergriffen. Es ging um Hochfrequenzhandel mit Wertpapieren. Hatten Sie über dieses Thema mit Frau Verzasca eine Auseinandersetzung?«

»Auseinandersetzung kann man wohl kaum dazu sagen. Dafür müsste man miteinander diskutieren. Verzasca war dazu nicht in der Lage, weil der Sachverhalt technisch zu anspruchsvoll für sie war. Sie hat alle Argumente einfach weggewischt und mich vom Dossier abgezogen.«

»Aber damit schoss sie sich doch ein Eigentor, oder? Jemand muss schließlich die Arbeit machen«, warf Fabienne ein.

»Nicht, wenn der zuständige Kommissar für den Hochfrequenzhandel keinen Regulierungs-Vorschlag vorlegt. Das tat er nämlich nicht.«

»Sie meinen Vizepräsident Helmuth Raab«, sagte Fabienne.

Meindl nickte.

»Und da waren Sie anderer Meinung?«, fragte Lucarelli.

»Damit war ich nicht allein. Wenn man verhindern will, dass computergestützter Hochfrequenzhandel zu erratischen Ausschlägen an den Börsen und nachfolgend zu einer Finanzkrise führen kann, könnte man einen zeitlichen Mindestabstand zwischen den einzelnen Transaktionen eines Marktteilnehmers einführen. Die Experten nennen das einen Speed-Bump. Damit wäre die Gefahr weitgehend gebannt.«

»Und damit ist es jetzt vorbei, weil die Kommission keinen Vorschlag gemacht hat?«

»Nicht unbedingt. Die Kommission hat einen Vorschlag für die Revision der bestehenden Finanzmarktlinie-Richtlinie vorgelegt, da der Gesetzesrahmen in einigen Bereichen laufend an neue Entwicklungen angepasst werden muss. Damit öffnet sich die Büchse der Pandora. Denn Rat und Parlament können einen vorliegenden

Vorschlag der Kommission jederzeit ändern oder eben auch um neue Regelungen für den Hochfrequenzhandel erweitern. Diese Regeln sind Bestandteil der Finanzmarkt-Richtline, und deshalb wäre das möglich, ohne mit dem Vorschlagsrecht der Kommission in Konflikt zu geraten.«

Meindl winkte eine Bedienung herbei und ließ sich Wein nachschenken.

»Und wie sieht es im Augenblick in den Verhandlungen aus?«, fragte Fabienne.

»Ich habe inzwischen den Arbeitsbereich gewechselt, Frau Fritz. Außerdem war die letzte Zeit in DG Finance nicht gerade erfreulich für mich. Ich verspüre keinerlei Lust, mich weiter mit diesem Dossier zu beschäftigen. Mir reicht schon, wenn mein Schachprogramm in Millisekunden alle Züge vorauskalkuliert und schneller zieht, als ich auch nur den Finger von einer Figur nehmen kann. Das ist mir Hochfrequenz genug.«

41.

Zwei junge Frauen in luftigen Sommerkleidern suchten einen freien Tisch und steuerten schließlich auf sie
zu. Wie sich herausstellte, arbeiteten sie als Praktikantinnen eines österreichischen Abgeordneten. Sie waren in
Vertretung ihres persönlich eingeladenen Chefs erschienen, womit sie nicht allein waren. Neben den Arrivierten
waren auf diese Weise stets viele junge Leute da, die man
sich gut als Studenten vorstellen konnte. Meindl schien
dankbar für die frisch eingetroffene Gesellschaft.

Fabienne erzählte, dass sie ebenfalls als Praktikantin
eines Abgeordneten angefangen hatte. Bei einigen Hin-
terbänklern konnte es langweilig werden, doch wenn
der Abgeordnete aktiv war, in wichtigen Ausschüssen
mitmischte und die Rookies etwas machen ließ, konnten die sechs Monate spannend werden. Meindl hörte
nur noch halb hin und sagte nichts mehr. Als er in der
Menge einen Bekannten erblickte, verabschiedete er sich.
Die beiden Frauen wollten bei der Veranstaltung des benachbarten Büros von Rheinland-Pfalz vorbeizuschauen,
um einen Kollegen abzuholen. Lucarelli bewunderte die
mächtigen Bäume, die in großer Zahl die Gärten des
Viertels säumten.

»Was denkst du?«, fragte Fabienne.

»Noch nichts. Es ist eher eine Vorstufe des Denkens.
Ein Sammelsurium.«

»Was für ein Sammelsurium?«

»Ich dachte an den Mord an Dillenburg und den Tod
von Verzasca. Nicht so einfach, eine Verbindung zu fin-

den. Wir wissen jetzt allerdings, dass auch Meindl eine Rolle gespielt haben könnte.«

»Wie das denn?«

»Er arbeitete wie Raab, Gaston und Verzasca im Bereich Hochfrequenzhandel und befand sich zum Zeitpunkt des tödlichen Sturzes von Verzasca im Gebäude. Vielleicht war er sogar im Büro von Gaston, als Verzasca wütend hineinstürmte.«

»Es hat ihn dort offenbar niemand gesehen«, sagte Fabienne. »Ich glaube auch nicht, dass Meindl oder Verzasca bei politischen Entscheidungen über die Regulierung des Hochfrequenzhandels eine wesentliche Rolle gespielt haben. Die Musik spielt gewöhnlich weiter oben in der Nahrungskette. Und die Mobbing-Geschichte ist zwar schauderhaft, aber zu lange her, um für Meindl ein Rachemotiv herzugeben. Findest du nicht?«

»Wenn wir nach einer möglichen Verbindung zwischen dem Mord an Raabs Leibwächter und dem Tod von Adina Verzasca suchen, müssen wir auch in die hinteren Winkel schauen.«

»Es sieht nicht so aus, als ob Meindl seine Verachtung für Verzasca herunterspielen wollte«, wandte Fabienne ein. »Und nach allem, was mir Francesca über ihn erzählte, hat sich Meindl inzwischen völlig neu erfunden. Immerhin hat er mit dir über Verzasca geredet, was er nicht musste.«

«Dass Meindl Verzasca gehasst hat, war wohl für niemand ein Geheimnis. Da brauchte er vor uns nichts zu beschönigen. Ich würde gerne wissen, ob René Gaston, als er noch Generaldirektor der DG Finance war, auch bei Meindls Wechsel ins Team des Chef-Ökonomen eine

Rolle gespielt hat. Vielleicht musste er Meindl ruhigstellen, und wenn ich alles richtig verstanden habe, macht man das hier gerne mit einem hübschen Pöstchen.«

Fabienne begann lauthals zu lachen.

»Du lernst schnell, Commissario. Dein Professor Salzinger wird dir das allerdings nicht verraten können. Einer wie Gaston spielt so etwas über die Bande. Er ruft jemanden an und der ruft wiederum jemanden an, der dann Salzinger anruft und ihm Meindl wärmstens ans Herz legt.«

Sie probierten den Gemischten Satz, eine besondere Wiener Weißwein-Spezialität. Fabienne wusste, dass für diesen Wein verschiedene Rebsorten in einem Weingarten zusammen angebaut und nach der gemeinsamen Lese auch gemeinsam gekeltert und vergoren wurden. Damit keine der mindestens drei Rebsorten zu dominant wurde, hatte man Mindest- und Höchstanteile geregelt. Wie Lucarelli fand, konnten sich die Ergebnisse sehen lassen. Der Wein schmeckte süffig und war nicht schwer, eine wichtige Eigenschaft für einen Genuss an einem warmen Sommerabend. Die Praktikantinnen waren mit einem dunkelhaarigen Schönling ins Wien Haus zurückgekehrt, wurden jedoch noch auf der Treppe von jemandem aufgehalten.

»Ein Sommerfest ist wohl kaum der ideale Ort für die Entwicklung dunkler Theorien über das Kommissionspersonal«, meinte Fabienne. »Oder wollen wir den gleich wieder anrückenden EU-Nachwuchs ein bisschen desillusionieren, bevor er unsanft auf dem Boden der Realitäten aufschlägt?«

»Das führt zur überaus interessanten Frage, ob man

das Leben noch liebt, wenn man alles verstanden hat.«

»Und? Hast du alles verstanden?«

»Kaum. Ich verstehe zum Beispiel nicht mal, wie du Meindl dazu gebracht hast, mit mir über seine Albträume zu reden.«

»Superhirne funktionieren manchmal gleich wie die einfachen, vor allem, wenn sie männlich sind. Ich habe Herrn Doktor einen Deal vorgeschlagen, dem er nicht widerstehen konnte. Ein paar Minuten Albtraum gegen die Telefonnummer von Da Pino.«

Lucarelli verschlug es die Sprache.

»Und was sagt Francesca dazu?«

»Das ist eine jener ungelösten Fragen, die das Leben so spannend machen. Womöglich kriege ich eins übergebraten, wenn Meindl mich verpfeift. Aber immerhin dient unser kleines Tauschgeschäft der Wahrheitsfindung.«

42.

Sie schlenderten über den Place de Jean Merode. Den Parkplatz des Automuseums ließen sie hinter sich und schlenderten durch den Triumphbogen, den höchsten Punkt des Cinquantenaire. Fabienne erzählte von einem pfiffigen Unternehmer, der von den Behörden eine Genehmigung für den Betrieb eines Luftrestaurants bekommen hatte. An schönen Tagen durfte er die Gäste mit einem Kran bis hinauf zum Torbogen ziehen, von wo die zahlungskräftige Kundschaft über das ganze Europaviertel hinweg bis hinunter in die Stadt sehen konnte. Am unteren Ende des Parks lag die Outdoor Bar, in der Lucarelli zum ersten Mal Alfried Meindl getroffen hatte. Obschon es bald dunkel wurde, kreuzten einige Jogger den Weg. Fabienne war guter Dinge, ein wenig beschwingt vom Wein und der guten Stimmung im Wien-Haus. Sie ergriff seinen Arm und schmiegte sich ein wenig an ihn, so gingen sie eine Weile wortlos nebeneinander. Etwa in der Mitte des Parks ließen sich auf einer Bank nieder. Fabienne angelte ein Zigarettenpäckchen aus ihrer Handtasche.

»Wo waren wir stehengeblieben?«, lenkte sie das Gespräch auf den Mordfall.

Lucarelli lehnte sich zurück und blickte in die aufziehende Nacht. Durch die Friedlichkeit der Abendstimmung sahen die Dinge nicht weniger kompliziert aus. Er wusste nicht, wo er anfangen sollte.

»Die einzige relevante Frage ist für mich, ob der Tod von Verzasca etwas mit dem Mord an Dillenburg zu tun hat. Wir wissen, dass Raab Dillenburg lange beschützt und mit aller Macht vor dem Rauswurf bewahrt hat. Ebenso unterließ es Gaston viel zu lange, die Karriere der ebenso überforderten wie verhassten Adina Verzasca zu beenden.«

»Du meinst, Gaston könnte, außer dass er sich wegen ihr nicht mit dem großen Unbekannten anlegen wollte, noch ein anderes Motiv gehabt haben, Verzasca zu verschonen?«

»Wir wissen jedenfalls, dass Meindl zur fraglichen Zeit in DG Finance zuständig für das Dossier Hochfrequenzhandel mit Aktien war. Außerdem wissen wir, dass er einen Vorschlag für eine stärkere Regulierung des Handels ausgearbeitet hatte und dieser nicht in die Revision der Kapitalmarktrichtlinie aufgenommen wurde. Das ist für sich allein gesehen kein außergewöhnlicher Vorgang, denn es entscheidet zuletzt immer der Chef. Es sei denn …«

»… bei dieser Entscheidung von Vizepräsident Raab, den Hochfrequenzhandel nicht einzuschränken, wäre es nicht mit rechten Dingen zugegangen«, ergänzte Fabienne.

Die Dämmerung schritt weiter voran. Hinter der Stadtgrenze hob sich eines der letzten Flugzeuge des Tages in den Himmel.

»An dieser Stelle kommt Dillenburg ins Spiel«, setzte Lucarelli fort. »Als Leibwächter von Raab war er oft an seiner Seite. Vielleicht hat er mitbekommen, wie Raab bestochen wurde, auf einen Regulierungsvorschlag zu verzichten. Verzasca erfährt es von Dillenburg. Damit wird sie unantastbar.«

»Aber was sollte Gaston damit zu tun haben?« wandte

Fabienne ein. »Als Generaldirektor war er dem Kommissar gegenüber weisungsgebunden. Wer auch immer Raab im Sack hatte, brauchte Gaston nicht mehr zu bestechen. Wo wäre also ein Mordmotiv für Gaston, Verzasca hinunterzustoßen?«

»Das weiß ich noch nicht. Hast Du mir nicht erzählt, dass Raab seit vielen Jahren einen Vertrag mit einer Beratungsfirma hatte? Und vor gar nicht langer Zeit Journalisten herausfinden wollten, ob es da mit rechten Dingen zugegangen war?«

»So ist es. Die Kollegen gingen dem Verdacht nach, ob die Beratungsfirma Holzinger exklusive persönliche Kontakte zu Raab vermittelte und dafür Honorare kassiert hat. Das wäre illegal und würde Raab den Job kosten. Es ist allerdings nichts dabei herausgekommen.«

»Aber Dillenburg war näher an Raab dran als die Journalisten. Wenn er zum Beispiel wusste, wie Rückflüsse an Raab abgewickelt wurden, hatte Dillenburg auch den Eigentümer dieser Beratungsfirma in der Hand.«

»Okay, das ist eine Theorie«, gab Fabienne zu. »Aber was kommt jetzt?«

»Erst einmal spreche ich mit Schelter von OLAF. Er hat das Büro und die Mails von Verzasca durchsuchen lassen.«

»Ich glaube nicht, dass der etwas in dieser Richtung an einen deutschen Kriminalbeamten herausgibt, Commissario.«

»Gut möglich«, sagte Lucarelli.

»Ich könnte etwas über diese Beratungsfirma und deren Kundenkreis in Erfahrung bringen. Ich kenne den Journalisten, der damals ermittelt hat.«

Es war nun fast dunkel. Ein Kaninchen hoppelte über den Rasen und versteckte sich hinter einem Gebüsch.

»Eigentlich ist der Abend zu schön, um darüber nachzudenken, aus welchem Grund man Leute umbringen könnte«, sagte Lucarelli.

Die Jogger waren inzwischen abgezogen. Außer einem Mann, der weiter unten seinen Hund ausführte, war niemand mehr zu sehen. Fabienne steckte sich einen Joint an. Sie nahm einen langen Zug und hielt ihm den glimmenden Stängel entgegen.

»In einem gottverlassenen Park mit der Polizei zu kiffen, hat was.«

Lucarelli inhalierte. Nach dem Ende seiner entbehrungsreichen Tenniskarriere hatte er nichts ausgelassen, was ausschweifend, verboten oder für einen Profi tabu war. Mit dem ersten Zug kehrte die Erinnerung zurück. Es fehlte nicht viel, und er hätte damals die letzte Kurve nicht bekommen.

»Vor Dreiecken habe ich schon seit der Schule Angst, Commissario. Verstehst du das?«

»Francesca hebt nicht mehr ab«, sagte Lucarelli. »Sieht nach einem geometrischen Nichts aus. Zwei Geraden, die sich kurz überschneiden und dann im Weltall verlaufen.«

Fabienne lehnte den Kopf gegen seine Schulter. Sie sahen schweigend in die Nacht. Endlich legte er seinen Arm um sie.

43.

Der Taxifahrer versuchte es mit einem Gespräch, ließ jedoch schnell davon ab. Lucarelli saß mit geschlossenen Augen neben Fabienne im Fond, noch immer, wie schon auf dem Weg zum Taxi, ihre Hand haltend.

»Ich bin kein Vamp wie Vagabunda«, flüsterte Fabienne.

Lucarelli sagte nichts, er dachte auch an nichts. Er vergrub seine Nase in ihrem Haar. Irgendetwas Starkes regte sich in ihm und legte sich über alle Gedanken.

»Außerdem war ich sehr lange mit keinem Mann mehr zusammen. Ich bin ein bisschen durcheinander, verstehst du?«

Der Fahrer fluchte über irgendetwas. Lucarelli küsste sanft ihre Stirn.

44.

Im Schlafzimmer war es fast dunkel. Im Türspalt erschien für einen kurzen Augenblick Fabiennes Silhouette. Über die Schultern trug sie den kurzen, grauen Bademantel des Vormittags. Lucarelli erhaschte einen flüchtigen Blick, dann schloss sich die Tür. Sie hatte eine schwach flimmernde Kerze in der Hand, die das Schlafzimmer in mattes Licht tauchte. Stumm legte sie sich neben ihn. Die Köpfe einander zugewandt lagen sie eine Weile dicht beieinander, während ihre Hand zärtlich durch sein Haar strich. Irgendwann landeten ihre Fingerspitzen auf seinen Lippen, den Zähnen und seiner Zunge, fordernd und bestimmt. Betört inhalierte er die schneller werdenden Stöße ihres Atems. Endlich küsste sie ihn, zunächst vorsichtig und forschend, dann heftig und voll sich anbahnender Lust. Ihre Hand wanderte über sein Kinn und seinen Hals zu seinem Hemd und, scheinbar um sich zu vergewissern, für ein paar Augenblicke zu seiner Hose. Nun glitten ihre Lippen und seinem Körper entlang abwärts, gleichzeitig öffnete sie sein Hemd und zog ihm, ohne noch einmal zu zögern, den gesamten Rest aus. Sogleich richtete sie sich auf, und als sie über ihm stand, knöpfte sie Stück für Stück ihren Bademantel auf. Lucarellis Blicke wanderten im Lichtschein den sich öffnenden Spalt entlang über ihre Haut und ihren grazilen, atemraubenden Körper. So blieb sie eine Weile, bevor sie endlich den Mantel abstreifte und sich zwischen seine Beine kniete. Auf ihrem Gesicht zeigte sich ein betörendes Lächeln, entrückt, gerade so, als sei sie überhaupt nicht mehr hier. Während sie ihn nicht aus den Augen ließ, beugte sie sich nach vorn. Ein wohliges Gefühl durchströmte Lucarelli, elektrisiert von der Kraft und Zärtlichkeit ihrer Lippen und Hände. Er glitt in eine unbegreifliche Schwerelosigkeit, in der es nur noch sie beide gab.

45.

Das Pain Quotidien war eine Mischung aus traditioneller Bäckerei und rustikal eingerichtetem Café. Im Inneren des Lokals saßen die Gäste dicht beieinander an großen, urigen Holztischen. Fabienne und Lucarelli zog es in den hellen Wintergarten, der dank der großen Bodenfenster einen Blick auf die andere Straßenseite mit ein paar eleganten Geschäften und einem Kino zu bieten hatte. Fabienne strahlte. Sie hatten nicht voneinander lassen können, liebten sich im Dunkeln, im Kerzenschein, vor dem großen Schrankspiegel, im Bad, tief in der Nacht und im Morgengrauen, bis sie endlich eng umschlungen eingeschlafen waren. Eine junge Bedienung in Jeans und weißer Schürze servierte ihnen Espresso, Croissants und jeweils ein Pain au Chocolat.

»Ich treffe mich nachher mit dem Kollegen, der damals über die PR-Beratungsfirma von Helmuth Raab Nachforschungen angestellt hat«, sagte Fabienne. »Er steht zeitlich unter Druck, weil er bis zum Redaktionsschluss noch einen längeren Artikel absetzen muss. Aber in der Mittagspause nimmt er sich eine halbe Stunde.«

»Das trifft sich gut. Ich habe um zwei Uhr einen Termin bei Schelter vom Anti-Betrugs-Dezernat.« Fabienne sah auf die Uhr. Sie musste die nächste Metro in die Stadt erreichen, um es rechtzeitig zu ihrem Termin zu schaffen. Ein Kuss, dann war sie im Eingang verschwunden. Lucarelli bestellte einen weiteren Espresso. Draußen hatte ein Bettler Position bezogen. Ein kleines Mädchen warf, aufmerksam beäugt von seiner Mutter, ein Geldstück in seinen Pappbecher. Eine vollbesetzte Tram hielt vor dem Metroeingang und spülte einen Schwall Menschen auf die Straße. Lucarelli dachte an Fabienne. Eine Melodie von Neil Young spielte unablässig in seinem Kopf, und er hatte keine Ahnung wie sie dort hineingeraten war.

46.

Wie während des ersten Meetings trug Schelter einen grauen Anzug und ein weißes Hemd. Nur die Krawatte war anders, sie hatte ein rot-blaues Muster. Der Beamte hielt sich nicht lange mit Höflichkeiten auf. Er hatte eine blaue Mappe mitgebracht, die aufgeklappt vor ihm lag.

»Wir haben im Büro von Frau Verzasca einen USB-Stick gefunden. Darauf sind Unterlagen eines Anlagekontos gespeichert, das über eine Luxemburgische Bank läuft. Das Konto lautet auf den Namen Pauline Geppert. Nach unseren Recherchen handelt es sich um die Mutter von Hanno Dillenburg. Wir können davon ausgehen, dass Dillenburg für das Konto eine Vollmacht und einen online-Zugang besaß, mit dem er Wertpapiergeschäfte und andere Transaktionen abwickeln konnte, ohne selbst in Erscheinung zu treten.«

Schelter schob den Ausdruck einer Datei über den Tisch. Er gab Lucarelli Zeit, einen Blick darauf zu werfen.

»Konto und Depot hatten in der Spitze einen Wert von ungefähr vierhunderttausend Euro«, sagte Schelter. »Einige Positionen wurden verkauft. Das Geld kam in wenigen Monaten zusammen. Es fällt auf, dass es häufig Barabhebungen, aber auch Bareinzahlungen gab.«

»Alles nur in bar?«

»Fast alles. Die Auszüge mit den Überweisungen stehen auf den letzten beiden Seiten. Ebenso die Barvorgänge.«

Lucarelli warf einen zweiten Blick auf die Unterlagen.

»Sieht nach einem Ponzi-System aus«, erklärte Schelter. »Ein Betrüger verspricht Bekannten oder Freunden hohe Renditen und sammelt von ihnen Geld ein. Anfangs werden die Renditen auch tatsächlich ausbezahlt, wodurch manche Anleger dazu verleitet werden, noch einmal Geld nachzuschießen. Die unrealistischen Renditen werden aber nicht von den Kapitalanlagen erwirtschaftet, sondern zum großen Teil aus den Zuflüssen finanziert. Das ist illegal. Denn sobald mehrere Anleger ihre Einlagen zurückfordern, bricht das System zusammen. Erinnern Sie sich an Bernie Madoff?«

Lucarelli hatte darüber gelesen. Madoff war vor ein paar Jahren im Gefängnis gestorben, nachdem er mehrere Tausend Anleger um 65 Milliarden Dollar betrogen hatte. Lucarelli dachte daran, was Dr. Ganz über Dillenburg gesagt hatte. Der Psychologin waren Dillenburgs außergewöhnliche Fähigkeiten aufgefallen, das Vertrauen seiner Mitpatienten zu gewinnen und sie zu manipulieren.

»Dillenburg war Sicherheitsbeamter und kein Anlagefachmann. Wie konnte er derart viel Geld einsammeln?«, wunderte er sich.

»Es liegt nahe, dass es ihm gelungen ist, den Anschein von Seriosität zu erwecken«, antwortete Schelter. »Womöglich hat ihm dabei jemand geholfen. Für einen Nichtfachmann sieht das angebliche Portfolio auf den ersten Blick professionell aus.«

Schelter übergab Lucarelli drei weitere Blatt Papier aus seiner Mappe. Sie enthielten Informationen über Fonds und Aktientitel, die im vergangenen Jahr besonders gut gelaufen waren.

»Das Dossier diente Dillenburg wohl als eine Art Prospekt. Er suggerierte damit seinen Geldgebern, dass er nur in die erfolgreichsten Hedgefonds und einige raketengleich angestiegene Einzeltitel investiert hatte. In der Realität ist so etwas unmöglich. Niemand, der voll ins Risiko geht, erwischt stets das profitabelste Investment und erleidet weder Flops noch bei einzelnen Engagements sogar Totalverluste. Mit diesem angeblichen, hypothetischen Portfolio und den hohen Renditeauszahlungen hatte Dillenburg seinen Geldgebern offenbar einen unwiderstehlichen Köder hingeworfen. Mit den ersten, eine hohe Rendite vortäuschenden Auszahlungen, schnappten sie gierig zu und erhöhten ihren Einsatz. Sehen Sie hier.«

Schelter deutete auf den Kontoauszug. In der Tat hatte die Höhe der Bareinzahlungen stetig zugenommen. Zwei Einzahlungen fielen Lucarelli besonders ins Auge. Eine über fünfzigtausend und eine weitere noch einmal über fünfzigtausend Euro. Das waren exakt die Beträge, die Dillenburgs Joggingpartner Thomas Meisinger in bar von seinem Konto abgehoben hatte. Auffallend waren außerdem zwei Überweisungen von je einhunderttausend, die von Pauline Gepperts Konto auf ein Konto auf den Bahamas flossen.

»Sie hatten gebeten, dass wir uns die Telefonverbindungen von Adina Verzasca und Alberto Moretti ansehen«, setzte Schelter fort. »Wir haben festgestellt, dass Frau Verzasca den Sicherheitsoffizier Alberto Moretti auf dessen Festnetztelefon im Parlament angerufen hatte, und zwar am Freitag der vergangenen Sitzungswoche in

Straßburg. Das Gespräch dauerte etwas mehr als fünfzehn Minuten.«

»Das war zwei Tage fünfzigtausend vor dem Mord«, konstatierte Lucarelli.

»In diesem Zusammenhang könnte interessant sein, dass Alberto Moretti Dillenburg ebenfalls Geld anvertraut hatte. Er ist der einzige Anleger, der seine Einlage überwiesen hatte. Zehntausend und dann noch einmal zwanzigtausend Euro. Hier. Vermerk Geldanlage.«

Schelter zeigte auf zwei Linien, die er mit einem Marker unterstrichen hatte.

»Wo genau haben Sie diesen USB-Stick gefunden?«, fragte Lucarelli.

»In Frau Verzascas Schreibtischschublade. In ihrem Aktenschrank befand sich außerdem eine mit einem Zahlenschloss gesicherte, ziemlich stabile Stahlkassette. Verschlossen.«

»Haben Sie sie geöffnet?«

Schelter schüttelte den Kopf.

»Dazu bin ich nicht befugt.«

»Es könnte sein, dass diese Stahlkassette Dillenburg gehört hat. Um das festzustellen, brauche ich Fingerabdrücke.«

»OLAF hat keine kriminaltechnische Abteilung«, antwortete Schelter.

Lucarelli dachte nach. Eine Möglichkeit war, den offiziellen Weg einzuschlagen. Aber wie sollte er dem BKA beibringen, dass er hier privat ermittelte.

»Am einfachsten wäre, Sie überlassen die Kassette mir. Ich kann mich um die kriminaltechnische Behandlung kümmern«, wagte er sich vor.

Schelters Mundwinkel zuckten. Für ein paar Augenblicke starrte er ausdruckslos in seinen Pappbecher.

»Können wir so machen«, gab er sich einen Ruck. »Aber ich gehe davon aus, dass die Kassette wieder hier ist, bevor mir jemand Fragen stellt.«

47.

Meisinger befand sich bei einem von seiner Sportartikelfirma gesponserten Tennisturnier des TC Royal Leopold im Brüsseler Stadtteil Uccle. Fabienne holte Lucarelli in der Rue Joseph II ab. Er verstaute die Kassette im
Kofferraum und sie starteten über die »Petite Ceinture«
und die Avenue Louise in Richtung Bois de la Cham-
bre. Während sie an den eleganten Boutiquen, Geschäften und Restaurants von Ixelles vorbeifuhren, sprach
Lucarelli über seinen Termin mit Schelter. Durch die
zeitliche Koinzidenz von Meisingers Barabhebungen in
Freiburg und Dillenburgs Einzahlungen in Luxemburg
lag es nahe, dass Meisinger Dillenburg einhunderttausend Euro anvertraut hatte. Als Joggingpartner kannte
sich Meisinger mit Dillenburgs Laufgewohnheiten aus
und hatte damit das notwendige Wissen, um den Mord
begehen zu können.

»Die Frage ist, ob Meisinger Dillenburgs Ponzi-System
aufgedeckt hatte«, sagte Lucarelli. »Das ergibt noch nicht
zwingend ein Mordmotiv, denn auf diese Weise bekäme
er sein Geld ja nicht zurück. Vielleicht gibt es aber eine
emotionale Komponente.«

»Wie kommst du darauf?«, fragte Fabienne.

»Mein Kollege in Freiburg hat recherchiert. Hanno
Dillenburg und Thomas Meisinger waren gleich alt. Die
beiden haben von der C-Jugend an miteinander Bad-
minton gespielt und im Doppel zwei Mal die Badischen
Jugendmeisterschaften gewonnen. Einem damaligen
Mitspieler zufolge waren sie dick befreundet. Könnte

also sein, dass das für ein Motiv eine Rolle gespielt hat. Eine tiefe Enttäuschung Meisingers, von seinem alten Freund Dillenburg betrogen worden zu sein.«

Fabienne war rechts abgebogen und sie mussten an einer Ampel anhalten. Schräg gegenüber befand sich die Brasserie Georges, von der Fabienne schon einmal erzählt hatte. Lucarelli wunderte sich, wie zielsicher sie durch die verwinkelte Strecke den Club ansteuerte, der sich am anderen Ende der Stadt befand.

»Ich hatte dir doch von der Frau erzählt, mit der ich zusammen war«, erklärte sie.

»Die Bankerin?«

»Elise. Sie spielte Hockey beim Royal Leopold Club in der obersten belgischen Liga. Hierzulande gibt es einige Clubs, die Tennis und Hockey zusammen anbieten. Wenn ich Elise bei den Heimspielen zugesehen habe, war ich also im Leo, wie die Eingeweihten in Brüssel den Club nennen. Die Atmosphäre dort ist einmalig. Einerseits beflissentlich edel, schon auf dem Parkplatz riecht es nach Old Money. Die Tennisabteilung versteht sich als so etwas wie das belgische Wimbledon. Man trägt selbstverständlich vornehmes Weiß, allerdings mit dem Schönheitsfehler, dass der Club keine Rasen-, sondern nur Aschenplätze hat. Das Gras gehört den Hockeymannschaften. Die Spieler fluchen dort wie Landsknechte und während den Meisterschaftsspielen grölen, rasseln und tröten die Zuschauer was das Zeug hält. Der Leo bietet eine einmalige Fusion aus Upper-Class Gehabe und derbstem Prolo-Gebrüll.«

Fabienne folgte den Straßenbahnschienen entlang der Avenue Winston Churchill. Schließlich bog sie zwei

Mal ab und sie befanden sich auf der Zufahrtsstraße zum Club. Schon vor der Einfahrt quetschten sich auf den Gehwegen die Fahrzeuge dicht an dicht. Im Vorbeifahren bemerkte Lucarelli ein Auto mit Münchner Kennzeichen. Auf beiden Vordertüren und am Heck des dunkelgrünen Combis prangte in gelber Leuchtschrift der Namenszug der Tennismarke Wilson. Lucarelli stieg aus. Er näherte sich dem Wagen und spähte ins Innere. Er gab Fabienne ein Zeichen. Sie ließ die Scheibe des Beifahrersitzes herunter.

»Würdest du umdrehen und kurz auf mich warten? Ein Stückchen weiter oben an der Kreuzung, von wo wir gerade abgebogen sind?«

Fabienne nickte. Wenig später stieg Lucarelli wieder ins Auto. In einem Taschentuch hielt er eine halbvolle Wasserflasche. Hinter ihnen lärmte ein Autoalarm. Fabienne gab Gas.

»Sehr spannend mit dir, Commissario. Wusste nicht, dass die Polizei wirklich in fremde Fahrzeuge einsteigt. Dachte immer, so etwas gäbe es nur im Film.«

»Brüssel ist offenbar ein heißes Pflaster.«

»Und wozu das Ganze?«

»Ich kann Meisinger nicht schon unter Tatverdacht stellen, weil er mit Dillenburg ab und zu durch den Wald gerannt ist.«

»Und was ändert sich daran durch deinen überaus unterhaltsamen Coup vor den Toren des königlichen Leopold Clubs?«

Lucarelli sah in den Seitenspiegel. Niemand folgte. Fabienne bog in den großen Kreisverkehr ein und dann rechts ab. Sie befanden sich wieder auf der Winston Churchill.

»Noch nichts, Fabienne. Es sei denn, die Fingerabdrücke auf dieser Wasserflasche sind identisch mit den Einbruchsspuren, die meine Kollegen in Dillenburgs Freiburger Wohnung gefunden haben. Die Abdrücke von der Flasche kann ich zwar nicht offiziell verwenden, aber ich wüsste gerne schon mal, ob Meisinger bei Dillenburg eingebrochen hatte. Und dann lasse ich mir etwas Neues einfallen.«

»Verstehe«, sagte Fabienne. »Und diese Geldkassette, die man im Büro bei Verzasca gefunden hat, ist die nächste Wundertüte, stimmt's?«

»Dillenburg hat Verzasca sicher nicht freiwillig Beweise für seine Betrügereien in die Hände gespielt. Der USB-Stick befand sich vermutlich vorher in der verschlossenen Kassette. Ich habe jedenfalls keine vernünftige Idee, wie Verzasca sonst zu diesem Datenträger gekommen sein sollte.«

Wie schon während der gesamten Fahrt, sah Fabienne in den Rückspiegel. Lucarelli fragte sich, ob sie nicht ein wenig enttäuscht war, dass es keine Verfolgungsjagd gab.

»Verzasca könnte aus irgendeinem Grund Verdacht geschöpft haben«, sagte Lucarelli. »Sie will nachsehen, was ihr Dillenburg zur Aufbewahrung anvertraut hat. Sie probiert am Schloss verschiedene Zahlenkombinationen aus, Geburtstage, Jahrestage oder was auch immer. Sie schafft es und erkennt, dass Dillenburg einen Anlagebetrug aufgezogen hat und sich möglicherweise mit der Beute aus dem Staub machen will. Bei der Durchsicht der Unterlagen stößt sie auf den Namen Alberto Moretti, der als Einziger Dillenburg Geld überwiesen hatte. Moretti arbeitet für die Sicherheitsfirma, die für das Europäische Parlament zuständig ist, womit Verzasca ihn ausfindig machen kann. Sie ruft Moretti auf seinem Dienstanschluss in Straßburg an. Und zwar genau zwei Tage vor dem Mord an Dillenburg.«

»Weshalb auch Moretti als Täter in Betracht kommt?«

»Theoretisch ja. Moretti hat zwar weniger als Meisinger eingesetzt. Aber vielleicht steckt noch etwas anderes dahinter.«

»Wieso verschließt Verzasca die Kassette wieder, während sie den Stick in der Schublade aufbewahrt?«, wunderte sich Fabienne.

»Das habe ich mich auch gefragt. Vielleicht hatte Dillenburg in der Kassette auch Bargeld aufgehoben? Oder etwas anderes, was Verzasca unter Verschluss halten wollte? Aber das wissen wir bald.«

Sie näherten sich der Brasserie Georges. Hätte Fabienne ein wenig beschleunigt, wären sie noch bei Grün über die Kreuzung gekommen. So mussten sie vor der Ampel anhalten.

»Es gibt gewisse Anhaltspunkte für aufkeimende Emotionen bei Fabienne Fritz, Herr Kommissar.«

»Bei mir auch«, gab Lucarelli zu. »Wobei ich mir nicht ganz sicher bin, wo mir bei den vielen F noch der Kopf steht.«

»Magic Vagabunda«, schüttelte sie lächelnd den Kopf. »Ich kam nie ganz von ihr los. Wenn sie es drauf angelegt hatte, war ich nicht in der Lage, ihr zu widerstehen.«

Sie legte ihre Hand auf seinen Arm.

»Wollen wir zur Feier deines bevorstehenden Abschieds noch irgendwo einkehren?«

Lucarelli hatte nichts von Abschied gesagt. Fabienne hatte begriffen, dass er zurück nach Freiburg musste, um seine Beute von der Forensik-Abteilung untersuchen zu lassen.

»Wir sollten bei einer Frittenbude vorbeifahren. Du musst den Kollegen schließlich erzählen, was du in Brüssel so alles gemacht hast. Ich meine, außer in ein Auto einbrechen, im Königreich der Belgier unerlaubt ermitteln und eine Journalistin in den Hintern zu vögeln.«

Sie sah ihn schräg von der Seite an. Lucarelli musste lachen.

»Und danach zum Abschied noch etwas anderes machen, findest du nicht?«

»Da will ich dir nicht widersprechen, Fabienne.«

Das Maison Antoine am Place Jourdan galt als die beste Adresse Brüssels. Fabienne erzählte, dass die Hockeymannschaft ihrer Ex-Freundin durch die halbe Stadt gefahren war, um sich nach dem Spiel am späten Samstagabend vor dem Verkaufsfenster in die notorisch lange Schlange zu stellen. Wer auch immer in der Gunst der Experten gerade vorne lag, Pommes Frites besaßen in Belgien den Status eines nationalen Kulturerbes. Wie Fabienne wusste, hatte man ihnen in Brügge sogar ein Museum gewidmet.

Sie saßen auf einer Bank zwischen Pollern und Barrieren, die auch den Jourdan zu jeder Seite säumten. Die Portionen waren riesig, denn auch das gehörte neben der Verwendung von Rinderfett, dem doppelten Frittieren der Kartoffeln und allen möglichen Saucen zum Repertoire jeder ernstzunehmenden belgischen Bude. Sie konnten bei weitem nicht alles aufessen, obschon beide nur die kleinste Portion bestellt hatten. Ohnehin zog es sie schon rasch in das Apartment in der Rue d'Eglise.

48.

Der gepackte Koffer stand in der Diele. Fabienne hatte den grauen Bademantel übergestreift. In ihren großen grünen Augen standen Tränen, irgendwo zwischen Glück und Abschiedsschmerz. Lucarelli drückte sie an sich. Fest umklammert standen sie eine ganze Weile so da, ohne dass sich einer rührte. Aus der Küche drang die heisere Stimme von Chris Issak. »*Baby did a bad bad thing*«. Sie küssten sich ein letztes Mal. Dann zog Lucarelli die Tür hinter sich zu.

49.

Lucarelli und Mitzler kannten sich schon lange. Die beiden mochten sich. Lucarelli konnte sich darauf verlassen, dass der Leiter der KTU seinen geheimen Ausflug nach Belgien für sich behielt.

»Das BKA braucht zunächst von alledem nichts zu wissen. Ich will erst abwarten, ob die Spuren irgendeinen Sinn ergeben.«

Mitzler nickte und inspizierte die Kassette.

»Das Schloss der Stahlkassette ist kein größeres Problem.«

»Bitte beschädigungsfrei, Peter. Ich sollte die Kassette möglichst unversehrt wieder in Brüssel abliefern.«

»Was ist mit der Wasserflasche?«

»Ich möchte wissen, ob sie mit Fingerabdrücken identisch sind, die du in Dillenburgs Wohnung gefunden hast. Rufst du mich an, sobald du so weit bist?«

50.

Vor Lucarelli stand eine frisch gebrühte Tasse Espresso, doch fehlte der Zucker. Die neue Putzfrau hatte seine Abwesenheit genutzt, um verschiedene Dinge nach eigenen Vorstellungen zu ordnen. Die Vorgängerin hatte es ähnlich gehalten, und so fahndete Lucarelli ständig nach Zuckerdosen, Kugelschreibern oder der Lesebrille. Eine bestimmte Gattung des Reinigungspersonals litt unter irgendeiner noch nicht näher untersuchten Zwangsstörung. Arens war keine Hilfe. Er zuckte nur mit den Schultern.

»Sowohl Thomas Meisinger als auch der Sicherheitsoffizier Alberto Moretti hatten Dillenburg Geld anvertraut«, resümierte Lucarelli seine Erkenntnisse aus Brüssel. »Und wir können davon ausgehen, dass zumindest Moretti wusste, dass Dillenburg ein Betrüger war.«

»Alberto Moretti war auch in Dillenburgs Wohnung. Laut Labor ist er eine der beiden Personen, von denen Fingerabdrücke sichergestellt wurden«, sagte Arens.

Lucarelli fand die Zuckerdose in einer Schreibtischschublade.

»Wo genau wurden Morettis Abdrücke in der Wohnung gefunden?«, fragte Lucarelli.

»Quasi überall. Interessanterweise auch im Schlafzimmer.«

»Und die von der zweiten Person?«

»An der Terrassentür und im Arbeitszimmer. Diese Spuren könnten vom Einbruch stammen.«

»Wie kommen Morettis Fingerabdrücke ins Schlafzimmer?«, fragte sich Lucarelli. »Vielleicht hatte er mit Dillenburg eine intime Beziehung. Unter dieser Annahme ist der Anruf von Verzasca und die Information, dass sich Dillenburg mit seinem Geld aus dem Staub machen wollte, für ihn eine Katastrophe. Dann hätten wir ein überzeugendes Motiv.«

Lucarelli hielt inne. Irgendetwas störte ihn an diesem Szenario.

»Ich dachte, Dillenburg war mit dieser Verzasca zusammen?«, wunderte sich Arens.

»War er auch. Aber das bedeutet noch nicht, dass er nur auf einer Seite des Ufers unterwegs war.«

Lucarellis Handy meldete eine Nachricht. Fabienne erkundigte sich nach seiner Rückkehr aus dem »Petit Paradis«, wie sie ihr Schlafzimmer getauft hatten. In der Tat war Lucarelli mit einem seligen, scheinbar unbezwingbaren Lächeln durch die Nacht geglitten, unbeeindruckt von der Trostlosigkeit der finsteren französischen Autobahn.

»Lieb«, tippte Lucarelli als einzige Antwort, und in diesem Moment meinte er es wirklich so.

51.

Lucarelli sah zu, wie Mitzler mehrere Bündel von 200 Euro- und 100 Dollar Noten aus der Stahlkassette durchzählte.

»Je fünfzigtausend in US-Dollar und Euro«, stellte Mitzler fest, als er das letzte Päckchen auf den Tisch gelegt hatte. »Es ist aber noch mehr hier drin.«

Der Alte inspizierte die aufgeklappten Innenseiten eines Ausweises. Lucarelli warf einen Blick auf das Passfoto. Der Schädel war kahlrasiert, doch sah er sofort, wer der Mann war.

»Ausgestellt auf den Namen Ricardo Miller von der maltesischen Botschaft in Bern. Womöglich eine Fälschung.«

»Liegt nahe. Der Mann auf dem Passbild ist nicht irgendein Ricardo Miller, sondern Hanno Dillenburg«, sagte Lucarelli.

Mitzler nahm einen hellbraunen, gefütterten Umschlag aus der Kassette.

»Mit einfachem Tesafilm zugeklebt. Wurde bereits geöffnet.«

Verzasca, dachte Lucarelli.

52.

Schupp hatte sich in einer Pension am Stadtrand eingemietet. Lucarelli fand ihn zeitunglesend beim Frühstück. Ungläubig hob er die Augen.

»Ich dachte, du befändest dich im Urlaub?«

»Können wir reden? Draußen vielleicht?«

Schupp erhob sich und ging voran. Die Pension besaß einen kleinen Garten, und sie setzten sich an einen der einfachen Holztische. Lucarelli verzichtete auf lange Vorreden. Er begann mit dem Anruf, den er von Salzinger erhalten hatte.

»Der Professor arbeitet derzeit als Chefökonom für die EU-Kommission. Er gab mir den Hinweis, dass Dillenburg und eine wenig später nach dem Mord ums Leben gekommene Frau in Brüssel eine Affäre hatten. Ich hatte nicht daran geglaubt, dass viel dabei herauskommt. In erster Linie wollte ich Urlaub machen und bin auf gut Glück nach Belgien gefahren.«

»Macht Ihr das in Freiburg immer so? Jeder ermittelt auf eigene Faust und dann gibt es für den Chef einen Überraschungsbesuch?«, wetterte Schupp. »Dein Ego hat es nicht vertragen, dass dir das BKA den Fall weggenommen hat, stimmt's? Als dieser Professor eine Spur ins Spiel bringt, wittert der Superkommissar aus Freiburg plötzlich Morgenluft, es dem BKA mal richtig zu zeigen.«

Lucarelli schwieg. Den Hinweis, dass eine Ermittlung unter offizieller Einschaltung der belgischen Polizei Ewigkeiten gedauert hätte, verkniff er sich. Schupp sprang abrupt auf.

»Wir fahren jetzt aufs Revier und du berichtest mir im Detail, was du herausgefunden hast.«

»Ich bringe Arens mit. Meine Leute beschweren sich, dass sie von euch wie Dorfpolizisten behandelt werden. Zusammenarbeit hat zwei Seiten. Falls du mal darüber nachdenken wolltest.«

53.

Johann Feuerborn sah zu, wie Zlatko um den Tisch
herum ging und maß nahm. Wie immer überlegte er
nicht lange, er spielte einfach. Der Stoß gab der weißen
Kugel so viel Effet, dass er nach der ersten Bande eine
fast unmögliche Kurve hinlegte und sich in die Richtung der gegenüberliegenden Seite drehte. In diesem
Moment wusste Feuerborn, dass das waghalsige Dessin
gelingen würde. Nach zwei weiteren Banden traf die Kugel mit Wucht auf die beiden anderen. »Touché«, rief der
Schiedsrichter. Die Zuschauer klatschten.

Feuerborn hatte Zlatkos Stil anfangs kopfschüttelnd
als Blitz-Karambol abgetan. Für ihn, den Mathemati-
ker, hatte Dreiband-Billard etwas mit Mathematik zu
tun, und diese Disziplin erforderte Seriosität und Zeit.
Auf dieser Basis und mit akribischem Training war es
eine Weile mit ihm steil bergauf gegangen. Er hatte die
Fachliteratur durchpflügt, Winkel, Geschwindigkeiten
und die Erfolgswahrscheinlichkeiten der verschiedenen
Dessins studiert und viele Stunden am Tag trainiert. Er
hatte für das Spiel gelebt, selbst wenn er nicht am Tisch
stand. Seine verrückteste Marotte war die gedankliche
Verbindung der Köpfe von zwei zufällig ausgewählten
Passanten durch eine imaginäre Kugel und drei Banden.
Das tat er praktisch überall und automatisch, er führte
ein Leben zwischen roten, weißen und gelben Kugeln.

Feuerborn entwickelte sich zum besten Spieler weit und
breit. Die Kollegen nannten ihn ehrfurchtsvoll »Jeremy«,
angelehnt an den französischen Meister und Mathema-

tiker Jeremy Bury. Doch Feuerborns Ehrgeiz brannte weiter, er wollte mehr. Zu seiner großen Enttäuschung wurde er ab einem bestimmten Zeitpunkt trotz aller Anstrengungen jedoch nicht mehr besser, der Durchschnitt seiner erfolgreichen Versuche pro Aufnahme blieb knapp in der Gegend von Eins. Und dann, zu allem Überfluss, betrat Zlatko die Bildfläche. Mitten in Freiburg, in seinem Revier, in dem sie ihn alle ehrfurchtsvoll »Jeremy« nannten.

Zlatko war neunzehn, als er in Freiburg auftauchte. Er konnte zwar kaum Deutsch, fand jedoch aufgrund seiner bärenhaften Statur eine Anstellung als Türsteher. Als sein Nachtclub zugesperrt wurde, bewarb er sich lange erfolglos für eine andere Arbeit. Zlatko überstand die triste Zeit, indem er im Keller eines Pubs in der Kaiser-Joseph-Straße jeden Tag mehrere Stunden Billard spielte. Dort entdeckte ihn der Vorstand des Billardclubs, ein Mann mit einem Auge für Talent und einem guten Herz. Er lud ihn zum Mannschafts-Training des Vereins ein und sorgte dafür, dass der arbeitslose Kroate eine Ausbildung zum Notfallsanitäter machen durfte. Zlatko bekam einen eigenen Schlüssel und trainierte nun im Vereinsheim bis tief in die Nacht, notfalls allein oder, wenn er Spätdienst hatte, nach wenigen Stunden Schlaf schon ab dem frühen Morgen.

Zlatko und Feuerborn trainierten mit ähnlicher Besessenheit, doch gab es einen gravierenden Unterschied. Billardtische boten niemals völlig identische Bedingungen. Die Bälle liefen überall anders und kamen je nach Beschaffenheit, Feuchtigkeit und Raumtemperatur unterschiedlich von der Bande. Während Feuerborn auf

Winkelmathematik fixiert war und mehr oder weniger schematisch agierte, verließ sich Zlatko auf sein Gefühl für die Situation unter den jeweiligen Spielbedingungen. Er passte sich an und spielte Dessins, die Feuerborn anfangs als pures Hasardieren abgetan hatte. Doch musste er bald einsehen, was mit der Zeit unübersehbar wurde. Zlatko hatte es im Blut. Er ließ schon bald alle hinter sich, brillierte sogar bei überregionalen Turnieren und stürzte den Lokalmatador vom Sockel. Feuerborn konnte es nicht fassen. Zlatko hatte keinen Schimmer von Mathematik und musste, während er selbst sich den ganzen Tag seinem Training widmen konnte, tagtäglich schrecklich zugerichtete Menschen aus ihren zerquetschten Autos holen. Trotzdem hatte ihn der ehemalige Türsteher bei der Badischen Karambol-Meisterschaft vor aller Augen mit spielerischer Leichtigkeit wie ein Stümper aussehen lassen. Feuerborn hörte mit dem Billard auf, getrieben von der Angst sich zu blamieren. Natürlich hatte er manchmal an seiner Entscheidung gezweifelt. Doch glaubte er, derartige Demütigungen nicht mehr zu ertragen.

Dafür hatte er in der Vergangenheit zu viel durchgemacht. Praktisch bestand seine gesamte Jugendzeit aus einem Parcours von Widerwärtigkeiten. Sein Vater war ein jähzorniger Despot gewesen. Er hatte bereits die Fünfzig überschritten als Feuerborn auf die Welt kam, und da er selbst Kind eines fast Sechzigjährigen Mannes war, lagen zwischen Feuerborn und dem Großvater gut 110 Jahre. Der doppelte Generationensprung hinterließ seine Spuren, denn das Weltbild des Vaters war noch vom patriarchalen, erzkonservativen Wilhelminismus des Großvaters geprägt. Es galt allein eiserne Disziplin, und nur was auf Fleiß und harter Arbeit beruhte, zählte als Erfolg. Feuerborns mathematisches Talent fiel in der Schule auf, aber es bedeutete nichts. Stattdessen hielt ihm der Alte tagtäglich seine Unzulänglichkeiten vor, seine Weigerung sich unterzuordnen oder die Lustlosigkeit, mit der er eine Arbeit anging, die ihn nicht interessierte. Mit der wachsenden Gewissheit, dass sein einziger Sohn nicht geeignet war, die von ihm aufgebaute Baufirma zu übernehmen, wandelte sich die Missbilligung des Vaters in schiere Verachtung. Hinzu kam, dass seine Mutter den despotischen Alten bereits verlassen hatte, als er gerade zehn Jahre alt war. Fortan lebte Feuerborn ohne ihren Schutz in ständiger Angst vor den Wutausbrüchen des Vaters und bekam Albträume von den Prügeln, die er einstecken musste.

Die Schwester seiner Mutter hatte mehr Glück. Sie heiratete den wohlhabenden Arzt Dr. Meisinger, einen friedfertigen, freundlichen Mann, der es sich und seiner Familie gutergehen ließ. Die Tante hatte Mitleid mit Feuerborn und lud den von der Schwester im Stich gelassenen Jungen öfter nach Hause ein. Es traf sich, dass ihr Sohn Thomas ebenfalls Einzelkind war und die beiden etwas miteinander anfangen konnten. Meistens verschwanden sie im Hobby-Keller zum Billardspielen, einer Leidenschaft von Dr. Meisinger, der die beiden Jungs in die Grundlagen des Spiels einweihte. Feuerborn lernte schnell dazu und gewann schon bald in absoluter Regelmäßigkeit gegen seinen Cousin und wenig später auch gegen den Hausherrn.

Wenn sie nicht Billard spielten, streunten die beiden

Cousins durch den nahen Sternwald, wo sie Höhlen gruben und in den Ästen einer mächtigen Eiche ein Baumhaus gebaut hatten. Diese Zeit endete abrupt, als Thomas Meisinger in der Schule Hanno Dillenburg kennenlernte. Dillenburg spielte Badminton und nahm seinen neuen Freund zum Training in den FT-Sportpark in der Schwarzwaldstraße mit. Meisinger fand schnell Gefallen an diesem Sport. Da er es satt war, sich von Feuerborn beim Billard das Fell über die Ohren ziehen zu lassen, wechselte er die Sportart und verbrachte seine Nachmittage mit Dillenburg beim Badmintonspielen. Feuerborn wollte sich anschließen, doch sein Talent reichte nicht aus, um einen wenigstens halbwegs brauchbaren Spielpartner abzugeben. Enttäuscht gab er auf und zog sich schmollend zurück. Erst einige Jahre später, als beide bereits studierten, kamen die Cousins wieder zusammen.

Wie Feuerborn ahnte, hatte ihn eine durch Zufall wiedererweckte Leidenschaft für das Billard vor Schlimmerem bewahrt. Als sein Vater starb, war er gerade einmal Neunundzwanzig geworden, ein gefährliches Alter für viel Geld. Der Alte hatte ihn finanziell kurzgehalten und sein imaginäres, strafendes Auge verfolgte ihn auf Schritt und Tritt. Den Tod seines Vaters empfand er als Erlösung. Feuerborn kündigte noch am Tag der Testamentsverlesung seinen Job im Asset-Management einer Versicherung, stellte für die geerbten Immobilien einen Verwalter ein und begab sich auf Reisen. Stets flog er erste Klasse, stieg in den besten Hotels ab, besuchte die exklusivsten Clubs und feierte mit den teuersten Escort-Ladies einer internationalen Agentur, deren geschätzter Stammkunde er wurde. Das Platzen der Blase an den

Technologiemärkten traf ihn unvorbereitet, wodurch er einen großen Teil des geerbten Vermögens verlor. Doch der herbe finanzielle Verlust war nicht das einzige Problem. Feuerborn trank zu viel und befand sich auf einem gefährlichen Weg nach unten.

Die Dinge wandelten sich, als er während eines abendlichen Stadtbummels in Buenos Aires zufällig im Café *Los 36 Billards* einkehrte. Zu seiner Verwunderung standen alle Tische leer, bis auf einen einzigen, vor dem sich eine stattliche Anzahl von Zuschauern versammelt hatte. Wie die anderen wurde auch Feuerborn von einer Dreiband-Partie in Bann gezogen, die sich ein elegant gekleideter alter Mann mit einem Jüngling lieferte, der gut fünfzig Jahre jünger sein mochte. Der Alte hatte einen Lauf, und bei jedem neuen, gelungenen Versuch wurde der Beifall lauter. Von einem Foto im Eingangsbereich erkannte Feuerborn den ehemaligen Weltmeister Osvaldo Berardi. Wie er vom Barkeeper erfuhr, erteilte der Altmeister seit dem Ausklingen seiner internationalen Karriere im Los 36 Billards jungen Nachwuchstalenten Unterricht. Manchmal, so wie an diesem Tag, trug er gegen seine Schützlinge Schaukämpfe aus.

So begann im fernen Argentinien für Feuerborn an jenem Abend ein neues Leben, das erst knapp zehn Jahre später mit dem Auftauchen von Zlatko enden sollte. Er bot Osvaldo einen sündhaft hohen Preis für Unterrichtsstunden, doch der Meister lehnte ab. Tief gekränkt, entfachte die kühle Zurückweisung Berardis bei Feuerborn einen unstillbaren Ehrgeiz. Er beschloss, es allen zu zeigen. Die von der Erbschaft verbliebenen Immobilien verschafften ihm die finanzielle Freiheit, täglich zu trainieren und, als er bereits Fortschritte gemacht hatte, sich vom österreichischen Vizemeister Manfred Müller in Wien Unterricht erteilen zu lassen. Da der Alkohol die Konzentration störte, hörte er nach einer Entziehungskur mit dem Trinken auf, während sein Hunger nach immer neuen, exklusiven Abenteuern mit der Zeit von selbst erlosch. Anstatt sich mit seinem Geld die Aufmerksamkeit immer neuer Frauen zu erheischen, begann man ihn für sein Spiel aufrichtig zu bewundern, und das war etwas, was Feuerborn mehr brauchte als alles andere. Gleichzeitig stoppte er das verschwenderische Geldausgeben, und die hohen monatlichen Mieteinnahmen sorgten dafür, dass sich seine Kasse wieder füllte.

Feuerborn registrierte nicht ohne Genugtuung, dass Zlatko den nächsten Versuch vergab. Da er die Kugel beim vorhergehenden Stoß sehr hart angespielt hatte, waren die beiden anderen nach dem Aufprall in eine fast aussichtslose Position auseinandergestoben. Wahre Champs wie Ceulemans, Jaspers oder Bury hätten das vorige Dessin weniger spektakulär, aber effizienter gespielt, um die Chancen für einen weiteren Punkt zu erhöhen, dachte Feuerborn. Kopfschüttelnd griff er nach der Fernbedienung. Er verließ das Screening von Zlatkos Bundeliga-Spiel und schaltete die Börsenübertragung von Bloomberg auf.

Nach dem schmachvollen Ende seiner Billard-Karriere war er monatelang wie ein Junkie vor seinen Bildschirmen gesessen. Er verkaufte einen Teil der Immobilien und investierte in solide, dividendenstarke Bluechips. Die konservative Anlage-Strategie, die er bei der Versicherung gelernt hatte und solide Renditen abwarf, stellte ihn jedoch nicht lange zufrieden. Feuerborn begann sich zu langweilen und stieg auf Daytrading um. Mit dem gesteigerten Risiko schoss ihm das Adrenalin ein, das er brauchte, und eine gute Weile lang erzielte er erstaunliche Gewinne. Er wurde Mitglied in einem hochtrabenden Investoren-Club und fühlte sich obenauf. Zwar nannte ihn dort niemand George Soros oder gar Warren Buffett, doch keinesfalls konnte ein dahergelaufener Türsteher wie Zlatko auftauchen, um ihn vor aller Augen von der Platte zu putzen.

Ein paar Monate später kam es zur Katastrophe. Feuerborn hatte automatische Verkaufsorders eingerichtet, die ihn bei stark fallenden Kursen vor hohen Verlusten schützen sollten. Wurde eine von ihm gesetzte Kursmarke unterschritten, griff ein »Stopp Loss« und seine Aktien kamen im selben Moment auf den Markt. Der 6. Mai 2010 war ein verregneter, langweiliger Tag gewesen, an dem nichts auf die bevorstehenden Ereignisse hingedeutet hatte. Am späten Nachmittag verabredete sich Feuerborn mit einer Studentin, die er tags zuvor in der Markthalle kennengelernt hatte. Normalerweise behielt er Amerika auch am Abend im Auge, da die Börse New York nach mitteleuropäischer Zeit erst um 22 Uhr geschlossen wurde. Doch er fand die junge Frau derart attraktiv, weshalb er seinen Impuls unterdrückte, während des Abendessens auf sein Handy zu schielen. Als Feuerborn es endlich nachholte, war es zu spät. An der Wallstreet hatte es einen Blitz-Crash gegeben. Nachdem aus einem unbekannten Grund die Kurse zu rutschen begannen, waren eine ganze Flut von automatisch ausgelösten Verkaufsorders auf den Markt gelangt. Plötzlich brach eine Panik aus. Der Markt war nicht mehr liquide, es gab nur noch Verkäufer und praktisch keine Käufer mehr. Getrieben von der Masse der Verkaufsorders stürzten die Kurse in die Tiefe, wobei Feuerborn der als Sicherheitsanker gedachter »Stopp Loss« zum Verhängnis wurde. Erst als seine Aktien kaum noch etwas wert waren, kamen seine automatischen Verkaufsorders zum Zug. Nach kurzer Zeit beruhigte sich die Lage und die Kurse sprangen bis Börsenschluss beinahe wieder auf das vorherige Niveau. Doch wie Feuerborn erstarrt feststellte, hatte das Programm seine Aktien inmitten der Talsohle zu Spottpreisen verramscht.

Nie würde er jene Nacht vergessen, in der er mehr als die Hälfte seines Vermögens verloren hatte. Seine Wut ließ er an der jungen Frau aus, die er mit dem letzten Rest von Selbstbeherrschung vom Edelrestaurant in sein Schlafzimmer gelotst hatte. Dort stürzte er sich über sie wie ein wildes Tier. Er riss an ihren Haaren, schlug, würgte und stieß zu, bis er keine Luft mehr bekam. Die Frau schrie, aber sie ging nicht. Als sie ihn zum Abschied küsste, überfiel ihn eine schwer zu bändigende Lust, sie zu erwürgen. Kaum war sie aus der Tür, hastete er in den Keller. Dort prügelte er so lange auf den Sandsack ein, bis seine Hände bluteten. Danach sank er zusammen, erneut gescheitert, gedemütigt und geschlagen.

Feuerborn hatte einige Zeit gebraucht, um sich zu erholen. Er spielte zwischenzeitlich sogar wieder Billard, freilich allein und nur, um sich von der Schmach seiner Pleite abzulenken. Seiner neu entdeckten Vorliebe für »harten Sex« frönte er mit der devoten Studentin, mit der er eine Affäre einging und, wenn auch um einiges bescheidener als früher, ein paar hübsche Orte mit einschlägigen Clubs bereiste. So vergingen die Monate. Währenddessen reifte in ihm ein Plan, seine Schmach zu tilgen.

In der Szene war durchgesickert, dass der New Yorker Blitz-Crash von einem einzigen Daytrader ausgelöst wurde. Feuerborn war wie elektrisiert. Ein Mitglied aus dem Investorenclub glaubte zu wissen, dass ein unscheinbarer Computerfreak der Urheber gewesen sei. Auf irgendeine Weise hatte es der Mann geschafft, in großem Stil Informationen in den Markt zu bringen, auf die viele der computergestützten Programme des automatisierten Handels reagierten und mit der Flut von immer neuen Verkaufsorders unter den Aktionären ein Blutbad angerichtet hatten. Feuerborn traf sich in London mit einem angeblich gut informierten Insider, den er durch einen Hinweis eines Clubmitglieds ausfindig gemacht hatte. Während der zwei Stunden, die ihre Unterredung gedauert hatte, staunte Feuerborn weniger über den großzügigen Blick hinüber zur Tower Bridge, der von der Terrasse des am Themseufer gelegenen Restaurant des Hilton zu genießen war. Feuerborn wunderte sich über das Selbstbewusstsein des indischstämmigen Nerds, der keine Fünfundzwanzig sein mochte. Singh, so nannte er sich jedenfalls, beschrieb im Detail, wie der Freak in New York die Börse ins Rollen gebracht hatte. Als Feuerborn nachhakte, ließ er durchblicken, dass er einen Mann kannte, der auf diesem Gebiet Experte war. «You just need the balls and some deep pockets», hatte ihn der Inder zum Abschied wissen lassen, womit er auch die Provision

meinte, die er für die Vermittlung des angeblich genia-
len Programmierers verlangte.

Feuerborn schaltete zurück zum Live-Screening der
Billardpartie. Zlatko saß mit unbeweglicher Miene auf
seinem Stuhl und wartete auf den nächsten Stoß des
Gegners. Kausal betrachtet, war es Zlatko gewesen, der
ihn dahin gebracht hatte, wo er jetzt war. Ohne ihn hätte
er womöglich lebenslang tagtäglich am Billardtisch gestanden und in der Stadt wie ein Irrer mit den Köpfen
zufällig vorbeikommender Passanten Karambol gespielt.
Ob Zlatkos Auftauchen Feuerborns Leben letzten Endes
wirklich in eine bessere Richtung gelenkt hatte, stand
allerdings erst fest, wenn alles vorüber war.

54.

Inzwischen hatte das BKA weitere Ausrüstung heran-
geschafft. Lucarelli zählte sieben Arbeitsplätze, die Besetz-
zung war noch einmal aufgestockt worden. Schupp saß
hinter einem mit Bildschirmen vollgestopften Schreibtisch in der provisorisch eingerichteten BKA-Einsatzzen-
trale. Lucarelli, begleitet von Mike Arens, begann mit
dem von Dillenburg aufgezogenen Ponzi-System, mit
dem er einige Personen in seinem Umkreis getäuscht
hatte.

»Es gibt eindeutige Hinweise, dass sich Dillenburg ins
Ausland absetzen wollte. Er hatte eine Kassette im Büro
seiner Geliebten deponiert. Dort befanden sich fast einhunderttausend Bargeld in Euro und Dollar und ein
gefälschter Pass. Gleichzeitig hatte er von einem Luxem-
burger Konto zweihunderttausend Euro auf ein Konto
auf den Bahamas transferiert.«

»Wer sind die Geschädigten?« fragte Schupp.

»Es gibt zwei uns bekannte Personen, die Dillenburg
größere Summen zur Geldanlage überlassen hatten.
Zum einen handelt es sich um Thomas Meisinger, Ju-
gendfreund und Joggingpartner von Dillenburg. Tatsächlich gibt es eine zeitliche Koinzidenz verschiedener
Barabhebungen Meisingers mit Einzahlungen, die auf
Dillenburgs Anlagekonto in Luxemburg eingegangen
sind. Dabei handelt es sich um insgesamt einhunderttausend Euro.«

Lucarelli hielt einen Moment inne und wartete auf Fragen. Doch Schupp blieb stumm und schrieb etwas auf.

»Der zweite Geschädigte ist Alberto Moretti. Er ist registriert, da gegen ihn vor einigen Jahren wegen unerlaubten Drogenbesitzes ermittelt wurde. Gefundene Fingerabdrücke beweisen, dass er in Dillenburgs Wohnung war, unter anderem auch im Schlafzimmer. Einen Tag vor dem Mord wurde Moretti von Dillenburgs Brüsseler Geliebten Adina Verzasca auf dem Diensttelefon angerufen. Verzasca hatte in einer Kassette Beweise gefunden, dass Dillenburg seine Anleger betrogen hatte und vermutlich beabsichtigte, sich mit seiner Beute abzusetzen. Wenn wir in Betracht ziehen, dass Verzasca Moretti über Dillenburgs Absichten informiert hatte, ergibt sich ein Motiv.«

»Wie viel Geld hatte Dillenburg von Moretti erhalten?«, fragte Schupp.

»Insgesamt dreißigtausend. Über das Verhältnis von Moretti und Dillenburg wissen wir noch nicht viel. Die beiden hatten mehrmals miteinander telefoniert. Moretti könnte in Dillenburgs Kokain-Aktivitäten in Straßburg verstrickt sein. Er arbeitet für die Sicherheitsfirma, welche Gebäude der EU-Institutionen bewacht. Und ergibt eben die Fingerabdrücke im Schlafzimmer.«

Schupp strich sich nachdenklich übers Kinn.

»Ganz verstehe ich Dillenburg noch nicht. Alles in allem hatte er ungefähr vierhunderttausend Euro auf die Seite geschafft. Er gehörte zum Sicherheitspersonal von Kommissions-Vizepräsident Raab. Wenn Raab viele Auslandsreisen unternimmt und Dillenburg ihn regelmäßig begleitet, bekommt er einiges an Zulagen und Spesen. Ohnehin verdienen Sicherheitsbeamte bei internationalen Institutionen s mehr als in Deutschland. Warum sollte Dillenburg das alles für eine Beute aufgeben, die er irgendwann ganz legal verdient hätte?«

»Dillenburg war ein zwanghafter Spieler«, sagte Lucarelli. »Anfangs glaubte er wahrscheinlich, dass seine riskanten Investments gutgehen und er mit den Einlagen hohe Erträge erwirtschaftet, die er an seine Geldgeber verteilen kann. Als das misslang und er die versprochenen Super-Renditen mit den Einlagen ausbezahlen musste, war er bereits an einem Punkt, an dem es kein Zurück mehr gab. Im Moment, in dem der Schwindel auffliegt, verliert er beides, den Rest der Beute und den Job. Es blieb ihm angesichts seiner Lage nur noch die Flucht nach vorn. Und möglicherweise hatte er noch ein zweites Eisen im Feuer, um schnell an Geld zu kommen.«

Lucarelli hatte den Umschlag aus Dillenburgs Geldkassette mitgebracht, den sie im Labor geöffnet hatten. Lucarelli entnahm ein Foto und legte es vor Schupp auf den Tisch.

»Das Bild zeigt drei Männer. Zwei davon kennen wir. Der erste Mann ist der ehemalige Bundesminister und heutige Kommissions-Vizepräsident Helmuth Raab. Beim zweiten Mann handelt es sich um Gerhart Holzinger, Chef der Medienagentur Holzinger. Ich kam darauf, weil ein paar Brüsseler Journalisten das Verhältnis zwischen Raab und Holzinger unter die Lupe genommen hatten. Es gab einen Verdacht, dass Raab den Kunden von Holzinger exklusive Lobbytermine gewährt hatte.«

»Wer ist der dritte Mann?«, fragte Schupp.

»Wissen wir noch nicht. Das Foto wurde interessanterweise im Privathaus von Helmuth Raab in Glottertal aufgenommen. Ich kenne das Haus, weil ich dort Raabs Fahrer vernommen hatte.«

»Wenn Holzinger Raab für die exklusive Behandlung seiner Klientel bezahlt hat und Dillenburg etwas mitbekommen hat, waren beide erpressbar«, sagte Schupp.

»Holzingers Firma hat ihren Sitz in der Stuttgarter Innenstadt. Privat wohnt er im Stadtteil Heslach«, sagte Lucarelli.

Schupp warf einen Blick auf den Dienstplan seiner Leute, der gegenüber an der Pinnwand hing. Lucarelli zog sich einen Handschuh an und holte einen USB-Stick aus der Asservatentüte.

»Dieser Stick befand sich ebenfalls in Dillenburgs Stahlkassette. Können wir ihn irgendwo auslesen?«

Schupp zeigte auf einen mit einem großflächigen Bildschirm verbundenen Laptop, der etwas abseits auf einem Schreibtisch stand. Lucarelli schloss den Datenträger an und klickte auf das einzige File.

»Die Datei wurde mit dem Titel ›Manuela D.‹ bezeichnet. Es handelt sich um eine Tonaufnahme, die wahrscheinlich mit einem Handy aufgenommen wurde. Irgendwann wurde sie auf diesen USB-Stick übertragen.«

Lucarelli stellte den Ton lauter. Die Stimmen klangen dumpf, doch war gut zu verstehen, was gesprochen wurde. Die meiste Zeit hörte man die tiefe Stimme eines Mannes. Je länger die Aufnahme dauerte, desto mehr sah sich eine offenbar weit jüngere Frau genötigt, seine unverblümten Annäherungsversuche abzuwehren. Der Unbekannte wechselte vom Deutschen ins Englische als der Zimmerservice eine Flasche Champagner brachte. Sobald die beiden wieder allein waren, verstärkte der

Mann sein Drängen. Kurz danach stieß die Frau spitze Schreie aus. Wiederum einige Sekunden später hörte man, wie eine Tür zufiel. Dann war das Tape zu Ende.

Zunächst sagte niemand etwas. Zu erschütternd wirkte die Szene mit der beschwörenden, fast flehentlichen Stimme der Frau und der hitzigen Unbeirrbarkeit des Mannes.

»Wissen wir etwas über die Identität der beiden Personen?«, durchbrach Schupp das Schweigen.«

»Noch nicht«, antwortete Lucarelli. »Aber wir können versuchen, sie anhand verschiedener Anhaltspunkte herauszufinden. Die Aussprache der Frau zum Beispiel klingt für mich nach einer Tirolerin. Die kurz zu hörende Frau vom Room Service sprach amerikanisches Englisch. Es liegt weiterhin nahe, dass sich die Szene im beruflichen Umfeld von Dillenburg ereignet hat. Und wir haben die Beschriftung des Files mit Manuela D., wahrscheinlich der Name der jungen Frau. Wir müssen herausfinden, ob der Besitz der Aufnahme Dillenburg dazu befähigt hatte, die Karriere oder die Ehe des Mannes zu zerstören.«

Schupps Blick schweifte wieder zu den Dienstplänen. Lucarelli und Arens wechselten einen stummen Blick.

»Die Bundespolizei hat einen Verbindungsmann in Belgien. Der ist mit den lokalen Behörden gut verdrahtet, sodass eine Zusammenarbeit normalerweise unkompliziert laufen sollte. Bevor du nach Brüssel fährst, werden wir Raabs PR-Agent Holzinger in Stuttgart einen Besuch abstatten.«

Lucarelli nickte.

»Kollege Arens begleitet mich heute noch zu Alberto

Moretti. Sofern wir dafür nicht erst die Franzosen fragen müssen.«

»Brauchen wir nicht«, sagte Arens. »Er wohnt in der Nähe von Offenburg.«

55.

Dieter Schupp und Arens zeigten ihre Dienstausweise und erklärten kurz, worum es ging. Moretti führte die beiden Polizisten in eine modern eingerichtete Dreizimmerwohnung. Der Italiener war fünfunddreißig und mittelgroß. Aufgrund seines dunklen Teints und den braunen Augen hätte ihn Arens beinahe mit Lucarelli verglichen, wären da nicht das vergoldete Halskettchen, ein Schildkröten-Tattoo am Unterarm und die blonden Haarsträhnen gewesen. Schupp und Arens wussten bereits, dass Alberto Moretti als Kind italienischer Eltern im Alter von zwei Jahren nach Deutschland gekommen und vor zwei Jahren zum stellvertretenden Sicherheitschef für das EU-Parlamentsgebäude in Straßburg aufgestiegen war.

»Sie hatten in der Zeit vor dem Mord mehrmals mit Hanno Dillenburg telefoniert. Woher kannten Sie ihn?«, fragte Schupp, nachdem er den Grund ihres Besuchs erklärt hatte.

»Von der Arbeit«, antwortete Moretti. »Er war Leibwächter des Vizepräsidenten der EU-Kommission.«

»Wussten Sie, dass Dillenburg Parlamentarier in Straßburg mit Koks versorgt hat?«

Moretti stutze einen Augenblick.

»Nein, das wusste ich nicht.«

»Es wäre günstig für ihn gewesen, wenn er sicher sein konnte, dass ihm bei der Eingangskontrolle niemand in die Taschen schaut.«

»Wollen Sie andeuten, ich hätte ihm geholfen? Dafür

hätte er mich nicht gebraucht. Das Sicherheitspersonal kontrolliert sich nicht gegenseitig. Dillenburg durfte als Leibwächter des Vizepräsidenten sogar seine Waffe ins Gebäude mitnehmen.«

»Und von den Sex-Partys, auf denen das Koks geschnupft wurde, wussten Sie auch nichts.«

»Es gab Gerüchte. Angeblich steckte ein Nachtklubbesitzer aus Offenburg dahinter. Warum fragen Sie mich das?«

»Wir dachten, Sie könnten uns dabei helfen, ein wenig Licht in Dillenburgs Aktivitäten zu bringen. Gegen Sie lief vor einigen Jahren schon einmal eine Ermittlung wegen unerlaubten Drogenbesitzes. Sie dürften sich in diesem Milieu also auskennen.«

»Hört das denn nie auf? Das war zu meinen Zeiten als Türsteher in einem Club, da kommt man zwangsläufig in komische Situationen. Das Verfahren wurde eingestellt. Also warum gerade ich?«

»Sie kannten Dillenburg offenbar sehr gut. Oder etwa nicht?«

»Wir waren gute Kollegen.«

»Und was genau machten Sie in Hanno Dillenburgs Wohnung?«, setzte Schupp nach.

»Er hatte mich zum Essen eingeladen.«

»Sie aßen miteinander im Schlafzimmer?«

»Was soll das? Worauf wollen Sie hinaus?«

»Daraus könnte man schließen, dass Sie und Dillenburg nicht nur gute Kollegen waren.«

»Und wenn?«

»Am Tag vor der Ermordung von Dillenburg hatten Sie auf Ihrem Diensttelefon einen Anruf von einer Frau namens Adina Verzasca erhalten. Um was ging es da?«, fragte Arens.

»Die Frau redete aufgeregt von einem Anlageschwindel, den Dillenburg angeblich durchziehen wollte«, antwortete Moretti. »Aus irgendeinem Grund wusste sie, dass Dillenburg für mich Geld angelegt hatte. Jedoch schenkte ich ihren Tiraden keine besondere Beachtung. Die Renditen, die Dillenburg herausholte, waren sensationell.«

»Und Frau Verzasca erzählte Ihnen nicht, wie er das gemacht hat?«

»Sie faselte etwas von einem Schneeball-System. Irgendwann habe ich abgeschaltet. Ich hielt das Ganze für absurd. Und die Frau für absolut hysterisch.«

»Ich glaube, dass Ihnen Frau Verzasca noch etwas anderes erzählt hat«, sagte Schupp. »Sie haben von ihr auch erfahren, dass Sie Dillenburg nicht bloß um Geld betrogen hat. Er war bisexuell und Verzasca war seine Brüsseler Geliebte.«

Moretti schüttelte den Kopf.

»Als nächstes behaupten Sie bestimmt, ich sei voller Wut nach Freiburg gefahren, um Dillenburg über den Haufen zu schießen.«

»Wo waren Sie letzten Sonntagmorgen zwischen sieben und neun?«

»Im Bett. So wie andere Leute auch.«

56.

Schupp wartete vor dem Steigenberger gegenüber des Nordausgangs. Lucarelli verstaute sein Gepäck im Kofferraum. Der Mercedes bog in die Lautenschlagerstraße ein und Schrupp steuerte das Auto in eine freie Parkbucht. Er berichtete kurz über die Befragung von Alberto Moretti, die Fragen aufgeworfen hatte.

»Adina Verzasca hat Moretti auf dessen Büroanschluss angerufen. Vielleicht hat ein Kollege etwas mitbekommen«, meinte Schupp.

»Es wäre auch interessant zu wissen, wer bei der Security des Parlaments für den Ernstfall Zugang zu Schusswaffen hat. Dillenburg wurde zwar mit seiner eigenen Pistole erschossen. Aber er wird sie seinem Mörder ja nicht freiwillig in die Hand gedrückt haben. Der Mörder benötigte eine Waffe«, sagte Lucarelli.

»Ich rufe die Franzosen an. Die sollen mal jemand hinschicken.«

Eine vierköpfige Familie steuerte das Steakhaus an, das sich auf der gegenüberliegenden Straßenseite befand. Lucarelli bemerkte, dass sein Magen knurrte.

»Bevor wir hingehen, sollten wir über Holzinger reden« sagte Schupp. »Hattest du nicht gesagt, dass ein Brüsseler Journalist hinter ihm her war?«

»Er interessierte sich in erster Linie für Vizepräsident Helmuth Raab. Man vermutete eine Verbindung zwischen gewissen Terminen bei ihm und Vermittlungsprovisionen an Holzingers Firma. Die Geschichte verlief allerdings im Sand. Zwar hatte Holzinger hochdotierte

Beraterverträge mit einigen Firmen abgeschlossen. Doch wurde nicht vereinbart, dass die Vermittlung von Terminen bei Raab eine zugesicherte Leistung der PR-Firma war. Also konzentrierte sich die Recherche des Journalisten auf die Frage, ob Holzinger von seinen Beratungshonoraren Raab etwas abgezweigt hat. Aber auch hier kamen keine Beweise ans Licht.«

Die Familie war wieder umgekehrt, offenbar war im Steakhaus kein Tisch mehr frei. Die Kinder maulten. Lucarelli beobachtete, wie sie widerwillig den Eltern in Richtung Schlossplatz hinterhertrotteten. Schupp fuhr los.

57.

Holzinger war kleingewachsen, hatte schwarzes, gegeltes Haar und tiefbraune Augen. Die schwarze Brille und ein dunkelblauer Maßanzug verhalfen ihm zu einem gewollt seriösen Auftreten. Er zog ein gekünsteltes Lächeln auf, als er die Haustür öffnete. Ein Polit-Profi erster Güte, dachte Lucarelli. Einer von jener Sorte, die es vermochte, selbst die egozentrischsten Charaktere des Politikbetriebs mit wohlkalkulierter Unterwürfigkeit einzuseifen.

Über zwei geschwungene Treppen ging er voran ins oberste Stockwerk, wo sich sein Arbeitszimmer befand. Ausgestattet mit einer Klimaanlage und moderner Kommunikationstechnik bestand der Vorzug des Büros zweifellos in der Aussicht, den die großen Fenster auf den Biehlplatz und die umliegenden Berge gewährten. Das Büro besaß einen Sitzungstisch, an dessen Längsseiten man nach Aufforderung des Hausherrn Platz nahm. Schupp erläuterte, warum sie hier waren.

»Wie lange und wie gut kennen Sie den Kommissions-Vizepräsidenten Helmuth Raab?«, begann Schupp.

»Darf ich mich erkundigen, in welchem Zusammenhang das mit Ihrem Mordfall steht?«, fragte Holzinger.

»Als Leibwächter von Raab hatte Dillenburg Zugang zu vertraulichen Informationen. Es ist denkbar, dass er jemanden erpresst hat.«

»Und wie kann ich Ihnen da helfen?«

»Beantworten Sie einfach nur die Frage. Wie gut kennen Sie Raab?«

»Ich hatte ihn schon vor Jahren als Student auf einer Parteiversammlung kennengelernt, als er noch völlig unbekannt war. Er hat mich gefragt, ob ich seine parteiinterne Nominierungskampagne unterstützen würde. Ich war damals noch ein Greenhorn, aber ich hatte mich mit aller Kraft für ihn ins Zeug gelegt. Pressetermine, Ansprache von Parteimitgliedern, Sprechcoaching, Diskussionsveranstaltungen und Auftritte bei regionalen Sendern. Völlig überraschend hatte Raab dann gegen den amtierenden Platzhirsch in einer Kampfabstimmung gewonnen und wurde der CDU-Kandidat für den Bundestag in einem für die Partei unverlierbaren Wahlkreis. Da meine Arbeit ihm offenbar nützlich erschien, bekam ich anschließend das Mandat für seine nächsten Wahlkampagnen. Während seiner dritten Legislaturperiode wurde Raab schließlich Minister. Ich würde behaupten, dass für eine erfolgreiche Laufbahn in der Politik eine professionelle Medienberatung heute wichtiger ist, denn je. Dass Raab so erfolgreich war, wurde von den Leuten, die es beurteilen können, auch zum guten Teil meiner Arbeit zugerechnet.«

»Und wie ist das heute?«, fragte Lucarelli.

»EU-Kommissare werden von der nationalen Regierung und nicht von den Wählern nominiert. Und die EU braucht anscheinend keine professionell aufgezogenen Medienkampagnen.«

Das klang spöttisch, fiel Lucarelli auf. Auch Fabienne war allerdings der Meinung, die EU müsse moderner vermarktet werden. Sie hatte sich vor allem darüber aufgeregt, dass die EU-Kommission in die politische Auseinandersetzung um den Austritt des Vereinigten

Königreichs aus der EU nicht eingegriffen hatte. Anstatt aktiv für die EU zu werben, habe man mehr oder weniger zugesehen, wie die Betreiber des »Brexits« mit einer Kombination aus Falschinformationen und der Befeuerung von Ressentiments eine letzten Endes erfolgreiche Anti-EU-Kampagne durchziehen konnten.

»Dafür beraten Sie Firmen, die bei Raab Termine wollen, um für ihre politischen Anliegen zu werben.«

»Das hört sich so an, als ob ich auf der Welt nur einen einzigen Politiker kennen würde. Meine Firma berät schon seit vielen Jahren Unternehmen in Public Relations. Ich verstehe nicht, worauf Sie hinauswollen.«

»Es gab den Verdacht, dass Lobby-Termine bei Raab über Sie gekauft wurden«, sagte Lucarelli. »Wenn Dillenburg dafür an Beweise herangekommen wäre, hätte er Sie erpressen können.«

Holzinger schüttelte den Kopf.

»Das waren Gerüchte, die von einem missliebigen Konkurrenten gestreut wurden. Ein Journalist hatte daraufhin Blut geleckt und recherchiert. Er wollte natürlich nicht mich, sondern Raab. Aber wo es nichts gibt, kann man auch nichts ausgraben.«

»Wann war das?«

»Das genaue Datum weiß ich nicht mehr. Es geschah zu der Zeit, in dem der Konkurrent einen wichtigen Kunden an uns verloren hatte. Da konnte ich mir eins und eins zusammenzählen.«

»Wer war dieser Kunde?«, fragte Lucarelli.

Holzingers Mundwinkel zuckten. Die Maske bekam einen Sprung.

»Das darf ich ohne die Erlaubnis des Kunden nicht

sagen. In unserem Gewerbe gibt es strenge Geheimhaltungsverträge. Ich nehme nicht an, dass Sie einen hinreichenden Grund dafür haben, mich zur Herausgabe von Geschäftsgeheimnissen zu zwingen«, wehrte er ab.

Die beiden Polizisten warfen sich einen Blick zu. Lucarelli zog sein Smartphone hervor, auf dem er das Foto aus Dillenburgs Kassette gespeichert hatte. Er hatte das Bild so vergrößert, dass nur der Mann zu sehen war, der zusammen mit Holzinger und Raab aufgenommen wurde. Er hielt es Holzinger hin.

»Kennen Sie diesen Mann?«

Holzinger runzelte die Stirn.

»Das Gesicht kommt mir bekannt vor. Ich kann mich jedoch im Augenblick nicht erinnern, wo ich ihn gesehen habe.«

Lucarelli brachte das Foto auf dem Handy ins Originalformat. Nun waren Raab, der Unbekannte und Holzinger selbst zu sehen.

»Es könnte sich um einen Ihrer Kunden handeln.«

Holzinger starrte ungläubig auf das Bild.

»Ich hatte vorhin bereits gesagt, dass PR-Beratung auf Diskretion beruht. Da kann ich Ihnen nicht helfen.«

»Besitzen Sie eine Waffe?«, fragte Schupp.

»Eine Pistole. Sie ist ordnungsgemäß registriert und ich habe einen Waffenschein.«

»Wo waren Sie Sonntagmorgen zwischen sieben und neun Uhr?«

»Im Büro. Wir hatten ein wichtiges Projekt, das am Wochenende fertig werden musste. Ich habe dort sogar übernachtet.«

»Kann das jemand bezeugen?«

»Bedaure. Die Mitarbeiter meiner Firma sind zwar hochmotiviert. Aber so weit, dass ich sie am Tag des Herrn im Büro antreten lasse, geht es dann doch wieder nicht.«

58.

Die Reisestelle des BKA hatte Lucarelli in ein Hotel am Boulevard Charlemagne einquartiert. Aufgrund des kurzen Fußwegs zum Ratsgebäude galt es als Stammhotel der aus den Hauptstädten anreisenden Beamten, die nach anstrengenden Ratssitzungen nicht mehr wollten, ohne Umwege in ein Bett zu fallen. Komfort gab es im Zimmer nicht, es war spartanisch und bot allenfalls Platz für das Notwendigste. Lucarelli hatte Mühe, seine Anzüge in dem minimalistischen Kleiderschrank unterzubringen. Als er mit dem Einräumen fertig war, klingelte das Telefon.

»Holst du mich in der Lobby ab? Ohne Zimmerkarte geht der Aufzug nicht«, sagte Fabienne.

»Können wir irgendwo was trinken gehen? Ich muss gerade über ein paar Dinge nachdenken. Vielleicht kannst du mir helfen.«

»Klar. Es gibt einen Irish-Pub auf der anderen Straßenseite.«

»Noch einen?«

»Im Umkreis der eher humorlosen EU-Sitzungen gibt es offenbar einigen Bedarf an beschwingender Folklore.«

Die Stammkunden des Kitty O'Shea, die wochentags nach der Arbeit hier einkehrten, blieben am Sonntag aus. Fabienne trug Bluejeans und eine freche, eng geschnittene Bluse. Sie setzten sich auf die roten Stühle an einem einfachen Tisch direkt neben dem Eingang. Lucarelli holte am Tresen zwei Guinness. Dann zeigte er ihr das Foto aus Dillenburgs Kassette.

»Rechts neben Helmuth Raab steht der Stuttgarter PR-Unternehmer Holzinger. Erkennst du den dritten Mann?«

Fabienne überlegte.

»Leider nicht. Wer soll das sein?«

»Das würde ich gerne wissen. Möglicherweise hat er etwas mit diesen Lobbyterminen bei Raab zu tun, die Holzinger seinen Kunden vermittelt hat.«

»Wie kommst du darauf?«

»Das Foto war in der Kassette, die Dillenburg im Büro seiner Geliebten Adina Verzasca deponiert hatte. Ich würde vermuten, dass er sie nicht ohne Grund dort aufbewahrt hat. Kann sein, dass er jemanden erpressen wollte.«

»Und wie kann ich dir jetzt helfen?«

»Du hast mir erzählt, dass ein befreundeter Journalisten-Kollege in dieser Lobbying-Geschichte recherchiert hat. Offenbar ist nichts dabei herausgekommen. Interessant ist aber, wer diese Geschichte ins Rollen gebracht hat. Irgendjemand muss den Journalisten einen Hinweis gegeben haben. Vielleicht war es ein Konkurrent von Holzinger.«

»Der Quellenschutz ist die heilige Kuh des Journalisten, Commissario.«

»Deswegen frage ich ja dich und nicht deinen Kollegen.«

Fabienne lächelte. Eine kleine Gruppe von Touristen betrat das Lokal und bewegte sich im Gänsemarsch in Richtung Bar. Dahinter flimmerte von einem Großbildschirm ein Rugbyspiel der irischen Nationalmannschaft, leicht erkennbar an den grünen Trikots.

»Würdest du die Stimme von René Gaston erkennen?«, fragte Lucarelli.

»Mit Sicherheit. Gaston ist eine wichtige Figur in der EU-Kommission. Von den Korrespondenten in Brüssel kennt den jeder. Es gibt eine ganze Reihe Aufnahmen von ihm, die man sich bei YouTube ansehen kann. Wieso ist das wichtig?«

»Dillenburg hatte nicht nur das Foto, sondern auch eine Tonaufnahme bei Verzasca versteckt« erklärte Lucarelli. »Darauf ist ein Mann zu hören, der massiv eine Frau bedrängt. Möglicherweise handelt es sich um eine Untergebene. Wie ich vermute, hatte Verzasca Dillenburgs Kassette geöffnet und sich die Aufnahme angehört.«

»Und wenn dieser Mann Gaston wäre, hätte Verzasca etwas gegen ihn in der Hand gehabt«, ergänzte Fabienne. »Aber das haben wir gleich.«

Es dauerte nicht lange, bis sie auf ihrem Handy die Aufzeichnung einer Konferenz heruntergeladen hatte. Sein gutsitzender Maßanzug, die breiten Schultern und eine kerzengerade Körperhaltung verhalfen Gaston zu einem souveränen, selbstbewusst wirkenden Auftritt. Sein Englisch schien okay, doch machte sich ein unüberhörbarer, französischer Akzent bemerkbar.

»Die Stimme auf der Aufnahme ist nicht die von Gaston. Kaum Akzent, als er Englisch sprach. Und schon gar keinen Französischen.«

Eine Bedienung erschien und erkundigte sich nach Essenswünschen. Sie beließen es bei den Drinks.

»In der Aufnahme kommt ein Zimmermädchen ins Zimmer, das kurz zu hören ist. Sie hatte den Raum betreten und kurz mit dem von uns gesuchten Unbekannten gesprochen. Ihre Aussprache spricht dafür, dass die Szene in den USA aufgenommen wurde. Wenn Dillenburg die Aufnahme selbst gemacht hatte, war er dort auf Dienstreise. Damit können wir davon ausgehen, dass er als Sicherheitsbeamter seinen Chef Helmuth Raab begleitet hatte.«

»Raab nahm vor nicht langer Zeit an einer internationalen Konferenz in New York teil«, sagte Fabienne. »Die einschlägigen Zeitungen hatten darüber berichtet. Unter anderem auch meine. In aller Regel nutzen die oberen EU-Chargen einen Aufenthalt in den Staaten noch für weitere Termine. Mit der Regierung in Washington etwa oder der Federal Reserve Bank in New York. Die hat bei der Finanzmarktregulierung ein gehöriges Wörtchen mitzureden. Kann ich mir diese Ton-Aufnahme mal anhören?«

»Klar. Am besten auf dem Laptop.«

Sie leerte ihr Guinness und stand auf.

»Worauf warten wir noch?«

Sie gingen über die Straße und fuhren mit dem Aufzug hinauf zum Hotelzimmer, über dessen Ausmaße Fabienne sogleich eine launige Bemerkung fallen ließ. Lucarelli platzierte den Laptop auf dem spartanischen Holztisch, und da es nur einen einzigen Stuhl gab, nahm er mit der Bettkante Vorlieb. Er klickte das File an. Schon nach wenigen Sekunden las er in Fabiennes Gesicht, dass sie die Stimme erkannte.

»Das ist Udo Spannagel«, brachte sie mit belegter Stimme hervor.

Sie schüttelte den Kopf.

»Einfach ekelhaft.«

»Bist du dir sicher? Wer ist das?«

»Udo Spannagel ist Abgeordneter des EU-Parlaments und Mitglied im ECON. Das ist der Ausschuss, in dem das Parlament unter anderem die Vorschläge zur Regulierung der Finanzmärkte behandelt. In Deutschland ist das Interesse an den Entscheidungsprozessen in der EU nicht sehr groß, weshalb ihn in der Heimat kaum einer kennt. Dagegen ist er in Brüssel ziemlich bedeutend. Als ich im Hessenbüro Praktikantin war, trat er dort häufig bei Diskussionsveranstaltungen auf.«

Fabienne tippte etwas in ihr Handy. Auf dem Display erschien ein Mitschnitt einer Veranstaltung mit dem EU-Abgeordneten Spannagel. Kein Zweifel, er war es.

»Spannagel ging in England aufs Internat«, sagte Fabienne, nachdem sie einen Lebenslauf heruntergeladen hatte. »Danach Studium an der London School of Economics. Kein Wunder, dass er keinen Akzent hat.«

Lucarelli beugte sich vor. Das Foto auf der Webseite schien aktuell zu sein. Spannagel war Mitte Fünfzig, angegrautes volles Haar, dunkle Brille und ein beachtliches Doppelkinn. Nicht gerade ein Adonis also, aber auch kein auf Anhieb unsympathischer, rücksichtsloser Typ. Sein Blick verriet Wachsamkeit und Intelligenz.

»Gar nicht so einfach, sich die abstoßende Szene mit der jungen Frau vorzustellen, wenn man den Spannagel so sieht«, sagte Fabienne. »Manche Untiefen lauern im Verborgenen.«

»Vielleicht waren Raab und Spannagel zusammen auf der Konferenz, von der du gesprochen hast. Und einer von beiden wurde von der Frau begleitet, die von Spannagel bedrängt wurde«, sagte Lucarelli.

»Meine Kollegin, die den Artikel geschrieben hat, besitzt bestimmt eine Teilnehmerliste«, sagte Fabienne. »Ich rufe sie gleich an.«

Sie stand auf und ging mit dem Handy nach draußen. Lucarelli öffnete das Fenster, zündete sich eine Zigarette an und blies den Rauch in die aufziehende Nacht. Die Straßen des Europaviertels waren wie leergefegt, nur von der Rue de la Loi drang der Lärm des Durchgangsverkehrs herüber. Im klobigen Glaskasten am Ende der Straße brannte, obwohl Sonntag war, in einigen Büros immer noch Licht.

Fabienne kehrte zurück. Sie ließ sich eine Zigarette geben und stellte sich neben Lucarelli ans offene Fenster.

»Raab und Spannagel sprachen vor zwei Monaten beide auf der gleichen Konferenz in New York. Als Begleitpersonen waren Michel Reiser von der Kommission und eine Frau mit dem Namen Manuela Dorfer vom Europäischen Parlament angemeldet. Möglicherweise eine Mitarbeiterin von Spannagel.«

»Das File auf dem Stick war mit den Buchstaben Manuela D beschriftet. Das passt also. Was ist mit Dillenburg? War er auch da?«

»Er steht nicht auf der Liste. Das heißt aber nichts. Sicherheitsleute werden nicht als Teilnehmer geführt.«

Sie reichte Lucarelli ihre Zigarette und rief auf dem Handy die Parlamentsseite mit den Abgeordnetenbüros auf.

»Frau Dorfer arbeitet nicht beim Abgeordneten Spannagel«, stellte sie trocken fest. »Jedenfalls nicht mehr.«

Sie verzog den Mund.

»Es würde einen ja auch nicht besonders wundern, wenn die Frau woanders hingegangen wäre.«

59.

Das Commissariat de Quartier Europe befand sich am Boulevard Clovis. Lucarelli brauchte vom Hotel nur der Straße zu folgen und den kleinen, Richtung Innenstadt abfallenden Park Ambiorix zu überqueren. Bereits nach wenigen Minuten stand er vor einem schmalen, schmucklosen Backsteinhaus. Lucarelli las an der Eingangstür, dass die Polizeistation erst um zwölf Uhr geöffnet würde. Fabienne hatte ihn gewarnt. Sie besaß keine hohe Meinung von der Brüsseler Polizei. Nach dem, was sie mitbekommen hatte, rührte dort niemand eine Hand, wenn nicht irgendwo Blut geflossen war. Unbehelligt vor Verfolgung konnte sich daher eine bestimmte Spezies von Kriminellen ausbreiten, mit denen es jeder, der hier lebte, früher oder später zu tun bekam.

Der Verbindungsmann des BKA hatte Lucarelli angekündigt. Die ältere Frau hinter einer Glasscheibe meldete ihn bei Inspektor Leclerc, der ihn sogleich am Empfang abholte. Sie gingen durch ein paar schummrig beleuchtete Korridore, und Lucarellis Blick fiel auf billige Schreibtische, abgewetzte Stühle und alte Aktenschränke aus hellem Holz. Leclercs Erscheinung hob sich vom düsteren Ambiente wohltuend ab. Er war Mitte Dreißig, hatte kurze blonde Haare, wache hellblaue Augen und eine sportliche Figur. Wie Leclerc erwähnte, wuchs er als Sohn eines in Deutschland stationierten belgischen Offiziers in Köln auf und sprach Deutsch.

Leclerc war Mitglied des Teams gewesen, das die Brüsseler Polizei aufgestellt hatte, um den Sturz von Adina

Verzasca zu untersuchen. Lucarelli erklärte, warum er einen Zusammenhang zwischen dem Mord an Hanno Dillenburg und dem Tod von Adina Verzasca für denkbar hielt. Er wies auf das Verhältnis der beiden und Dillenburgs Kassette hin, die er, offenbar aus Angst vor einem Einbruch in Verzascas Büro, aufbewahrt hatte. Der Inhalt dieser Kassette bestand unter anderem aus Bild- und Tonmaterial, das Dillenburg dazu genutzt haben könnte, eine oder mehrere Personen zu erpressen.

»Hatte Frau Verzasca Kenntnis von diesem Material?«, fragte Leclerc.

»Das können wir mit ziemlicher Sicherheit annehmen. Es gibt Fingerabdrücke von ihr.«

Leclerc lehnte sich zurück und sah aus dem schmalen Bürofenster auf die dichtgedrängten Häuser der gegenüberliegenden Straßenseite.

»Ich verstehe, worauf Sie hinauswollen, Herr Lucarelli. Ich kann Ihnen jedoch versichern, dass wir den Tod von Adina Verzasca gründlich untersucht haben. Wir fanden am Körper der Frau keine Hautpartikel oder sonstige Spuren, die auf einen Kampf hingedeutet hätten. Darüber gab es keinerlei Anhaltspunkte für ein Mordmotiv. Generaldirektor René Gaston hatte die ehrgeizige Verzasca als Direktorin abgesetzt und sie offenbar unfreundlich behandelt. Frau Verzasca hatte, als sie von ihrer Ablösung erfuhr, laut Zeugenaussagen einen heftigen Wutausbruch. Damit können wir zwar annehmen, dass die Frau ein starkes Motiv gehabt hätte, sich an Herrn Gaston zu rächen. Aber umgekehrt? Warum hätte Herr Gaston Adina Verzasca hinunterstoßen sollen?«

»Es ist nicht ausgeschlossen, dass Verzasca Gaston bedroht hatte«, sagte Lucarelli. »Wie gesagt, ihr Geliebter Dillenburg war womöglich als Erpresser aktiv und Verzasca hatte Zugang zu seinem Material. Und Sie sollten daran denken, dass René Gaston Rugby gespielt und gelernt hat, wie man drei-Zentner Bullen aus dem Gleichgewicht bringt. Für eine schmale Frau mit vielleicht 50 bis 55 Kilo braucht er keinen Kampf, um sie über das Geländer zu bugsieren.«

Leclerc schüttelte den Kopf.

»Haben Sie in dieser Kassette etwas gefunden, was für diese Theorie spricht?«

»Wir kennen noch nicht alle Zusammenhänge. Einige Spuren im Mordfall Dillenburg führen jedoch hierher nach Brüssel. Es gibt eine Frau, die nachweislich Opfer einer sexuellen Belästigung geworden ist. Und der Täter wurde möglicherweise von Dillenburg erpresst.«

»Etwa René Gaston?«

»Nein, nicht Gaston. Es handelt sich um den EU-Abgeordneten Udo Spannagel. Die Frau heißt Manuela Dorfer. Sie gehört zum Personal des Parlaments. Spannagel hat ein Mordmotiv, wenn er von Dillenburg erpresst wurde. Ich möchte daher zunächst einmal Manuela Dorfer als Zeugin vernehmen. Sie hält sich höchstwahrscheinlich in Brüssel auf.«

Leclerc nickte. Er drehte seinen Bürosessel in die Richtung eines kleinen Stelltischchens, auf dem der Polizeicomputer stand und ließ sich den Namen buchstabieren.

»Manuela Dorfer ist in Brüssel gemeldet. 27 Jahre alt«, las er. »Geboren in Meran, Südtirol. Italienische Staatsbürgerin. Wohnt hier ganz in der Nähe.«

60.

Leclerc hatte Zugriff auf die Passagierlisten der von Brüssel abgehenden Flüge. Raab war zusammen mit seinem Leibwächter Hanno Dillenburg, Manuela Dorfer und dem Abgeordneten Udo Spannagel am Vortag der Konferenz in einer Maschine der Brussels Airlines zum Flughafen JFK nach New York geflogen. Raab, Dillenburg und Dorfer reisten vier Tage später mit der Abendmaschine zurück, während Spannagel erst zwei Tage später in Brüssel gelandet war. Vom New Yorker Police Department kam die Information, dass alle vier Personen im Millennium Hotel in South-Manhattan übernachtet hatten.

Fabienne hatte herausgefunden, dass Manuela Dorfer während dieser Zeit im Personalregister des Parlaments als Assistentin von Udo Spannagel geführt wurde. Zehn Tage nach ihrer Rückkehr trat sie jedoch eine höher dotierte Stelle bei der italienischen Abgeordneten Camila Ravanelli an. Zeitgleich hatte Spannagel einen Mitarbeiter von Frau Ravanelli zu seinem Bürochef ernannt. Für Fabienne sah es so aus, als ob Spannagel diese Personal-Rochade einschließlich des damit verbundenen Karriere-Aufstiegs von Manuela Dorfer eingefädelt hatte. Möglicherweise um ein Problem zu lösen.

Manuela Dorfer wohnte in einem Apartmenthaus am Square Marie-Louise, keine vierhundert Meter von Leclercs Polizeistation entfernt. Es öffnete eine gutaussehende sportliche Frau in Jogginghose und Sneakers. Leclerc zeigte seinen Dienstausweis, worauf sie die beiden Polizisten einließ. Im einfachen, offenbar möbliert angemietete Apartment stach ein Laptop mit einem angeschlossenen, überdimensioniert wirkenden Bildschirm ins Auge. Im Augenblick lief die Übertragung einer Parlamentsdebatte, deren Ton die junge Frau sogleich leise stellte.

Leclerc stellte ein paar allgemeine Fragen, die Manuela Dorfer auf Französisch beantwortete. Nach dem Abitur hatte sie in Mailand ein Studium der Finanzwissenschaft absolviert. Danach war sie einen Winter lang Skirennen gefahren, bis sie in der wissenschaftlichen Abteilung des Europäischen Parlaments als Praktikantin angefangen hatte. Nach dessen Ende habe sie für verschiedene Abgeordnete gearbeitet.

»Unter anderem für den Abgeordneten Udo Spannagel«, sagte Leclerc.

»Ein halbes Jahr«, antworte Dorfer.

»Gab es einen besonderen Grund, dass Sie so schnell die Stelle gewechselt haben?«

»Es gab ein paar Unstimmigkeiten«, sagte zögerlich. »Warum fragen Sie mich das?«

»Es gibt Anhaltspunkte, dass Herr Spannagel erpresst wurde. Und zwar von Hanno Dillenburg, dem Leibwächter des Kommissions-Vizepräsidenten Helmuth Raab. Es geht um einen Vorfall während einer Dienstreise in New York. Er war im Besitz einer Tonaufnahme, die wahrscheinlich von einem Handy aufgenommen wurde. Es ist deutlich zu vernehmen, dass Sie von Herrn Spannagel zu sexuellen Handlungen gedrängt wurden.«

Manuela Dorfer erstarrte. Im gleichen Moment meldete ihr PC einen Video- Anruf. Sie entschuldigte sich mit einer flüchtigen Handbewegung, ging hinüber zum

Schreibtisch und zog sich das dunkelblaue Jackett über, das über der Stuhllehne hing. Lucarelli bekam mit, dass sie mit der neuen Chefin telefonierte. Sie wirkte unkonzentriert und fahrig.

»Haben Sie etwas dagegen, wenn ich mit ihr nachher auf Deutsch weitermache«, flüsterte er Leclerc zu. »Der Vorfall ist heikel für die junge Frau. Vielleicht kann sie so leichter darüber reden.«

Leclerc nickte. Nach einer Weile legte Dorfer auf. Unsicher blieb sie mit zusammengekniffenen Augenbrauen hinter ihrem Schreibtisch.

»Wollen wir uns setzen?«, fragte Lucarelli.

Manuela Dorfer zeigte auf den kleinen Esstisch, von dem sie rasch eine Zeitung und zwei Bücher beiseite räumte. Leclerc stellte sich ans Fenster und sah hinunter auf den Park.

»Wie lange und wie gut kannten Sie Hanno Dillenburg?«, fragte Lucarelli.

»Unsere Chefs hatten häufig miteinander zu tun. Dadurch ergab sich das. Meistens in Straßburg und eher flüchtig. Während einer Dienstreise in Amerika saßen wir länger zusammen. Raab und Spannagel hatten gemeinsame Sitzungen mit der Regierung, in die ich nicht mit reindurfte. Also hockten wir vor der Tür und warteten, bis sie wieder herauskamen.«

»Ich muss leider auf die Szene im Hotel zu sprechen kommen. Wie ist Dillenburg an die Tonaufnahme gekommen?«

Manuela Dorfer senkte den Blick. Von draußen hörte man das knatternde Geräusch eines Presslufthammers. Leclerc schloss das offene Fenster.

»Ich hatte ein Handy benutzt, das Dillenburg zu diesem Zweck in der Stadt gekauft hatte«, sagte Dorfer leise.

»Erzählen Sie bitte, wie es dazu gekommen ist, Frau Dorfer. Hatte Sie Spannagel schon vorher belästigt?«

»Im Büro war er manchmal anzüglich. Aber ich glaubte nicht, dass er eine gewisse Grenze überschreiten würde. Das war ein Irrtum. Schon am ersten Tag der Dienstreise in New York begann er mich massiv zu bedrängen. Andauernd verbale sexuelle Anspielungen und Getätschel. Mit fortschreitender Zeit ist es immer schlimmer geworden.«

Manuela Dorfer stockte. Sie kämpfte mit den Tränen.

»Ich wusste überhaupt nicht mehr weiter. Spannagel hat so viel Einfluss und Kontakte, dass er jedem die Zukunft ruinieren kann. Meine Verzweiflung war mir wohl anzusehen. Dillenburg hat etwas gemerkt und mich getröstet. Schließlich meinte Dillenburg, er hätte eine Idee, wie ich aus der Geschichte herauskomme. Dann hat er dieses spezielle Handy gekauft, mit dem man über längere Zeiträume exzellente Tonaufnahmen machen kann. Als mich Spannagel am folgenden Nachmittag in seine Suite rief, habe ich das Gerät in die Handtasche gesteckt und eingeschaltet.«

»Um Spannagel künftig davon abzuhalten, Sie zu belästigen?«

Manuela Dorfer blickte unsicher hinüber zu Leclerc, der scheinbar teilnahmslos aus dem Fenster sah.

»So ist es. Als es vorbei war, meldete ich mich krank und nahm einen früheren Rückflug. Das Handy mit der Aufnahme gab ich Dillenburg zurück. Er meinte, ich solle bis auf Weiteres nicht ins Büro gehen. Er würde sich um alles kümmern.«

»Und das tat er dann, indem er Spannagel mit der Aufnahme dazu zwang, Ihnen eine neue Arbeit zu besorgen?«

»Das hätte ich mich selbst nie getraut«, bekannte Dorfer mit brüchiger Stimme. »Aber ich musste da weg und wusste nicht wohin.«

»Hatten Sie seit dem Vorfall in New York noch einmal Kontakt mit Spannagel?«

»Oh ja. Ein paar Wochen später passte er mich vor der Haustüre ab und verlangte die Herausgabe des Tapes von New York. Er glaubte mir nicht, dass ich weder das Tape noch eine Kopie davon besaß und drohte mir, dass jetzt mit dem Erpressen Schluss sei. Andernfalls würde ich alles noch bitter bereuen.«

»Hat er gesagt, wer ihn erpresst hatte?«

»Nein.«

»Wann war dieser Vorfall mit Spannagel genau?«, fragte Lucarelli.

Dorfer überlegte einen Augenblick.

»Am Freitag vor dem vorvergangenen Wochenende. Ich wollte nach der Arbeit noch in die Wohnung, um meine Sachen für einen Ausflug zu holen. Plötzlich stand Spannagel vor mir.«

Lucarelli rechnete nach. Das waren neun Tage vor dem Mord an Dillenburg. Er sah hinüber zu Leclerc.

»Kann das alles unter uns bleiben?«, fragte Dorfer an der Tür mit flehentlicher Stimme.

»Ich hoffe es«, sagte Lucarelli.

61.

Spannagel können wir nicht einfach einbestellen und vernehmen«, sagte Leclerc auf dem Weg zurück zum Revier »Als Abgeordneter kann er sich auf seine Immunität berufen. Die müsste zunächst vom Parlament aufgehoben werden.«

Sie kamen an einem Spielplatz vorbei. Eine junge Frau schaukelte ein Bübchen. Daneben schiss ein Hund auf den Rasen, verfolgt von einem älteren Mann, der eine Schaufel schwenkte.

»Das ist in Deutschland nicht anders«, bemerkte Lucarelli. »Aber es hindert natürlich niemand einen Parlamentarier daran, als Zeuge auszusagen.«

»Warum sollte Spannagel das tun?«

»Um zu verhindern, dass wir beantragen, seine Immunität aufzuheben. Spannnagel weiß, dass seine politische Karriere zu Ende wäre, wenn diese Hotelzimmer-Geschichte mit Manuela Dorfer ans Licht kommt.«

Leclerc hielt seinen Ausweis an den Kartenleser bei der Eingangstür. An der freundlich grüßenden Pförtnerin vorbei betraten die beiden Polizisten das Gebäude am Boulevard Clovis. Lucarelli sah stumm zu, wie der Inspektor seinen Bürosessel drehte und sich in den Computer einloggte.

»Spannagel ist in Brüssel gemeldet«, stellte der Inspektor fest.

Lucarelli sah auf die Uhr.

»Um diese Uhrzeit dürfte er wohl eher im Büro sein.«

»Ins Parlament kommen wir ohne Termin nicht rein.

Und Spannagel wäre vorgewarnt. Als Abgeordneter hat er gewisse Möglichkeiten, uns aus dem Weg zu gehen«, sagte Leclerc.

»Danke, Inspektor. Ich will erstmal mit den Kollegen in Deutschland sprechen.«

62.

Lucarelli setzte sich an den kleinen Schreibtisch und wählte die Nummer von Schupp. Er hob nach dem ersten Klingeln ab. Lucarelli berichtete über die Befragung von Manuela Dorfer. Es stand so gut wie fest, dass der Parlamentarier Spannagel erpresst wurde. Wahrscheinlich von Dillenburg.

»Dann kommt Spannagel als Täter in Betracht?«, fragte Schupp.

»Er hätte gegebenenfalls ein starkes Motiv. Im Hinblick auf den Tathergang und den Tatort habe ich allerdings Zweifel. Wie soll ein EU-Parlamentarier aus Brüssel Dillenburg im Freiburger Sternwald abpassen?«

Bei Schupp klapperte im Hintergrund Geschirr. Er befand sich offenbar in der Kantine. Lucarelli sah auf die Uhr.

»Wir haben mit der Polizei in Straßburg gesprochen«, sagte Schupp. »Der Kollege, der sich mit Alberto Moretti im Raum befand, hat ausgesagt, dass Moretti nach einem Telefonanruf regelrecht in Rage geraten war.«

»Dann hatte er Adina Verzasca die Geschichte mit dem Anlagebetrug und Dillenburgs Doppelverhältnis also offenbar doch geglaubt. Und wer weiß, was sonst noch.«

»Richtig. Als Sicherheitsoffizier hatte er außerdem Zugang zu einer Waffe. Wir haben für 13 Uhr den zweiten Geschädigten, Thomas Meisinger, vorgeladen. Willst du mithören? Wir können dir das Verhör übertragen. Es geht gleich los.«

»Okay, danke.«

Als Lucarelli die Verbindung eingerichtet hatte, saß Meisinger bereits am Vernehmungstisch des Verhörraums. Das kantige Gesicht kam Lucarelli bekannt vor, doch er kam nicht darauf, an wen ihn der Mann erinnerte. Nun erschien Schupp. Er war in Begleitung eines zweiten BKA-Beamten, der sich mit Hauptkommissar Wenk vorstellte.

Thomas Meisinger antwortete auf Schupps Fragen mit ruhiger, tiefer Stimme. Seit ein paar Jahren war er Generalvertreter einer internationalen Sportartikelfirma für Mittel- und Westeuropa, weshalb er viel unterwegs sei. Bei Dillenburg sei es nicht anders gewesen, weshalb sie sich nur selten gesehen hätten.

»Wussten Sie, dass Dillenburg spielsüchtig war?«, fragte Schupp.

Meisinger schüttelte den Kopf. Schupp deutete auf das Mikrofon.

»Nein, das wusste ich nicht.«

»Ansonsten hätten Sie Dillenburg kaum einhunderttausend Euro anvertraut, oder?«

Meisinger zog die buschigen Augenbrauen zusammen.

»Wahrscheinlich nicht, nein.«

»Wofür war das Geld?«

»Dillenburg meinte, er hätte Verbindungen zu einem erstklassigen Anlage-Profi. Ich stieg mit fünfzigtausend Euro ein. Auf diese erste Einlage erhielt ich prompt eine sehr hohe Rendite. Daraufhin hatte ich ihm noch einmal die gleiche Summe gegeben.«

Schupp legte eine wohl kalkulierte Pause ein, indem er umständlich seine Unterlagen sortierte.

»Sind Sie bei Hanno Dillenburg eingebrochen?«, sagte er, ohne aufzublicken.

Meisinger sah einen Augenblick hinunter auf seine Hände, die er gefaltet auf die Tischkante gelegt hatte.

»Sie werden hoffentlich nicht von mir erwarten, dass ich zu diesem absurden Vorwurf etwas sage. Und was hätte das überhaupt mit Ihrem Mordfall zu tun?«

»Einbruch und Mord könnten in einem Zusammenhang stehen. Zum Beispiel könnten Sie Verdacht geschöpft haben, dass mit Dillenburgs Geldanlage etwas nicht stimmen kann. Ich kann mir gut vorstellen, dass Sie in die Wohnung Ihres Freundes eingestiegen sind, um sich zu vergewissern. Dabei sind Sie auf den Anlagebetrug gestoßen, den Dillenburg unter anderem mit Ihrem Geld aufgezogen hat.«

»Jetzt mal rein theoretisch, Herr Kommissar. Aus welchem Grund sollte ich Dillenburg umbringen? Hätte mir ein Mord meinen Einsatz wiedergebracht?«

»Dillenburg war mal ihr Freund. Sie hatten ihn dabei erwischt, Sie aufs Übelste zu betrügen.«

Meisinger schüttelte den Kopf.

»Wirke ich so rachsüchtig und dumm?«

»Wo waren Sie vorletzten Sonntag vor acht Tagen zwischen sieben und neun Uhr?«

»In Berlin, Event meiner Firma. Das können Sie gerne nachprüfen.«

»Das werden wir, Herr Meisinger. Und wir brauchen Ihre Fingerabdrücke.«

Lucarelli wusste bereits, dass es Meisingers Fingerabdrücke waren, die vom Einbruch in Dillenburgs Wohnung stammten. Da er die Vergleichs-Probe in Brüssel jedoch illegal an sich genommen hatte, würde man sie im Zweifel gerichtlich nicht verwenden können. Plötzlich kam Lucarelli ein Einfall. Er riss sein Handy aus der Tasche und wählte die Nummer von Mike Arens.

»Mike, wo bist du?«

»Im Observationsraum. Ich sehe zu, wie Schupp Meisinger verhört. Er ist gerade im Begriff, auf Granit zu stoßen.«

»Erinnerst du dich an das Foto, das wir in Dillenburgs Kassette gefunden haben? Das mit Holzinger, Raab und dem unbekannten, dritten Mann?«

»Natürlich.«

»Ich schicke dir das Bild aufs Handy. Ihr solltet es Meisinger zeigen. Vielleicht kennt er den dritten Mann. Ich habe da so ein Gefühl.«

63.

Lucarelli orderte im Pain Quoditien zwei mit Schinken belegte Croissants und, bereits auf dem Weg zu Fabiennes Wohnung, eine Schachtel Pralinen. Sie habe eine Idee, hatte sie am Telefon geheimnisvoll verraten. Als Lucarelli vor ihrer Tür stand, war er gespannt.

Fabienne hatte Kaffee gekocht. Im Hintergrund lief Radio Nostalgie, ein belgischer Sender mit offensichtlichem Faible für französisch gesungene Titel von Jonny Hallyday. Die beiden Croissants lagen auf einem großen Teller, die Pralinen blieben in der kunstvoll verzierten Schachtel.

»Kann sein, dass ich auf dem anderen Auge blind war«, sagte Lucarelli. »Mit dem einen Auge sah ich die Freunde des Mordopfers, Alberto Moretti und Thomas Meisinger. Beide kannten sich mit den Lauf-Gewohnheiten Dillenburgs aus und hätten den komplizierten Mord im Wald begehen können. Wir haben zwar ein Rachemotiv, denn beide wurden von Dillenburg betrogen. Doch der Mord wurde geplant, also nicht aus irgendeinem Affekt heraus begangen.«

»Und das zweite Auge?«

»Das sind die Erpressungsszenarien, die ein starkes Motiv hergeben. Allerdings sehe ich niemanden, dem man es ohne weiteres zutrauen kann, Dillenburg auf seiner Joggingstrecke im Freiburger Sternwald zu erschießen. Woher soll der EU-Parlamentarier Spannagel wissen, wo sich Dillenburg am Sonntagmorgen herumtreibt?«

»Du glaubst also, es gibt irgendeine Verbindung, die du noch nicht gefunden hast?«

»So ist es. Der Täter kannte von irgendwoher die Gewohnheiten von Dillenburg. Es fehlt die Verknüpfung mit dem Motiv. Wir müssen also die Kreise im Umfeld von Dillenburg etwas weiterziehen. Ich kam auf die Idee, als ich Thomas Meisinger während des Verhörs in Freiburg beobachtet hatte. Irgendetwas an seinem Aussehen erinnerte mich an den dritten Mann, von dem Dillenburg das Foto mit dem PR-Berater Holzinger und Kommissions-Vize Raab in seiner Kassette aufbewahrt hatte. Leider kam meine Eingebung zu spät. Nachdem ihn das BKA mit dem Einbruch bei Dillenburg konfrontiert hatte, verweigerte er die Aussage. Meine Freiburger Kollegen klappern nun Meisingers Umfeld ab, in der Hoffnung, dass jemand den Mann auf Dillenburgs Foto erkennt.«

»Es sehen sich viele Leute ähnlich, die nicht miteinander verwandt sind«, sagte Fabienne. »Nicht wenige haben sogar mich und Francesca für Schwestern gehalten. Apropos. Sie war gerade in Brüssel. Meine Schuld.«

»Wie bitte?«

»Nun, ich musste den Tiroler Schlauberger Doktor Meindl im Wien-Haus ja irgendwie bestechen, dass er mit dir redet«, zuckte sie unschuldig mit den Schultern. »Anscheinend konnte er mit dem Tipp, wo er Francesca findet, sogar etwas anfangen, womit ich offen gestanden nicht gerechnet habe. Allerdings geriet die Wiedervereinigung der verschollen geglaubten Herzen nicht so, dass Francesca besonders lange bei Meindl bleiben wollte. Also ist sie kurzerhand von Brüssel nach Paris weitergezogen. Vagabunda kennt überall jemanden.«

»Warum kam sie nicht zu dir?«

»Ich habe ihr von uns erzählt. Sie war perplex und meinte, es sei wohl besser, wenn wir allein wären. Das Naturereignis meiner Rückverwandlung in einen Hetero könne sie sich ja auf der Rückfahrt ansehen.«

Lucarelli kam nicht dazu zu antworten. Sein Telefon vibrierte.

»Chapeau, Chef«, sagte Arens. »Der Unbekannte auf dem Foto ist ein Cousin von Thomas Meisinger.«

»Mir schien da irgendeine Ähnlichkeit in den Gesichtern«, meinte Lucarelli. »Mit wem hast du gesprochen?«

»Mit der Mutter von Meisinger. Der dritte Mann auf dem Foto ist der Sohn ihrer Schwester. Sein Name ist Johann Feuerborn, 49 Jahre alt. Erster Wohnsitz in Freiburg, Eigentumswohnung in Frankfurt.«

»Hast du schon Hintergrund?«

»Feuerborn studierte in Freiburg Mathematik und war anschließend auf der School of Finance in Frankfurt. Danach arbeitete er bei einer Versicherung als Asset-Manager. Meisingers Mutter hat ausgesagt, dass Feuerborn vor einigen Jahren von seinem Vater ein großes Geldvermögen und eine Reihe von Immobilien geerbt hatte. Alsdann hatte er bei der Versicherung aufgehört und ist in eines seiner geerbten Häuser nach Freiburg gezogen.«

»Und dann?«

»Hat er Dreiband-Karambol gespielt. Das ist eine anspruchsvolle Billard-Variante. Er hat in dieser Disziplin ein paar Turniere gewonnen.«

»Das ist alles? Ich glaube nicht, dass ein Mann Ende Vierzig mit viel Geld und einer Vergangenheit im Finanzsektor einfach stillsitzt, Billard spielt und darauf wartet, bis am Monatsanfang die Mieteinnahmen hereinrollen. Wir sollten herausfinden, was Feuerborn sonst noch so macht.«

»Okay, Chef.«

Sie legten auf. Fabienne war aufgestanden, um frischen Kaffee zu kochen.

»Was denkst du?«

Lucarelli biss in sein Croissant. Sie schmeckten eindeutig besser als zu Hause, was ein direktes Ergebnis von dem war, was die Bäcker hierzulande in die Zutaten investierten. Bei einer Ermittlung lief es anders. Man investierte die meiste Zeit in Spuren, die zu nichts führten.

»Wir wissen jetzt, dass es zwischen Holzinger, Kommissions-Vize Raab und dem dritten Mann, den wir als Johann Feuerborn identifiziert haben, eine Verbindung gibt. Und wir können annehmen, dass Dillenburg mit dem Foto irgendetwas im Schilde geführt hatte.«

»Vielleicht war Holzinger für Feuerborn als PR-Agent aktiv und hatte ihm bei Raab und Spannagel Termine vermittelt«, schlug Fabienne vor. »Lobbyisten können sich bei den EU-Institutionen in ein Register eintragen lassen und erhalten einen Ausweis. Mit dem dürfen sie in die Gebäude der EU-Institutionen. Ich kann herausfinden, ob Feuerborn im Lobbyregister steht. Wenn er da nicht drin-steht, hätte er sich im Parlament am Empfang anmelden müssen und stände auf der Besucher-Liste. Ich nehme an, dein Brüsseler Kollege hätte unter Einsatz seiner vollen Kräfte die Möglichkeit, sich da Zugang zu verschaffen.«

Der Sarkasmus in Fabiennes Stimme war unüberhörbar. Sie hörte sich schon fast so verächtlich an wie Alfried Meindl, wenn er über die Fähigkeiten von Adina Verzasca sprach.

»Wir brauchen noch irgendeinen Anhaltspunkt, um was es ging«, sagte Lucarelli. »Irgendetwas musste Feuerborn von der EU gewollt haben. Nur über das Wetter wird er mit Raab kaum gesprochen haben. Und falls er ihn wirklich getroffen hat, mit Spannagel auch nicht.«

Fabienne schenkte sich eine Tasse des frisch gebrühten Kaffees ein, gab ein wenig Milch dazu und rührte mit einem kleinen, silbernen Löffelchen um.

»Feuerborn war doch Asset-Manager, wenn ich das richtig verstanden habe?«

Sie griff nach ihrem Handy. Lucarelli sah fassungslos zu, wie schnell die Daumen über die Tasten flogen.

»Da haben wir es. Spannagel ist Berichterstatter für die Review der Finanzmarktrichtlinie. Gleicher Arbeitsbereich wie Vizepräsident Raab.«

»Und von Adina Verzasca, bevor sie von ihrem Posten als Referatsleiterin bei DG Finance zur DG Competition weggelobt wurde«, ergänzte Lucarelli.

Fabienne schürzte die Lippen und schlürfte vorsichtig den ersten Schluck. Über den Rand der Tasse hinweg studierte sie ihn.

»Tja. Dann sollten wir mal herausfinden, ob Johann Feuerborn beim Abgeordneten Dr. Spannagel im Parlament einen Termin hatte.«

Lucarelli nickte. »Du hattest vorhin am Telefon über irgendeine Idee gesprochen, Fabienne.«

»Sie ist zugegeben ein wenig riskant, aber in jedem Fall unkonventionell.«

»Bau bloß keinen Mist, Fabienne.«

»Stand heute, bin ich Journalistin bei einer renommierten, überregionalen Tageszeitung. Und ehrgeizige

Abgeordnete wie Herr Dr. Spannagel sind in aller Regel ungemein scharf darauf, einer renommierten, überregionalen Tageszeitung ein Interview zu geben. Also werde ich mal sein Büro anrufen und nachfragen.«

»Wenn du meinst«, sagte Lucarelli. Er kannte sie noch nicht lange, aber er ahnte bereits, dass Fabienne schwer aufzuhalten war, wenn sie sich etwas in den Kopf gesetzt hatte.

»Wolltest du nicht wissen, wer der Strippenzieher war, der Adina Verzasca bei ihrer Karriere so erfolgreich unter die Arme gegriffen hat?«

»Schon, ja.«

»Der Mann heißt Jacques Defoe. Vor zwei Jahren hat er die EU-Kommission verlassen, um in Belgien Innenminister zu werden. Vorher war er, ebenso wie Gaston, Generaldirektor. In der Kommission galt es als offenes Geheimnis, dass er mit Verzasca ein Verhältnis hatte.«

»Da pickt die eine Krähe der anderen kein Auge aus«, meinte Lucarelli. »Und schon gar nicht feuert man die geschätzte Geliebte eines Kollegen.«

»Da magst du recht haben, Commissario. Ich bin dem verblümten Hinweis, den uns Meindl gegeben hatte, auf den Grund gegangen. Gaston und Defoe arbeiteten Ende der Neunziger sehr eng zusammen. Defoe hatte im Präsidentenkabinett die Zuständigkeit für Energiepolitik, während Gaston im Kabinett des damaligen Energiekommissars die für Frankreich besonders wichtigen Dossiers betreute. In solchen Situationen entstehen lange währende Seilschaften. Du hast ja gehört, was Alfried Meindl gesagt hat.«

64.

Das Bistro galt als beliebter Treffpunkt für die Mittagspause und den Drink nach der Arbeit. Am Morgen war
noch nicht viel los. Lucarelli warf einen Blick ins Innere.
Der schlauchartige Innenraum war mit Holzregalen de-
koriert, in denen sich Blumentöpfe mit lustig geformten,
bunten Whiskeyflaschen aneinanderreihten. Lucarelli
setzte sich auf die Terrasse, von wo er einen Blick über
den Platz bis hinüber zum Parlamentsgebäude werfen
konnte. Unmittelbar vor ihm bauten Händler die Stände
für den Wochenmarkt auf. Fabienne hatte sich verspätet,
da sie in der Zeitungsredaktion noch ihren Presseausweis
holen musste. Als Lucarelli den zweiten Espresso bestellt
hatte, erschien sie in einem dunkelblauen Hosenanzug,
einer hellen Bluse und blütenweißen Sneakers. Sie hatten
nicht mehr viel Zeit. Der Termin, den Spannagel ihr
kurzfristig gegeben hatte, sollte in weniger als fünfzehn
Minuten beginnen.

»Inspektor Leclerc hat bei der Parlamentsverwaltung
herausgefunden, dass Johann Feuerborn beim Abgeordneten Spannagel zwei Besuchstermine hatte«, kam Lucarelli rasch zur Sache. »Der erste fand vor drei Monaten
statt, der zweite neun Tage vor dem Mord an Dillenburg,
um exakt 13 Uhr. Und wir wissen von Manuela Dorfer,
dass Spannagel sie gegen 17 Uhr vor ihrer Haustür abgepasst hat, um sie einzuschüchtern.«

Fabienne pfiff durch sie Zähne.

»Wenn der Abgeordnete Spannagel tatsächlich von
diesem Feuerborn erpresst wurde, wäre das eine ziem-

lich skandalträchtige Geschichte. Manche Kollegen vom Boulevard würden vor Freude einen Luftsprung machen, wenn sie so etwas serviert bekämen. Aber ich weiß immer noch nicht, wie das Mordopfer Dillenburg da ins Spiel kommen soll.«

»Ich auch nicht«, sagte Lucarelli. »Aber erstmal müssen wir wissen, was Johann Feuerborn von Spannagel wollte.«

»Der Herr Abgeordnete ist Berichterstatter des Parlaments für die Finanzmarktrichtlinie. Ich werde ihm ein wenig auf den Zahn fühlen«, sagte Fabienne.

Sie lächelte, doch merkte ihr Lucarelli an, dass sie nervös war. Sie warf einen Blick auf ihre Armbanduhr.

»Ich muss los, Commissario. Der Besucher wartet im Allgemeinen auf den Abgeordneten, nicht umgekehrt. Am besten du bleibst hier. Schau regelmäßig auf dein Handy. Wenn mein Plan funktioniert, bring ich Spannagel hierher.«

»Kein Harakiri, Fabienne«, sagte Lucarelli.

Er sah ihr nach, wie sie fast schon im Laufschritt dem Parlament entgegeneilte.

65.

Der Weg zu den Abgeordnetenbüros führte durch eine hohe Halle, zu deren beiden Seiten es zu den Sitzungssälen, einem Zeitungsladen und der Kantine abging. Früher, zu ihrer Praktikantinnen-Zeit, hatte Fabienne mit ihren Kolleginnen täglich hier gegessen. Sie dachte gerne an diese Zeit, doch vermochten sie die vertraute Umgebung und die Erinnerungen sie nicht zu beruhigen. Als sie den Knopf des Fahrstuhls drückte, merkte sie, wie ihre Hand zitterte. Oben angekommen, ging es noch ein Stück durch einen kahlen, in fahles Weiß getauchten Gang, bis sie das Büro von Spannagel erreichte. Fabienne holte Luft. Erst dann klopfte sie an der Tür.

Eine Assistentin bot Fabienne an, im Vorzimmer zu warten. Wenig später erschien Spannagel. Die Abgeordnetenbüros waren nicht besonders groß, und Spannagel deutete, da es keinen Sitzungstisch gab, auf die gegenüberliegende Seite seines Schreibtischs. Fabienne nahm Platz. Auf den ersten Blick sah Spannagel genauso aus wie auf seinem offiziellen Foto, freundlich, intelligent und mit wachen Augen. Auf den zweiten glaubte Fabienne, etwas Kaltes, Berechnendes in seinem Blick zu erkennen. Oder war es nur das, was sie nach dem, was sie inzwischen über ihn wusste, dort sehen *wollte*? Eingerahmt zwischen der deutschen und der europäischen Flagge hatte Spannagel versucht, das Maximum an staatstragender Würde aus den beengten Verhältnissen seines Büros herauszuholen. Nach kurzem Geplänkel bat er um Fabiennes Fragen.

»Die Revision der Finanzmarktrichtlinie steht unmittelbar vor der Annahme«, sagte Fabienne.

»Man soll in der Politik immer vorsichtig sein, Frau Fritz«, lächelte Spannagel gönnerhaft. »Aber es stimmt, wir befinden uns in der finalen Phase eines langen Gesetzgebungsprozesses. Die Vertreter des Parlaments befinden sich im direkten Dialog mit der Ratspräsidentschaft, wobei die Kommission eine Reihe von Vermittlungsvorschlägen unterbreitet hat. Ich bin zuversichtlich, dass wir bald eine Einigung erzielen.«

»Ich möchte Sie nicht mit der ganzen Palette von Themen quälen, Herr Abgeordneter. Aus einem Grund, auf den ich nachher noch zu sprechen komme, interessiert mich heute nur der Hochfrequenzhandel mit Wertpapieren.«

»Sie meinen HFT? Wir verwenden hier englische Abkürzungen. Manchmal fällt mir das deutsche Wort gar nicht mehr ein«, lächelte Spannagel.

»Das Thema ist heftig umstritten. Nachdem das Projekt einer Finanztransaktionssteuer vorläufig auf Eis gelegt wurde, kam vom Rat die Forderung, den Hochgeschwindigkeitshandel auf andere Weise zu entschleunigen. Es bestände das Risiko hoher Kursausschläge, die in einen Crash münden könnten. Wie stehen Sie dazu?«

Spannagel setzte die Brille ab und lehnte sich zurück.

»Es ist nicht so, dass die gesetzgebenden Organe die Risiken des automatisierten Handels von mit Algorithmen programmierten Computern nicht erkannt haben. Wenn ab einem bestimmten Punkt die Programme der Händler bei signifikant fallenden Kursen in kürzester Zeit mit massiven Verkaufsorders reagieren, könnte eine

Börse tatsächlich zusammenbrechen. Deswegen bedarf es eines Sicherheitsnetzes, auf dessen Basis die Behörden schnell reagieren können. Die Revision der Richtlinie wird das bestehende Sicherheitssystem weiter verfeinern.«

Er legte eine Kunstpause ein, der bekannte Trick geübter Redner, beim Zuhörer Spannung zu erzeugen.

»Eigentlich dreht es sich um etwas anderes. Es geht um die Interessen der Slow-Trader«, wechselte er in einem beinahe konspirativen Tonfall. »Slow-Trader sind vor allem Versicherungen und Pensionskassen. Sie beschweren sich, dass sie durch HFT nicht die besten Preise für ihre Börsentransaktionen bekommen. Da sie ihre Großaufträge in einzelne Teile stückeln und an verschiedenen Börsen abwickeln müssen, entstehen für die Fast-Trader bei unterschiedlicher Latenz Arbitragemöglichkeiten. Sie haben Zugang zu Marktdaten in Echtzeit und sind daher schneller als die Slow-Trader. Bevor dessen Order an einer weiteren Börse eintrifft, hat der Fast Trader die nachgefragten Wertpapiere dort bereits erworben und verkauft sie im nächsten Moment wieder. Der Arbitragegewinn, den der Fast Trader durch seinen Handel einstreicht, geht somit zu Lasten der Versicherungen und Pensionskassen. Es gibt jedoch auch eine andere Seite. HFT sorgt in den Märkten für ausreichende Liquidität, und die Spreads zwischen Angebot und Nachfrage werden tendenziell kleiner. Wenn ein Kunde grenzüberschreitend tätig wird, kann Hochfrequenzhandel dazu beitragen, die Kosten zu senken.«

»Was halten Sie von der Einführung einer gesetzlich vorgeschriebenen Zeitverzögerung zwischen den einzelnen Transaktionen? Derartige Speed-Bumps wurden von der Ratspräsidentschaft vorgeschlagen und einige Abgeordnete des Parlaments unterstützen diesen Weg. Mit einer Zeitverzögerung würde der Informationsvorsprung der HFT-Trader vermindert und die Slow-Trader und anderen Anleger könnten auf Kursänderungen reagieren.«

»Keine einzige der US-Börsen hat einen Speed Bump eingeführt«, schüttelte Spannagel den Kopf. »Das Geschäftsmodell des High Frequency Trading und die damit verbundenen Vorteile im Hinblick auf die Liquidität der Märkte wären damit so gut wie dahin.«

Obwohl der Abgeordnete eine eindeutige Antwort vermied, war für Fabienne klar, wo er stand. Sie zögerte einen Augenblick. Bis jetzt war alles harmlos und an der Oberfläche geblieben. Aber nur um Sachfragen zu stellen, war sie nicht hier. Es war Zeit, den Rubikon zu überschreiten. Sie gab sich einen Ruck.

»Hat Ihre offensichtliche Ablehnung von Speed Bumps vielleicht etwas mit erfolgreichem Lobbyismus zu tun?«

Spannagel zupfte an einem Manschettenknopf.

»Wie jeder Abgeordnete habe auch ich mit Vertretern aus der Finanzindustrie gesprochen. Parlamentarier wollen nicht in einem Elfenbeinturm sitzen, sondern ihre Positionen im Dialog mit den Betroffenen entwickeln. Das machen nationale Abgeordnete und Minister auch so. Daran ist nichts Falsches. Bei uns ist es allerdings wesentlich transparenter.«

»Darf ich fragen, welches Anliegen Ihr Besucher Johann Feuerborn hatte?«

Spannagel zog die Augenbrauen zusammen. Hatte er vorher mehr oder weniger durch sie hindurchgesehen, nahm er Fabienne nun fest in den Blick.

»Darf ich fragen, warum Sie das interessiert?«

»Herr Feuerborn ist kein registrierter Industrievertreter«, sagte Fabienne. »Also frage ich Sie im Sinne der von Ihnen so gelobten Transparenz, was er von Ihnen wollte.«

»Herr Feuerborn ist im High Frequency Trading aktiv. Er hat mir seine Position dargelegt.«

»Kann es sein, dass er Sie unter Druck gesetzt hat?«

Durch die Gläser seiner randlosen Brille sah Fabienne, wie sich Spannagels Pupillen weiteten. Ansonsten hielt seine Fassade.

»Wieso sollte mich Feuerborn unter Druck setzen?«

»Er hat ein vitales Interesse daran, dass Sie die vorgeschlagenen Einschränkungen des Hochfrequenzhandels verhindern.«

»Dafür gibt es eine Menge guter Gründe, Frau Fritz. Besonderer Einlassungen von Herrn Feuerborn bedarf es da nicht. Wobei Sie mir noch verraten dürfen, womit man mich unter Druck setzen sollte.«

»Vielleicht hatte Herr Feuerborn mitbekommen, dass Sie mit einer ehemaligen Mitarbeiterin ein Problem haben. Jedenfalls haben Sie sie gleich nach seinem Besuch vor ihrer Wohnung abgepasst, um sie einzuschüchtern«, spielte Fabienne ihre Trumpfkarte aus.

Spannagels Miene verfinsterte sich. Er versuchte erst gar nicht, sich aus der Situation herauszulächeln.

»Woher wollen Sie so etwas wissen?«

»Ich weiß es einfach, genügt das? Denken Sie an eine Tonbandaufnahme aus einem New Yorker Hotelzimmer.«

Fabienne erntete einen Blick vernichtender Verachtung.

»Ich dachte, Sie arbeiten für eine seriöse Zeitung. Und nicht für eine Klatsch-und-Krawall-Postille.«

Spannagel stand auf und verließ ohne ein weiteres Wort den Raum. Kurz darauf erschien der Kopf seiner Assistentin in der Tür. Das Interview war zu Ende. Fabienne erhob sich und ging ohne Hast an ihr vorbei zum Aufzug. Als sie an den Wachmännern vorbei das Gebäude verlassen wollte, bemerkte sie, dass Spannagel draußen auf sie wartete. Mit grimmigem Gesicht zog er an einer Zigarette, die Pforte fest im Blick. Bevor sie weiterging, blieb sie einen Moment stehen und tippte eine Nachricht für Lucarelli in ihr Handy.

»Doch noch reden, Herr Abgeordneter?«

»Ich will wissen, um was es hier eigentlich geht.«

»Erst einmal wollte ich ein Interview.«

»Das Sie nicht gebraucht hätten, um eine kleine miese Story in die Welt zu setzen. Die außerdem nicht zum Stil Ihrer Zeitung passt.«

»Das lassen Sie mal meine Sorge sein.«

»Wenn Sie gründlich recherchiert hätten, wüssten Sie ohnehin, dass ich schon immer gegen Einschränkungen des Hochfrequenzhandels war. Meine politische Position mit dem Besuch von diesem Herrn Feuerborn in Verbindung zu bringen, wäre absolut absurd.«

»Trotzdem ist da irgendetwas faul. Oder war es schier der Zufall, dass Sie gleich nach dem Treffen mit Feuerborn Manuela Dorfer aufgelauert haben, um sie einzuschüchtern?«

»Worauf wollen Sie hinaus?«

»Ich habe eine Theorie. Feuerborn brachte während Ihres Treffens die Tonbandaufnahme aus New York ins

Spiel. Die Veröffentlichung würde Sie nach aller Erfahrung Ihre Karriere kosten. Damit hatte er Sie in der Hand.«

Spannagel warf die brennende Zigarette zu Boden und drückte sie mit dem Schuh aus.

»Wollen Sie damit eine neue Karriere als Skandal-Journalistin starten?«

»Das hängt von Ihnen ab. Erst einmal lassen Sie Manuela Dorfer künftig in Ruhe. Und dann beantworten Sie einem Bekannten von mir ein paar Fragen. Informell und für Sie ohne Nachspiel in der Presse. Wir treffen ihn gleich am Place Luxemburg.«

Spannagel starrte auf seine Schuhe. Fabienne hielt die Luft an. Endlich zückte er sein Handy, um seine Assistentin anzurufen.

66.

Sobald die Videoschaltung mit dem LKA aufgebaut war, ergriff Lucarelli das Wort.

»Der EU-Abgeordnete Spannagel hat eingestanden, dass Johann Feuerborn versucht hat, ihn mit der kompromittierenden Aufnahme mit Manuela Dorfer unter Druck zu setzen.«

»Das hat der Politiker zugegeben?«, wunderte sich Schupp.

Lucarelli erwähnte nicht, dass er mit Fabienne eine Helferin hatte, die dem Abgeordneten die Pistole auf die Brust gesetzt hatte. Er wunderte sich daher auch nicht, dass Schupp ungläubig den Kopf schüttelte.

»Die Frage ist, wie Feuerborn an die Aufnahme gekommen ist. Spannagel glaubte, dass er sie von seiner ehemaligen Assistentin Manuela Dorfer hatte, weshalb er sie unmittelbar nach seinem Gespräch mit Feuerborn zur Rede stellte. Spannagel musste jedoch davon ausgehen, dass auch Dillenburg eine Kopie besaß. Denn Dillenburg hatte nach Aussage von Manuela Dorfer das Tape zunächst dazu benutzt, Spannagel zu zwingen, ihr nach den Ereignissen in New York beim Parlament eine neue Stelle zu beschaffen.«

»Könnte Spannagel der Täter sein?«, fragte jemand aus Schupps BKA-Team.

»Er war zur Tatzeit in London und hat ein wasserdichtes Alibi. Außerdem musste der Täter wissen, dass Dillenburg in Freiburg zu einer ungefähren Zeit stets dieselbe Strecke lief.«

Jemand klopfte an der Tür. Der Room Service wollte die Minibar auffüllen. Lucarelli winkte ab.

»Wir müssen herausfinden, welche Verbindungen es zwischen den Personen gibt, die ein Motiv haben könnten. Im Zentrum steht Meisinger. Er und Feuerborn sind Cousins. Mit Dillenburg verbindet Meisinger eine alte Freundschaft. Trotzdem hat Dillenburg ihn betrogen. Meisinger wiederum ist in Dillenburgs Wohnung eingestiegen. Vielleicht gibt es noch eine Querverbindung, die wir bisher übersehen haben.«

»Meisinger hat für die Tatzeit ein Alibi«, meldete sich einer der BKA-Beamten. »Er befand sich zur Tatzeit bei einer Sportveranstaltung in Berlin.«

»Und ich sehe nach wie vor kein Motiv, weshalb Thomas Meisinger Dillenburg umbringen sollte«, sagte Schupp. Er ließ sich deutlich anmerken, wie wenig er überzeugt war, dass diese Spur zu etwas führte.

»Wir sollten trotzdem seine Wohnung durchsuchen«, sagte Lucarelli.

»Dafür brauchen wir einen Anhaltspunkt, dass Meisinger mit dem Mord etwas zu tun haben könnte. Auch das BKA bekommt nicht ohne triftigen Grund einen Durchsuchungsbeschluss«, wiegelte Schupp ab.

Er wandte sich dem Stand der Ermittlungen gegen Alberto Moretti zu, den das BKA nach wie vor für den Hauptverdächtigen hielt. Lucarelli hörte nicht mehr richtig hin. Bevor er nach Freiburg zurückkehrte, hatte er noch etwas zu erledigen. Er stellte auf lautlos und wählte die Nummer der Antibetrugs-Behörde OLAF. Eine freundliche Dame stellte durch zu Thorsten Schelter.

»Ich habe das Handy von Verzasca«, sagte der Abteilungsleiter.

»Hat die belgische Polizei gemauert?«

»Nur ein bisschen. Ich habe dem zuständigen Direktor gesagt, dass wir einen Korruptionsfall untersuchen, und sie hätten ihre Ermittlungen ja bereits abgeschlossen. Mit uns legen sie sich normalerweise nicht an. Also konnte ich die Reste von dem, was übrig war, auf dem Revier abholen lassen.«

»Vielen Dank Herr Schelter.«

»Freuen Sie sich nicht zu früh. Meine Leute haben sich das Handy angesehen. Sie meinen, da wäre nichts mehr zu machen.«

»Dann haben Sie ja nichts dagegen, wenn ich es mit nach Deutschland nehme.«

In der Leitung herrschte für einen Augenblick Stille.

»Meinetwegen.«

67.

Nachdem Lucarelli in der Rue Joseph II die Reste von
Adina Verzascas Handy abgeholt hatte, stieg er bei Arts-
Loi in die Metro. Ein im Poncho gekleideter Südameri-
kaner durchquerte den Waggon mit einer Banjo-Gitarre,
gefolgt von einem jungen Mädchen mit Rastazöpfen, das
den trüb dreinblickenden Passagieren einen ausgebeulten
Hut hinhielt. Lucarelli dachte an Fabienne. Bitte nicht
noch einen sentimentalen Abschied, hatte sie gefleht. Wenig später erreichte er den Brüsseler Fernbahnhof Gare
de Midi. Hier herrschte Hochbetrieb. Lucarelli quetschte
sich in das Gedränge eines zu engen Zeitungsladens, um
sich für die Zugfahrt nach Freiburg mit Lesematerial
zu versorgen. Sein Blick fiel auf ein Hochglanzmagazin,
auf dessen Titelseite ein fensterloser Kellerraum mit zwei
Reihen überdimensionierter Computer abgebildet war.
Dazwischen lagen auf einem Spieltisch verstreut herum-
liegende Bündel von Dollarnoten und Casinochips. «Si-
lent Traders» lautete der großformatige Titel. Lucarelli
stutzte, als er den Preis sah, doch er legte das Magazin
mitsamt einer Tageszeitung auf den Verkaufstresen.

Auf den Weg zum Bahnsteig sah er sie. Francesca kam
ihm entgegen, offenbar war sie soeben mit dem TGV
aus Paris eingetroffen. Sie fiel auf, vor allem durch die
schicken weißen Jeans, den marineblauen Blazer und
die braunen Stiefelletten, deren Absätze sie um einiges
größer machten. Während sie sich im Pulk der Ankom-
menden langsam nach vorne schob, sah sie unentwegt
auf ihr Handy. Lucarelli blieb wie angewurzelt stehen.

Erstarrt blickte er ihr nach, bis sie ein paar Augenblicke später in der Menge verschwunden war.

68.

Charlotte Benzing starrte Lucarelli entgeistert an.

»Eine Hausdurchsuchung bei Thomas Meisinger? Wozu?«

»Er ist in Dillenburgs Wohnung eingebrochen. Vielleicht hat er dort etwas mitgenommen, was uns in unserem Mordfall weiterbringt.«

»Du meinst wohl im Mordfall des BKA? Wieso beantragen die keine Hausdurchsuchung?

»Weil Meisinger für die Tatzeit ein Alibi hat.«

»Und warum willst du mich dann an Schupp vorbei bei der Staatsanwaltschaft ins Rennen schicken?«

»Wir ermitteln einen Wohnungseinbruch. Das liegt in unserer Zuständigkeit, dafür brauchen wir das BKA nicht.«

»Und was versprichst du dir davon?«

»Wir wissen zu wenig über die Querverbindungen. Es gibt Verdächtige, die ein starkes Motiv hätten, Dillenburg zu beseitigen. Und es gibt eine begrenzte Anzahl von Personen, die in der Lage gewesen wären, das Opfer während seiner routinemäßig absolvierten Laufrunde im Sternwald abzupassen. Beide Voraussetzungen erfüllt derzeit nur Alberto Moretti, der gehörnte schwule Liebhaber von Dillenburg. Das BKA konzentriert sich zurzeit voll auf ihn. Mein Gefühl sagt mir aber, dass der Mord kein Rachemord war. Ich will daher ein paar andere Steine umdrehen. Dazu gehört auch die Rolle von Adina Verzasca, Dillenburgs Freundin in Brüssel. Für mich sieht es nicht so aus, als ob sich die Frau selbst das Leben genommen hat. Da stimmen ein paar Dinge nicht.«

Benzing lehnte sich zurück und starrte schweigend den Kommentar zur Strafprozessordnung an, der stets in Griffweite auf ihrem Schreibtisch stand. Lucarelli wusste, dass sie sauer war, weil das BKA sie vor der Entscheidung, den Fall zu übernehmen, nicht konsultiert hatte. Eine Polizeipräsidentin bei der Ermittlung eines Mordfalls in ihrem Hoheitsgebiet einfach zu ignorieren, kam Majestätsbeleidigung gleich. Darauf hatte Lucarelli spekuliert. Er sollte recht behalten.

»Ich rede mit der Staatsanwaltschaft«, murmelte Benzing, ohne Lucarelli anzusehen.

69.

Meisinger nahm die Hausdurchsuchung zunächst gelassen hin. Tatsächlich fand das Team erst einmal nichts, was darauf hätte hindeuten können, dass er aus Dillenburgs Wohnung etwas gestohlen hatte. Er wurde erst unruhig, als Arens ihm mitteilte, dass die Polizei Kenntnis von einem Bankschließfach hatte und es geöffnet werden müsse. Widerwillig begleitete er ihn zur Volksbank in der Eisenbahnstraße. Neben Bargeld und Goldbarren befand sich im Safe ein Umschlag mit Auszügen von Dillenburgs Depot in Luxemburg, sowie ein USB-Stick, der in Farbe und Form exakt jenen glich, die in Brüssel gefunden wurden. Arens beschlagnahmte den Umschlag und versiegelte den Safe mit den zurückgelassenen Wertsachen. Thomas Meisinger wurde für den Nachmittag einbestellt.

Um dem BKA aus dem Weg zu gehen, wählte Lucarelli die Außenstelle des Stadtteils Littenweiler. Pünktlich um fünfzehn Uhr traf Meisinger ein. Der sportliche Endvierziger trug einen modischen grauen Anzug mit weißem Hemd, passende hellbraune Schuhe und, anders noch als während des von Lucarelli per Videoübertragung mitverfolgten Verhörs, eine randlose Brille.

»Ihre Fingerabdrücke befanden sich an der Einbruchstelle an der hinteren Terrassentür«, kam Lucarelli schnell zur Sache. »Es liegt der Verdacht nahe, dass Sie eine Menge Bargeld und Gold bei Dillenburg gestohlen haben.«

Meisinger schüttelte den Kopf.

»Das Gold stammt aus einer Erbschaft. Und das Bargeld habe ich während der Bankenkrise von meinem Konto abgehoben und im Safe eingeschlossen. Das können Sie nachprüfen.«

»Das werden wir, Herr Meisinger. In Ihrem Safe befanden sich allerdings auch Depotunterlagen von einer Bank in Luxemburg. Können Sie uns sagen, wem dieses Depot gehört? Vielleicht Ihnen?«

Meisinger zögerte einen Moment.

»Dillenburg. Er besaß keinen Safe und hat mir die Unterlagen zur Aufbewahrung gegeben.«

Lucarelli und Arens tauschten einen Blick.

»Das wäre sehr dumm von Dillenburg gewesen, finden Sie nicht? Aus dem Dossier ist nämlich ersichtlich, dass Sie einem Anlagebetrug aufgesessen sind. Dillenburg hatte einige riskante Investments in den Sand gesetzt und ihre Traumrendite mit den Einlagen der Anleger ausbezahlt. Würde ein Betrüger seinem Opfer freiwillig dafür die Beweise liefern?«

»Der Umschlag war verschlossen. Dillenburg hat gesagt, der Inhalt sei persönlich.«

»Der Umschlag war bereits geöffnet, als wir ihn fanden«, sagte Arens.

»Ich hatte Verdacht geschöpft, dass etwas nicht stimmt. Nachdem die Kurse auf den Weltbörsen zwischenzeitlich stark gefallen waren, wollte ich wissen, wie Dillenburg die hohen Renditen herausgeholt hatte, die er mir ausgezahlt hat.«

»Wann genau haben Sie nachgesehen?«

Meisinger blinzelte mit den Augenlidern. Er legte den Kopf in den Nacken und strich sich übers Kinn.

»Das weiß ich nicht mehr genau.«

»Wir unterbrechen für einen Moment. Vielleicht fällt es Ihnen in der Zwischenzeit wieder ein.«

Die beiden Polizisten verließen das Gebäude und gingen ein paar Schritte durch die ruhige, um diese Uhrzeit fast menschenleere Straße. Die Nachmittagssonne schob sich für ein paar Augenblicke durch die dichten Wolken und erwärmte die kühle Luft, die in der Nacht in die Rheinebene geströmt war.

»Glaubst du ihm?«, fragte Arens.

»Auf jeden Fall nicht alles«, antwortete Lucarelli.

Sie gingen ein paar Schritte. Der kurze Auftritt der Sonne neigte sich schon wieder dem Ende zu. Das Wetter benahm sich wie sonst im April. Es konnte jeden Moment zu regnen anfangen. Ein Rentner blickte besorgt nach oben und zog an seinem Hund, der lieber an einem Baum schnüffeln wollte.

»Die Frage ist, wie eine Kopie der Aufnahme mit Spannagel und Manuel Dorfer aus dem Hotel in New York in Feuerborns Hände gelangt sein konnte«, sagte Arens. »Einen USB-Stick mit der Aufnahme lag unerreichbar im Büro von Dillenburgs Geliebter Verzasca. Vielleicht gab es noch weitere Kopien. Oder Feuerborn hatte sie von Meisinger.«

»Banken müssen ein Protokoll führen, wann ein Kunde den Tresor aufsucht. Wir können also ermitteln, wann Meisinger zum letzten Mal in der Bank war, um seinen Safe zu öffnen«, sagte Lucarelli.

»Ein Dieb würde die fette Beute eines Einbruchs wohl kaum ins eigene Bankschließfach legen.«

»Richtig«, antwortete Lucarelli. »Deshalb stammen das Bargeld und die Barren auch nicht aus Dillenburgs Woh-

269

nung. Andererseits kann man aus deinem Einwand folgern, dass Meisinger den USB-Stick mit der Aufnahme kaum dort aufbewahren würde, wenn er damit selbst eine Straftat begangen hatte.«

»Also existiert noch eine weitere Kopie, an die Feuerborn herangekommen ist?«

Lucarelli zuckte mit den Schultern. Ein paar dicke Regentropfen klatschten auf das Pflaster. Sie kehrten um.

»Was machen wir mit Meisinger?«, fragte Arens.

»Wir tun so, als ob wir daran glaubten, dass die Wertsachen in seinem Safe aus dem Einbruch stammen. Damit können wir ihn, unbehelligt vom BKA, weiter verhören. Wir müssen die Zeit nach dem Einbruch rekonstruieren. Also: Wann und wie oft hatte sich Meisinger mit Feuerborn getroffen?«

»Ich sehe auch für Feuerborn keinen Grund, Dillenburg umzubringen«, sagte Arens.

Lucarelli ging nicht darauf ein. Die Idee, die in seinem Kopf herumschwirrte, war noch zu vage, und er wusste selbst, dass der Ausgang ihres Alleingangs ungewiss war. Er konnte derweil nur hoffen, dass das BKA sie nicht erwischte.

70.

*W*as tut sich in Deinem Fall?«

Als Fabiennes WhatsApp-Nachricht eintraf, war Lucarelli schon an der Tür, um nach Hause zu gehen. Er ließ sich wieder in seinen Schreibtischsessel fallen.

»Ich muss die richtigen Steine umdrehen«, tippte er als Antwort.

»Ich hatte einen Kater, weil du so schnell aus Brüssel verschwunden bist.«

»Ich habe Francesca am Bahnhof gesehen.«

»Sie dich auch. Frauen können sehen, ohne hinzusehen.«

»Wieso ist sie dann an mir vorbei?«

»Selbstachtung. Du hast mit ihrer Freundin geschlafen.«

»Sagtest du nicht, sie sei auf der Flucht vor was Ernstem?«

»Offenbar schließt es das Gegenteil nicht aus. Allein, dass Francesca im Allgemeinen eine Vagabundin ist, bedeutet nämlich nicht, dass sie wirklich immer eine sein will. Das ist bei den notorischen Ehebrechern genauso. Nur umgekehrt.«

Lucarelli hätte jetzt gern ein paar Fragen gestellt. Aber sie klangen allesamt idiotisch.

»Francesca will, dass du sie bei Da Pino abholst.«

»Ich verstehe nicht …«

»Um halb elf. Also beeil dich. Kuss Fabienne.«

Lucarelli sah auf die Uhr. Er musste sich beeilen.

71.

Francesca gab Lucarelli ein Zeichen, vor dem Lokal zu warten. Zehn Minuten später erschien sie, eingehüllt in einen blauen, knielangen Regenmantel. Der Regen hatte aufgehört. Allmählich wurde es wieder wärmer, der Sommer kehrte zurück. Sie gingen gemächlich durch die Rathausgasse in Richtung Zentrum. Die Dämmerung war hereingebrochen, die meisten Geschäfte hatten die Schaufenster auf Sparlicht heruntergefahren. Nur vereinzelt kamen ihnen noch Leute entgegen, die Stadt ging schlafen. Als sie den Rathausplatz erreichten, wurden in der Eisdiele an der Ecke gerade Stühle auf die Tische gestellt. Sie setzten sich auf eine Bank gegenüber des in Licht getauchten Rathauses. Direkt vor ihnen pickten ein paar Tauben nach den Resten des Tages. Die ganze Zeit hatten sie geschwiegen.

»Als ich in Brüssel war, sah ich meinen Ex-Freund Alfried Meindl wieder«, sagte Francesca endlich. »Fabienne hatte ihm meine Nummer gegeben.«

Sie kam ins Stocken.

»Alfried und ich waren uns sehr nahegekommen, wir hatten damals beide eine schwere Zeit. Ich durchlebte gerade die Trennung von meinem Mann und Alfried war quasi auf Drogen, nachdem er von dieser Verzasca übel gemobbt wurde und niemand da war, der sie aus dem Verkehr ziehen wollte. Für mich sollte es easy werden und wurde unerwartet emotional. Ich bin dann ohne etwas zu sagen, einfach aus Brüssel verschwunden und habe in Freiburg mein Studium begonnen. Auf diese Weise

gab es kein Auf- und Ab, keine komplizierte Distanzbe-
ziehung, in der man ständig über den Terminkalendern
brütet. Indem ich verschwand, konnte ich Alfried in eine
Art Museum stellen. Dort konnte er ein Held bleiben
und ich durfte lange denken, wie großartig er ist.«

»Ich selbst wäre wohl neugierig gewesen, wie die Geschichte weitergeht«, sagte Lucarelli. »Zwar wissen wir,
dass die Sonne wandert und jeden Abend untergeht. Im
Stadium der Verliebtheit fällt es jedoch schwer, das zu
sehen und mittendrin die Reißleine zu ziehen. Zum un-
beschwerten Glück gehörte für mich immer die Hoffnung, dass es anders kommt.«

Francesca zog einen Tabakbeutel aus ihrer Handtasche und begann, sich eine Zigarette zu drehen. Lucarelli betrachtete ihre hübschen schmalen Hände mit den
sorgfältig dunkelrot lackierten Nägeln. Die Eleganz der
feingliedrigen Finger passte nicht zur rustikalen Tätig-
keit des Zigarettendrehens.

»Es ist ja nicht so, dass ich frei von Zweifeln war«, sagte
sie. »Deswegen wollte ich, als Fabienne Alfried auf meine
Fährte gesetzt hat, ihn auch noch einmal treffen. Aber
das Wiedersehen in Brüssel war ein Reinfall. Die Zeit
läuft weiter. Ich habe nichts mehr empfunden. Schlimmer noch. Er ging mir auf die Nerven.«

Sie steckte sich die Zigarette an und nahm den ersten,
kräftigen Zug.

»Warum erzählst du mir das, Francesca?«

»Weil es mit Fabienne anders ist. Wir finden uns immer, egal was passiert. Nachdem du mich am Bahnhof
gesehen hast, bin ich gleich zu ihr gefahren. Es war wunderbar. Fast so schön wie am Anfang.«

Irgendwo in der Magengegend spürte Lucarelli einen Stich.

»Fabienne und ich werden unsere Beziehung nie aufgeben. Egal was auch passiert. Und wir werden sicher nicht nur zusammen Kaffee trinken. Verstehst du das?«

Lucarelli wusste keine Antwort. Von der Kaiser-Joseph-Straße näherte sich eine Gruppe von offenbar beschwipsten jungen Männern in weißen, bedruckten T-Shirts. Sie feierten irgendetwas. Wahrscheinlich das einen Junggesellenabschied.

»Ich will jetzt nicht groß darüber reden, Giovanni. Ich sollte dir vielleicht noch etwas anderes erzählen.«

»Ich höre, Francesca.«

»Meindl hat mir gesagt, dass seine ehemalige Chefin in den Tod gestürzt ist.«

»Das stimmt. Sie hieß Adina Verzasca.«

»Er glaubt nicht, dass es Selbstmord war. Da muss jemand nachgeholfen haben.«

»Hat er gesagt warum?«

»Einfach nur ein Gefühl. Alfried hatte die Frau praktisch jeden Tag erlebt. Er meint, sie sei eine Narzisstin, wahrscheinlich herrührend aus einer tiefen Unsicherheit. Jedenfalls war diese Frau stets auf Krawall gebürstet, wenn jemand an ihrem Lack gekratzt hat. So jemand, meinte er, brächte sich aus einem Affekt heraus nicht um. Gut, Alfried ist Ökonom und kein Sigmund Freud. Aber auf der Basis von dem, was ich bisher in meinem Psychologie-Studium gelernt habe, will ich ihm nicht widersprechen.«

Die feiernden Jungspunde hatten sich tatsächlich neben ihnen niedergelassen. Einer packte bereits Bierflaschen aus einem Rucksack.

»Gehen wir wieder ein Stück?«, schlug Lucarelli vor.

»Ich muss nach Hause. Seminararbeit weiterschreiben. Morgen ist Abgabe.«

Francesca erhob sich. An der Eisdiele vorbei marschierten sie über die Universitätsstraße in Richtung Bertoldsbrunnen. Auf den letzten Metern hängte sie sich bei ihm ein. Bevor die Straßenbahn die Haltestelle erreichte, verscheuchte sie mit einem schrillen Klingeln ein paar achtlose Fußgänger von den Gleisen.

»Au revoir«, sagte sie, bevor sie in den Wagen stieg. Sie küssten sich auf die Wange.

»Nimm das ruhig wörtlich, Giovanni.«

72.

Danke, dass Sie noch einmal gekommen sind«, sagte Lucarelli.

»Hatte ich eine Wahl?«, knurrte Meisinger.

Arens schaltete das Aufnahmegerät ein.

»Wie wir inzwischen wissen, haben Sie Ihr Bankschließfach zum letzten Mal am 10. Mai besucht«, startete Lucarelli die Vernehmung. »Sie haben behauptet, Dillenburg habe Ihnen den Umschlag zur Aufbewahrung freiwillig überlassen. Ist das richtig?«

»So ist es.«

»Das Datum des letzten Auszugs der im Safe befindlichen Depotauszüge der Luxemburgischen Bank lautet auf den 30. April. Sie müssten Dillenburg infolgedessen in der Zeit dazwischen, also zwischen dem 30. April und dem 10. Mai für eine Übergabe dieser Unterlagen getroffen haben. Wann genau war das?«

»Das weiß ich nicht mehr genau«, sagte Meisinger. »Irgendwann am Wochenende.«

»Sicher nicht, Herr Meisinger«, sagte Arens. »Dillenburg war zwar am ersten Mai-Wochenende in Freiburg, doch Sie befanden sich ausweislich des Bewegungsprofils Ihres Handys in Spanien. Und die darauffolgende Woche, also zwischen dem dritten und dem zehnten Mai, war Dillenburg mit seinem Chef auf Dienstreise.«

»Wenn Sie das behaupten«, sagte Meisinger.

»Wir haben in Dillenburgs Wohnung Ihre Fingerabdrücke gefunden. Nun brauchen wir nur noch eins und eins zusammenzählen. Sie haben den Umschlag dort

gestohlen und am 10. Mai in Ihrem Banksafe eingeschlossen.«

»Und wenn schon«, sagte Meisinger. »Es handelt sich
nicht um Wertsachen. Dillenburg hatte auch keine An-
zeige erstattet.«

»Dann wollen wir uns ein wenig über die Unterlagen
unterhalten. Auf den Auszügen waren einige Zeilen
markiert. Außerdem gibt es kurze handschriftliche Vermerke. Hinter einer Zeile steht zum Beispiel das Wort
»Harakiri« und hinter zwei weiteren steht »TV«. Wie es
aussieht, steht das für Total-Verlust.«

Arens schob eine Kopie der beiden Seiten auf die andere Seite des Tisches und deutete auf die entsprechenden Stellen. Meisinger starrte auf die Auszüge, als sähe
er sie zum ersten Mal.

»Sie hatten Dillenburg im Verdacht, seine Anleger zu
betrügen«, setzte Arens fort. »Die bei Dillenburg gestohlenen Unterlagen über das Depot in Luxemburg zeigten
Sie dann Ihrem Cousin Johann Feuerborn. Er war früher
Asset-Manager einer Versicherung und kennt sich mit
Finanzanlagen aus. Es war Feuerborn, der die Bemer-
kungen hinter die einzelnen Investments von Dillenburg
gekritzelt hatte.«

Meisinger schüttelte den Kopf.

»Ich verstehe nicht. Was soll das? Warum soll es rele-
vant sein, ob ich meinem Cousin diese Unterlagen gezeigt habe?«

»Wir haben in Ihrem Safe auch einen Stick mit einer
Tonaufnahme gefunden. Darauf ist zu hören, wie der
EU-Parlamentarier Dr. Spannagel seine Assistentin
Manuela Dorfer während einer Dienstreise sexuell be-

drängt. Hatten Sie Johann Feuerborn eine Kopie dieser Aufnahme gegeben?«

»Bevor Sie mir nicht sagen, um was es hier eigentlich geht, sage ich überhaupt nichts mehr.«

»Wir ermitteln, ob Ihr Einbruch etwas mit dem Mord an Hanno Dillenburg zu tun hat«, sagte Lucarelli. »Also beantworten Sie die Frage.«

»Das ist absurd«, protestierte Meisinger. »Und jetzt möchte ich einen Anwalt.«

73.

Rechtsanwalt Dr. Hammerstein traf in weniger als einer Stunde im Polizeiposten Littenweiler ein. Der erfahrene Strafverteidiger war bereits Ende Sechzig. Lucarelli war ihm schon ein paar Mal begegnet. Durch sein Alter, seine jahrzehntelange Erfahrung, das silbergraue Haar und sein selbstsicheres Auftreten genoss er überall Respekt. Stets freundlich, verzichtete er auch in gut gefüllten Gerichtssälen auf theatralische Showauftritte. Er hörte sich an, was gegen Meisinger vorlag und stellte ein paar Fragen. Dann bat er um Beratungszeit mit seinem Mandanten.

Lucarelli und Arens nutzten die Pause für ein Mittagessen in der Gaststätte der Freiburger Turnerschaft. Die Terrasse bot einen weitläufigen Blick über die Dreisam bis hinauf zum dicht bewaldeten Rosskopf. Nebenan in der Sporthalle hatten Meisinger und Dillenburg vor vielen Jahren Badminton gespielt.

»Peter Mitzler hat vorhin angerufen«, sagte Lucarelli. »Sein IT-Experte ist in das private Handy von Adina Verzasca reingekommen. Es lag zerschmettert am Tatort auf der Straße. Ich möchte mir das nachher ansehen.«

»Wie hast du denn das geschafft?«, fragte Arens.

»Die Brüsseler Polizei ging fest von einem Selbstmord aus und hielt weitere Untersuchungen für unnötig. Die Anti-Betrugsbehörde der Kommission hat es für uns an Land gezogen.«

»Und du glaubst nicht, dass es Selbstmord war.«

»Selbstmord scheint von der Persönlichkeit der Frau her

eher unwahrscheinlich. Als Mörder kommt jedoch nur Generaldirektor René Gaston in Frage, und für ihn gibt es kein plausibles Motiv. Andererseits habe ich herausgefunden, dass Gaston mit dem belgischen Innenminister Jacques Defoe in einer engen Seilschaft verbandelt ist.«

»Und der Minister könnte bei den Ermittlungen auf die Bremse getreten haben? Sodass die Polizei nicht in allen Ecken nach einem Motiv gesucht hat?«

»Könnte zumindest sein.«

Die Bedienung stellte das Essen auf den Tisch. Lucarelli hatte Salat bestellt, Arens das Mittagsmenü. Fleischkäse mit Spiegelei und Kartoffelsalat. Sie aßen ein paar Bissen. Arens schnitt sorgfältig um die Spiegeleier herum, die er sich für das Ende der Mahlzeit aufsparte. Lucarellis Telefon surrte.

»Herr Meisinger ist bereit, eine Aussage zu machen«, verkündete die Kollegin aus der Polizeistation Littenweiler.

»Wir kommen sofort.«

Arens starrte auf den verbliebenen Teil seines Essens. Lucarelli stand auf und begab sich zur Theke, um die Rechnung zu bezahlen. Keinesfalls wollte er mitansehen, was Arens in der Eile mit den Spiegeleiern machte.

74.

Die Besprechung begann um neun Uhr. Schupp ließ einen jüngeren BKA-Beamten über neue Ermittlungserkenntnisse berichten. Im Zentrum stand immer noch Alberto Moretti. Das BKA hatte mit Hilfe der französischen Behörden in Straßburg einen Kollegen von Moretti ausfindig gemacht. Nach dessen Aussage war Moretti nach dem Telefonat mit Adina Verzasca aufgebracht und wütend gewesen, hatte jedoch nicht über den Grund gesprochen. Wie die französische Polizei außerdem ermittelte, hatte sich Moretti am selben Tag mit seinem Zugangscode Eintritt zur gesicherten Waffenkammer des Sicherheitsdienstes verschafft. Nach Aussage der Verwaltung sei dieser Vorgang allerdings nicht außergewöhnlich, da die Waffenkammer in Morettis Zuständigkeitsbereich lag und regelmäßige Kontrollgänge zu seinen Aufgaben gehörten.

»Wann war Moretti das nächste Mal in der Waffenkammer?«, wollte Schupp wissen.

»Am darauffolgenden Montag. Das gehörte ebenfalls zu seiner Routine.«

»Wir haben DNA- Spuren vom Tatort, die wir mit seinen abgleichen könnten«, meldete sich sein älterer Kollege. »Moretti ist jedoch bis Ende der Woche in Brüssel.«

Schupp rollte mit den Augen.

»Apropos Brüssel: Haben wir die Telefondaten von diesem belgischen Prepaid-Handy, das wir in Dillenburgs Wohnung gefunden haben?«

»Sie wurden vorhin von der Telefongesellschaft geliefert.«, sagte der Ältere.

Er sah auf einen Papierauszug, den er mitgebracht hatte. Lucarelli linste hinüber. Ein paar Zeilen waren mit einem gelben Marker unterstrichen.

»Das Bewegungsprofil des Handys sagt aus, dass Dillenburg in den Tagen vor dem Mord nicht in Deutschland war. Mit einer Ausnahme. Am Donnerstag, also drei Tage vor dem Mord, hatte er sich eine halbe Stunde in Offenburg aufgehalten.«

Lucarelli hörte genau hin. Irgendetwas war ihm schon länger durch den Kopf gegangen. Das passte.

75.

Schupps Leute waren zum Mittagessen aufgebrochen. Als Lucarelli die Einsatzzentrale betrat, saß er mit einem Sandwich hinter seinem mit Bildschirmen vollgepackten Schreibtisch.

»Wollen wir irgendwohin gehen, wo wir allein sind?«, schlug Lucarelli vor.

Schupp nickte. Lucarelli öffnete die letzte Tür am Ende des langen Ganges, hinter der sich ein einfacher, kleiner Besprechungsraum befand. Normalerweise wurde er für vertrauliche Gespräche der Anwälte mit ihren Mandanten genutzt. Sie setzten sich an die gegenüberliegenden Enden des Tischs. In der Mitte standen zwei Flaschen Wasser und ein Stapel mit Pappbechern.

Lucarelli berichtete, dass er aufgrund des Verdachts des Einbruchsdiebstahls bei Dillenburg einen Beschluss für die Durchsuchung der Räume von Thomas Meisinger erwirkt hatte. Dabei sei etwas Wichtiges gefunden worden.

»Also wieder hinter meinem Rücken«, schnaufte Schupp.

»Wie du dich erinnerst, hatte ich eine Hausdurchsuchung vorgeschlagen«, konterte Lucarelli. »Die hattest du abgelehnt. Und der Einbruchsdiebstahl bei Dillenburg fällt in unsere Zuständigkeit.«

»Weil sich der Chef einer Mordkommission ohne jeden Hintergedanken an eine Mordermittlung um einen einfachen Einbruchsdiebstahl kümmern würde«, höhnte er. »Du hättest mir sagen müssen, was du da treibst.«

Lucarelli schwieg. Er wartete.

»Also was gibt's?«

»Ich fasse am besten erst einmal zusammen, was wir sicher wissen. Alles beginnt, als der Berichterstatter des Europäischen Parlaments für die Finanzmarktrichtlinie, Udo, Spannagel, während einer Dienstreise in New York seine Assistentin Manuela Dorfer mehrere Tage sexuell belästigt. Dorfer ist verzweifelt und wendet sich in ihrer Not an Dillenburg, der als Leibwächter für Kommissions-Vizepräsident Raab vor Ort ist. Dillenburg besorgt der verzweifelten Frau ein Handy mit einer speziellen App für längere, verwertbare Tonaufzeichnungen, das sich Dorfer in die Handtasche steckt. Auf diese Weise entsteht eine Aufnahme, die den Fehltritt Spannagels eindeutig beweist. Dillenburg zwingt Spannagel zunächst damit, Dorfer eine neue Stelle bei einer Parlamentskollegin zu verschaffen. Von dieser Aufnahme wurden mindestens zwei Kopien auf USB-Sticks gespeichert. Eine haben wir in der Stahl-Kassette aus dem Büro von Adina Verzasca gefunden. Die zweite bewahrte Dillenburg offensichtlich in seiner Freiburger Wohnung auf. Als Thomas Meisinger Verdacht schöpft, dass Dillenburg ihn bei der Geldanlage betrogen hatte, steigt er in dessen Wohnung ein, um nach Beweisen zu suchen. Diese findet er, aber auch den zweiten USB-Stick mit der Aufnahme aus New York.«

»Ist das wasserdicht?«

»Meisinger hat die Herkunft des Sticks nicht geleugnet. Im Verhör hat er ausgesagt, dass er sich bei Dillenburgs Depot-Auszügen befand, auf die er es bei seinem Einbruch abgesehen hatte. Da er annahm, dass weitere Informationen über den Verbleib der anvertrauten Gelder dort gespeichert wurden, hat er auch den Stick mitgehen lassen.«

Lucarelli trank einen Schluck Wasser. Die Luft in dem kleinen Raum wurde schnell stickig.

»Wie sich aus Chatprotokollen ergibt, traf sich Meisinger mit Feuerborn, um ihm die bei Dillenburg gestohlenen Bankunterlagen zu zeigen. Während des Treffens hörten die beiden die Aufnahme aus New York. Feuerborn erkannte die Stimme von Spannagel, bei dem er bereits einmal im Europäischen Parlament einen offiziellen Besuchstermin hatte. Für Feuerborn ist Spannagel ein entscheidender Mann. Der Abgeordnete ist Berichterstatter des Parlaments für die Finanzmarkrichtlinie. Feuerborn fährt ein zweites Mal nach Brüssel. Er will von Spannagel mit dem Tape kein Geld erpressen, aber die Garantie, dass er als Berichterstatter politisch alles unternimmt, um das Parlament von einer Regulierung des Hochfrequenzhandels mit Aktien abzuhalten. Feuerborn ist hoch investiert und hat sehr viel zu verlieren.«

»Okay. Feuerborn setzt den Abgeordneten Spannagel mit einem kompromittierenden Tape unter Druck. Aber wo kommt das Mordopfer ins Spiel?«

»Nachdem Feuerborn Spannagel in Brüssel das von Meisinger zugespielte Drohpotenzial vorgeführt hat, glaubt Spannagel, dass Manuela Dorfer das Tape an Feuerborn durchgesteckt hat. Er lauert ihr auf und bedroht sie. In ihrer Not wendet sich Dorfer erneut an Dillenburg. Dillenburg fährt daraufhin nach Offenburg, um Feuerborn zu treffen. Ich vermute, dass er ihm dort gedroht hat, Spannagel mit einer Veröffentlichung des Tapes zu Fall zu bringen. Drei Tage später ist Dillenburg tot.«

»Ich verstehe nicht, warum Feuerborn. Dillenburg umbringen sollte. Wenn Dillenburg seine Drohung wahrmacht, muss Spannagel zurücktreten. Aber um das zu verhindern, soll Feuerborn erpressbar sein und sogar einen Mord begehen?«, zweifelte Schupp.

»Die politischen Karten könnten unter einem neuen Berichterstatter völlig neu gemischt werden. Das wäre nicht unwahrscheinlich, da sich der Ministerrat im Gemeinsamen Standpunkt auf eine Entschleunigung des automatisierten Handels geeinigt hatte und Spannagel für das Parlament bisher vehement die Gegenposition vertrat. Da der Hochfrequenzhandel im komplexen politischen Gesamtpaket der Verhandlungen zwischen Rat und Parlament über die Revision der gesamten Finanzmarktrichtlinie nur einen kleinen Teil ausmacht, könnte Spannagels Nachfolger andere Schwerpunkte setzen. Akzeptiert er, wie vom Rat vorgeschlagen, einen so genannten »Speed Bump« einzuführen, um an einer anderen Stelle bei einem anderen, ebenfalls umstrittenen Dossier Zugeständnisse zu erhalten, ist es mit Feuerborns Businessmodell vorbei. Er verliert praktisch alles.«

Lucarelli sah die Zweifel in Schupps Gesicht.

»Ist das nicht zu sehr um die Ecke gedacht?«

»Es ist gesichert, dass sich Dillenburg in Offenburg mit Feuerborn getroffen hat. Dieses Treffen können wir durch die Bewegungsprofile der Handys beweisen.«

Ein uniformierter Beamter streckte den Kopf durch die Tür. Die Abteilung für Sexualdelikte brauchte den Raum für ein Mandantengespräch. Lucarelli zeigte mit seinen Fingern eine fünf. Der Kollege zog wieder ab. Schupp strich sich nachdenklich übers Kinn.

»Wie kommt Feuerborn zur passenden Zeit in den Wald?«

»Durch Meisinger. Er war mit Dillenburg ab und zu beim Joggen.«

»Was sagt Meisinger dazu?«

»Während seiner Vernehmung saß ein Anwalt wie ein Kettenhund daneben und hat aufgepasst, dass Meisinger nichts sagt, was man irgendwann gegen ihn verwenden könnte. Aber es ist nicht unwahrscheinlich, dass es so war.«

Schupp schüttelte den Kopf.

»Deine Theorie ist ziemlich verwinkelt.«

»Mag sein«, sagte Lucarelli. »Aber wir haben DNA-Spuren vom Tatort, die wir abgleichen können. Und ein Foto eines vermummten Fahrradfahrers sowie Reifenabdrücke eines Fahrrads in der Nähe des Tatorts.«

»Du willst also wieder eine Hausdurchsuchung«, folgerte Schupp.

»Feuerborn hat sein Büro in Frankfurt.«

»Na gut«, raunte Schupp. »Ich schicke ein Untersuchungsteam aus der Zentrale hin. Um den Durchsuchungsbeschluss für das Privathaus in Freiburg und das notwendige Personal kümmert Ihr euch.«

76.

Die Hausdurchsuchungen in Freiburg und Frankfurt begannen zur selben Zeit. Als Lucarelli mit dem Team in der Glümerstraße eintraf, war Johann Feuerborn gerade dabei, sein Frühstück einzunehmen. Er war etwas größer als Thomas Meisinger trug die dunklen Haare etwas länger als sein Cousin, doch die Gesichtsform, die buschigen Augenbrauen und das markante Kinn verrieten eindeutig die Verwandtschaft. Lucarelli übergab ihm den richterlichen Durchsuchungsbeschluss. Ihm folgte Mike Arens mit drei weiteren Beamten.

»Darf ich fragen, um was es hier geht?«, fragte Feuerborn, nachdem er eine Weile auf den Beschluss gestarrt hatte.

»Sicherstellung von Beweismitteln für eine begangene Straftat«, sagte Lucarelli.

»Und was wirft man mir vor? Das steht hier nicht.«

»Das muss es auch nicht.«

Sie hatten den Richter überzeugt, dass Feuerborn nur ein verkürzter Beschluss ohne eine detaillierte Begründung ausgehändigt wurde. Die Polizei durfte daher nach Beweisen für die Verstrickung Feuerborns in den Mordfall Dillenburg suchen, ohne es ihm im Detail mitzuteilen. Sie standen noch immer im Hausflur der stattlichen Villa, die Feuerborn von seinem Vater geerbt hatte. Links befand sich ein alter Bauernschrank, der offenbar restauriert und mit einem freundlichen Himmelblau überstrichen wurde. Schräg gegenüber gab es eine Tür, die in eine Doppelgarage führte. Während die Kollegen über die Treppe zur Wohnung hinauf stiegen, blieb Lucarelli im Eingangsbereich.

»Ich möchte gerne einen Blick in den Garderobenschrank werfen«, sagte Lucarelli.

Feuerborn zuckte mit den Schultern und tat einen Schritt beiseite. Der Kommissar öffnete die Tür, sah kurz hinein und ging hinüber zur Garage. Genauso rasch beendete er seinen Rundgang wieder.

»Ich muss Sie bitten, morgen Vormittag zu uns ins Präsidium zu kommen«, sagte Lucarelli. »Wir haben ein paar Fragen.«

»Wie soll das gehen? Ich leite eine Firma in Frankfurt.«

»Ich kann Sie offiziell vorladen lassen. Passt Ihnen halb zehn?«

»Meinetwegen« knurrte Feuerborn.

Er war ruhig geblieben. Keine theatralische Zurschaustellung von Unverständnis oder gar Vorwürfe über die Durchsuchung, wie es öfter vorkam. Lucarelli gab Arens ein Zeichen, der ihn daraufhin zum Auto begleitete.

»Feuerborn hat einen brandneuen Fahrradhelm im Schrank. Aber in der Garage steht nur ein rostiger Göppel mit platten Reifen.«

»Du meinst, er hat sein richtiges Fahrrad verschwinden lassen, weil er gemerkt hat, dass er auf dem Rückweg vom Tatort von einer Überwachungskamera gefilmt wurde?«

»Könnte sein. Seht nach, ob Ihr im Haus eine Rechnung für ein Fahrrad findet. Oder den Zweit-Schlüssel für ein Fahrradschloss.«

»Und dann suchen wir die Nadel im Heuhaufen?«

»Das sehen wir dann.«

Lucarellis Telefon meldete sich. Es war Hauptkommissar Wenk vom BKA, der, wie Schupp angekündigt hatte, den Einsatz in Frankfurt leitete.

»War Feuerborn zuhause? Er ist nicht in seinem Büro in Frankfurt. Es war jedoch jemand da, der aufgemacht hat. Drei nicht sehr große Räume, zwei Mitarbeiter. Ich hatte mir die Firma etwas größer vorgestellt.«

»Johann Feuerborn befindet sich in Freiburg. Ich habe ihn für morgen ins Präsidium einbestellt. Halb zehn.«

»Bis dann sollten wir wissen, ob es hier etwas Brauchbares gibt.«

Wenks Tonfall ließ ahnen, dass er nicht davon überzeugt war. Er legte auf. Lucarelli fiel noch etwas ein. Er wandte sich wieder an Arens.

»Feuerborn hat vorhin sein Frühstück eingenommen. Schau mal, ob du eine Brötchentüte findest.«

»Die habe ich vorhin gesehen. Sie lag auf dem Frühstückstisch, als wir reinkamen. Bäckerei Lay in der Bayernstraße. Ist mir aufgefallen, weil ich da auch hingehe. Die Damen im Laden sind echt cool und es gibt das beste Dinkeleck der Stadt. Waren sogar schon im Feinschmeckermagazin …«

»Schon gut, schon gut«, stoppte Lucarelli die Laudatio.

Er lud auf dem Smartphone den Routenplaner hoch. Von der Glümerstraße bis zur Bäckerei betrug die Entfernung etwa einen Kilometer. Wenn er richtig lag, kannte er die Chefin sogar persönlich. Er hatte sie vor ein paar Jahren am Rande des Turniers des Freiburger Tennis-Clubs kennengelernt. Lucarelli erinnerte sich. Sie hieß Katrin und hatte stolz erzählt, dass die Bäckerei schon zu Zeiten des Deutschen Kaiserreichs von ihrem Urgroßvater aufgemacht wurde. Der Kommissar beschloss, der quirligen Tennisspielerin einen Besuch abzustatten.

77.

Schupp war zu einer Konferenz ins BKA aufgebrochen. Seine Vertretung übernahm Hauptkommissar Wenk, der die Durchsuchung von Feuerborns Geschäftsräumen in Frankfurt geleitet hatte. Inzwischen hatte Wenk seine Meinung über den Sinn der Hausdurchsuchungen geändert und einen jungen Kollegen namens Tim Hofland mitgebracht, ein IT-Spezialist, den er während der Durchsuchung aus der BKA-Zentrale angefordert hatte. Hofland hatte in Frankfurt Feuerborns gigantisch anmutenden Rechner unter die Lupe genommen, der dem anwesenden Personal Rätsel aufgegeben hatte. Wie Wenk verriet, galt Hofland im BKA als eine Art Genie, weshalb seine Vorgesetzten damit rechneten, dass er bald abgeworben wurde. Der IT-Spezialist erfüllte das Klischee des klassischen Nerds, hellwache blaue Augen, Jeans, Turnschuhe, kariertes Hemd, randlose Intellektuellenbrille und Dreitagebart. Er verströmte die Aura eines Künstlers, der Narrenfreiheit besaß. Lucarelli fiel auf, wie er Feuerborn ausgiebig musterte. In seinem Blick schwang Neugier mit, wenn nicht sogar verhohlener Respekt.

Feuerborn selbst hatte dafür keine Augen. Zu seinem Missfallen ließ man ihn im Vernehmungsraum eine Weile warten. Arens blieb im Observationsraum, ebenso wie drei weitere BKA-Beamte. Lucarelli stellte das Mikrofon an und erledigte die Formalien. Dann kam er zur Sache.

»Es gibt Hinweise, dass Sie versucht haben, den EU-

Abgeordneten Udo Spannagel unter Druck zu setzen. Es existiert eine für den Parlamentarier kompromittierende Ton-Aufnahme eines Vorfalls in einem Hotelzimmer, in der zu hören ist, wie er eine von ihm abhängige Frau sexuell bedrängt und belästigt. Wir haben Hinweise, dass Sie sich diese Aufnahme zunutze gemacht haben, um politische Entscheidungen zu beeinflussen.«

»Was für eine Aufnahme? Ich habe nichts dergleichen. Oder haben Sie bei Ihrer Untersuchung etwas gefunden?«

»Es gibt Beweise, dass Ihr Cousin Thomas Meisinger in die Wohnung von Hanno Dillenburg eingebrochen ist und dort einen USB-Stick entwendet hat. Um Spannagel unter Druck zu setzen, mussten Sie die Aufnahme nicht selbst besitzen. Es genügte, dass Sie von ihr wussten.«

»Schöne Geschichte. Aber weshalb hätte ich den Abgeordneten unter Druck setzen sollen?«

»Udo Spannagel ist als Berichterstatter für die Finanzmarktrichtlinie zuständig. Im Moment gibt es ein politisches Patt zwischen Ministerrat und Parlament, und er ist eine entscheidende Schlüsselfigur. Sie wollten sicher gehen, dass Spannagel seinen Widerstand gegen Einschränkungen im Hochfrequenzhandel im weiteren Verhandlungsprozess nicht aufgibt. Dass das im Bereich des Möglichen lag, wussten Sie von Ihrem Politik-Berater Gerhart Holzinger, der mit den Entscheidungsprozessen in der EU bestens vertraut ist.«

»Sie tun so, als sei ich der einzige Hochfrequenzhändler in der EU«, schüttelte Feuerborn den Kopf. »So schlimm, dass der ganze Sektor am Hungertuch nagen wird, dürfte es kaum kommen.«

»Aber speziell für Sie wäre es schlimm, Herr Feuerborn«, sagte Lucarelli.

Das war das Startzeichen für Hofland, der bisher stumm zugehört hatte. Der junge Polizist gab sich als die Lässigkeit in Person. Während Wenk einen Stapel Unterlagen mitgebracht hatte und sich Notizen machte, lehnte der Nerd mit einem Arm über der Stuhllehne und hatte nicht einen einzigen Fetzen Papier dabei.

«Wenn Sie das Geld, das Sie in Ihr sehr spezielles Projekt investiert haben, wieder hereinbekommen wollen, darf der Hochfrequenzhandel keine einzige Millisekunde abgebremst werden«, sagte Hofland mit kaum zu überbietender Lässigkeit. »Ich hatte die Gelegenheit, mir während der Durchsuchung Ihrer Räume in Frankfurt Ihre eindrucksvolle IT anzusehen.«

Auf Hoflands Lippen erschien ein wissendes Lächeln.

»Oh! Ich dachte schon, Sie hätten nur die Papierkörbe durchwühlt«, spottete Feuerborn.

»Sie sind alles andere als ein gewöhnlicher Hochfrequenzhändler. Klassische Händler werden an verschiedenen Börsen aktiv, um auf Marktsignale, die von einer bestimmten Börse kommen, in Hochgeschwindigkeit an anderen Börsen zu reagieren. Ihre IT sieht jedoch danach aus, als ob Sie falsche Kauf- und Verkaufssignale an den Markt bringen.«

»Und was bringt Sie auf diese Idee?«, fragte Feuerborn.

»Sie haben einen enorm leistungsfähigen Computer in unmittelbarer Nähe zur Börse installiert. Dazu gibt es eine Software, die den Zeitvorsprung, den Ihr Super-Computer herausholt, nutzen kann, um Marktteilnehmer in die Irre zu führen. Das Programm kann große

Orders an den Markt bringen und sie, bevor die anderen Händler das Angebot annehmen können, sofort wieder zurückziehen. Die anderen Trader reagieren in aller Regel mit einer minimalen Verzögerung auf die nur kurze Zeit existierende Order und der Kurs der betreffenden Aktie bewegt sich durch das vorgetäuschte Marktsignal in die gewünschte Richtung. Auf diese Weise ist es Ihnen möglich, eine Kursdifferenz abzuschöpfen. Wenn Ihr minimaler Zeitvorsprung durch einen Speed-Bump beseitigt wird, ist es damit vorbei.«

Feuerborns Augen verrieten einen kurzen Anflug von Respekt. Die beiden Nerds hatten sich erkannt. Lucarelli beobachtete das Schauspiel. Er hätte gewettet, dass Hofland am liebsten sofort aufgebrochen wäre, um zusammen mit Feuerborn dessen Supercomputer zu programmieren.

»Wollen Sie mir Marktmanipulation vorwerfen? Allein die Existenz eines starken Rechners und einer modernen Software dürfte als Beweis nicht reichen.«

Lucarelli wusste, dass das stimmte. Hofland hatte es ihn vor dem Verhör wissen lassen.

»Was wollen Sie eigentlich von mir?« lehnte sich Feuerborn nun spiegelbildlich zu Hofland betont entspannt zurück.

»Sie haben keinen Beweis für irgendeine Straftat. Und diese angebliche Nötigung von Herrn Dr. Spannagel fand ja nicht in Deutschland, sondern, wie Sie behaupten, in Brüssel statt. Damit wären Sie wohl nicht zuständig.«

»Wir untersuchen den Mord an Hanno Dillenburg, dem Leibwächter von Kommissionsvizepräsident Raab«, entgegnete Lucarelli. »Es gibt möglicherweise ein Motiv, das mit politischen Vorgängen zu tun hat. Und die von Ihnen begangene Nötigung eines Abgeordneten ist eine Spur, der wir nachgehen müssen.«

»Wie bitte? Sie lassen eine ganze Armada von Schnüfflern von der Leine, um irgendeine abstruse Spur für einen Mordfall zu konstruieren?«, giftete Feuerborn.

»Die richterliche Anordnung für die Durchsuchung war nicht auf die Ermittlung eines Nötigungstatbestands begrenzt«, sagte Wenk.

Lucarelli sah, wie Feuerborn Wenk mit einem vernichtenden Blick bedachte, als sei dieser ein Betrüger, der ihm einen falschen Scheck untergejubelt hatte.

»Wir unterbrechen für ein paar Minuten«, bestimmte Wenk. »Herr Feuerborn, Sie müssen noch hierbleiben.«

Feuerborn schüttelte den Kopf, sagte aber nichts. Die Polizisten erhoben sich und verließen den Raum. Draußen wartete Arens mit den BKA-Beamten, die vom Observationsraum aus zugesehen hatten.

»Wenn wir Feuerborn als Verdächtigen für den Mord an Dillenburg vernehmen, müssen wir es protokollieren und ihn über seine Rechte aufklären. Wir können nicht einfach so mitten im Rennen die Pferde wechseln«, sagte Wenk.

Wenk hatte sich in dem Moment eingeschaltet, als Lucarelli ein politisches Motiv für den Mord ins Spiel gebracht hatte. Lucarelli glaubte zu ahnen, warum.

»Feuerborn ist für die Geschichte in Brüssel in Deutschland nicht strafbar«, stellte Wenk klar. »Um sie mit dem Mord in Verbindung zu bringen, bräuchten wir handfeste Beweise für ein Motiv. Und natürlich, dass er in der Nähe des Tatorts war.«

»Es gibt DNA-Spuren am Tatort«, sagte Lucarelli.

»Um eine Probe anzuordnen, bräuchten wir eine richterliche Anordnung. Auf welcher Grundlage sollten wir die bekommen?«

»In der Nähe des Tatorts wurde neben anderen Spuren frische Reifenabdrücke eines Fahrrads sichergestellt. Und die Bilder einer Überwachungskamera in der Nähe des Tatorts zeigen zur passenden Zeit einen vermummten Radfahrer.«

»Wir haben bei Feuerborn kein verwendbares Fahrrad gefunden«, meinte der ältere der beiden BKA-Beamten. »In der Garage stand nur ein Oldtimer mit kaputten Reifen.«

»Das ist mir auch aufgefallen«, sagte Lucarelli. »Feuerborn benutzte allerdings bis kürzlich noch ein ausgezeichnet funktionierendes Fahrrad, um seine Brötchen von der Bäckerei Lay zu holen. Aussage von Katrin Klocke, der Inhaberin. Feuerborn fährt regelmäßig mit dem Rad hin.«

Wenk sah seine Untergebenen vorwurfsvoll an. Der Ältere sah betreten auf seine Fingernägel. Lucarelli und Arens suchten ihr Büro auf, während die BKA-Leute zurückblieben. Wenk zückte sein Telefon und ging nach draußen.

78.

Das BKA ist nervös«, sagte Arens.

Lucarelli hantierte an seiner Espressomaschine. Inzwischen absolvierte er die Prozedur wie im Schlaf, er brauchte nicht einmal mehr hinzusehen.

»Sieht nicht gut aus, wenn ein vom BKA entsandter Leibwächter in Delikte verstrickt ist, die in einen politischen Skandal münden können«, sagte Lucarelli.

Er setzte sich mit der frischgebrühten Tasse hinter seinen Schreibtisch. Arens hockte auf dem Fenstersims und blickte hinunter in den Hof. Er beobachtete Wenk, der noch immer telefonierte. Währenddessen gestikulierte er heftig mit der freien Hand.

»Sehr nervös«, kommentierte Arens.

»Hast du nicht gesagt, in Feuerborns Haus seien interessante Belege gefunden worden?«, wollte Lucarelli wissen.

»Es waren Kopien für Bar-Überweisungen. Einmal neuntausend und einmal neuntausendfünfhundert, dann wieder achttausend und so weiter. Jede einzelne immer knapp unter zehntausend. In der Summe knapp siebzigtausend. Gingen von verschiedenen Banken in Basel und Zürich auf ein Offshore Konto in Jersey.«

»Hat sich das BKA um das Empfängerkonto gekümmert? Diese Leute müssten doch einen gewissen Hebel haben.«

»Wenk meinte, es bestünde keine Verbindung zum Mord an Dillenburg. Beim BKA wird es wohl zu einer Art Staatsaffäre, wenn ein Ermittler wegen ein bisschen Kleingeld das große Besteck auffahren will.«

Wenk hatte sein Telefongespräch beendet. Er sah hinauf zu Arens und deutete auf seine Armbanduhr. Lucarelli dachte nach.

»Zieh mal die bei Feuerborn gefundenen Zahlungsbelege an Land. Die KTU soll prüfen, ob die Fingerabdrücke von Meisinger drauf sind. Es ist zwar so, dass Dillenburg für sein gesamtes kriminelles Arsenal mindestens eine weitere Kopie hatte und wir in seiner Brüsseler Stahl-Kassette nichts derartiges gefunden haben. Das heißt jedoch noch nicht, dass Dillenburg sie nicht in seiner Wohnung aufbewahrt hatte. Und wenn dem so war, könnten die Belege von Meisingers Einbruch bei Dillenburg stammen und auf diesem Weg bei Feuerborn gelandet sein.«

»Und wie könnte das mit dem Mord zusammenhängen?«

»Weiß ich noch nicht.«

»Es gibt übrigens ein Foto, auf dem der PR-Holzinger und Vizepräsident Raab allein drauf sind«, sagte Arens. »Haben wir ebenfalls bei Feuerborn gefunden. Stammt dann wohl auch aus dem Fundus von Dillenburg. Sieh mal.«

Arens zeigte die Aufnahme auf seinem Handy. Raab und Holzinger besichtigten bei strahlendem Himmel in kurzärmeligen Hemden eine Baustelle, neben ihnen eine Bautafel in kyrillischer Schrift. Lucarelli schoss eine Idee durch den Kopf.

»Wenn du von der KTU zurück bist, rufst du unsere Kollegin Sabine Cocquelet beim LKA in Stuttgart an. Schick ihr eine Kopie der Zahlungsbelege und dieses Foto von Raab und Holzinger. Ich benötige sehr kurzfristig ihre Hilfe. Ich melde mich aus dem Auto auf dem Weg nach Stuttgart.«

»Du fährst nach Stuttgart? Was willst du denn da?«

»Mit dem großen Karambol-Meister Johann Feuerborn über Bande spielen, ohne dass er es merkt.«

»Wie bitte?«

»Erst mal muss ich die Kugeln richtig aufstellen.«

79.

Lucarelli und Wenk waren in den Vernehmungsraum zurückgekehrt. Hofland war nicht mehr zu sehen. Das Genie wurde offenbar woanders gebraucht.

»Wie gut kannten Sie Hanno Dillenburg?«, stellte Lucarelli die erste Frage.

»Er war in der Jugend der Badminton-Partner meines Cousins. Während dieser Zeit sind wir uns ab und zu über den Weg gelaufen. Später eher selten«, sagte Feuerborn.

Lucarelli legte das Foto aus Dillenburgs Kassette auf den Tisch.

»Das sind Sie mit Kommissionsvizepräsident Raab und dem Politikberater Holzinger. Aufgenommen von einer Handykamera.«

Feuerborn betrachtete das Bild.

»Na und?«

»Um was ging es in Ihrem Gespräch mit Raab?«

»Um die künftige Regulierung des Hochfrequenzhandels. Dafür ist er in der EU-Kommission zuständig.«

»Dillenburg war während dieses Gesprächs in der Nähe, nicht wahr? Das ist doch in Raabs Haus, oder?«

Lucarelli deutete auf ein imposantes Rosenbeet, das durch die Glasscheibe der Terrassentür zu sehen war.

»Über den Dienstplan der Leibwächter der EU-Kommission kann ich leider keine Aussage machen«, sagte Feuerborn spöttisch. »Vielleicht verraten Sie mir jetzt, was das alles soll?«

»Gleich, Herr Feuerborn. Durch Ihr Gespräch mit

Raab bekam Dillenburg mit, dass Sie große Probleme mit einer Beschränkung des Hochfrequenzhandels haben. Nach Ihrem Termin mit Spannagel erfuhr er von Manuela Dorfer, dass Sie sogar bereit waren, den Abgeordneten mit der Geschichte aus New York unter Druck zu setzen. Und er erfuhr von ihr ebenfalls, warum der Abgeordnete Spannagel für Sie im laufenden politischen Prozess ein alles entscheidender Mann ist.«

Feuerborn lehnte sich zurück und verschränkte die Arme.

»Und wie geht Ihre Geschichte weiter?«

»Dillenburg rief Sie an und traf sich mit Ihnen in Offenburg. Dort ließ er Sie wissen, dass er noch eine Kopie der Aufnahme aus New York besitzt. Und er zeigte Ihnen, dass er den nötigen politischen Durchblick hat, um zu verstehen, wie sehr er Ihnen mit der Desavouierung von Spannagel schaden kann. Kurzum, er hat Sie erpresst.«

»Das ist eine schöne Story. Aber wohl ein Schuss ins Blaue.«

»Es gibt mehrere Indizien, Herr Feuerborn. Am Grenzübergang Kehl stehen auf beiden Fahrstreifen der Europabrücke Kameras. Dillenburg wurde sowohl bei der Einreise nach Deutschland als auch bei der Rückreise nach Straßburg gefilmt. Das Zeitfenster passt genau zum Bewegungsprofil Ihres Handys.«

»Was beweist das«, schüttelte Feuerborn den Kopf.«

»Ich verstehe langsam. Das Opfer einer Erpressung zu werden, ist ja nicht strafbar. Sie konstruieren gerade ein Motiv für Ihren Mordfall. Betonung auf konstruieren.«

»Einen Erpresser loszuwerden ist ein starkes Mordmotiv. Wo waren Sie in der Nacht von Samstag auf Sonntag?«, fragte Lucarelli.

»Ich war auf einer Party in Offenbach. Übernachtet habe ich danach in Frankfurt.«

»Gibt es dafür Zeugen?«

Feuerborn kratzte sich am Kopf.

»Ich bin am Samstagnachmittag in Freiburg losgefahren. Bei der Autobahnraststätte Baden-Baden habe ich getankt und mit meiner Kreditkarte bezahlt.«

»Das wissen wir. Später wurde Ihr Handy jedoch abgeschaltet. Sie könnten also wieder nach Freiburg zurückgekehrt sein.«

»Am Wochenende habe ich gerne meine Ruhe vor dem Telefon.«

So weit, so gut, dachte Lucarelli. Es wird Zeit, die Kugeln aufzustellen.

»Wo befindet sich eigentlich Ihr Fahrrad, Herr Feuerborn?«, fragte er fast beiläufig.

»Das ist derzeit kaputt.«

»Ich meine das Fahrrad, mit dem Sie zum Beispiel regelmäßig zur Bäckerei Lay in die Bayernstraße fahren. Nicht den unbrauchbaren Oldtimer, der in Ihrer Garage steht.«

»Warum wollen Sie das wissen?«

»Es wurde ein Reifenabdruck in der Nähe des Tatorts gefunden. Und die Bilder einer Überwachungskamera in der Nähe zeigen zur ungefähren Tatzeit einen vermummten Radfahrer.«

Feuerborn stutzte einen Augenblick. Wenk drehte verwundert den Kopf herüber, was Lucarelli nicht wunderte. Er verriet Täterwissen, normalerweise eine kriminalistische Todsünde.

303

»Das Rad befindet sich in der Werkstatt. Sport-Atze im Sandfangweg«, brummte Feuerborn.

»Wir werden das nachprüfen.«

Lucarelli stand auf und Arens nahm seinen Platz ein. Er würde dafür sorgen, dass Feuerborn noch mindestens eine Stunde festgehalten würde. Von jetzt an lief die Zeit.

80.

Lucarelli bevorzugte die Route über den Hochschwarzwald und die A81. Die Landstraße über Buchenbach, Kalte Herberge und Hammereisenbach war eng und kurvenreich, aber es herrschte kaum Verkehr. Lucarelli gönnte es sich, die sommergrüne Landschaft zu genießen, als er den Wagen nach dem steilen Anstieg zum Thurner sanft abwärts durch das Urachtal in Richtung Autobahn gleiten ließ.

Er dachte an Sabine Cocquelet. Sie hatte in Stuttgart etwas ähnliches erlebt wie Manuela Dorfer in New York. Als Charlotte Benzing zur Vizepräsidentin ernannt wurde, hatte sie dafür gesorgt, dass Cocquelet leihweise zur Freiburger Polizei abgeordnet wurde. Am Anfang lästerten einige über die neue Frauen-Schiene, aber das Gemurmel verstummte schnell. Cocquelet galt schon bald als versierte Expertin für Wirtschaftskriminalität. Vor ein paar Monaten war sie in die Landeshauptstadt zurückgekehrt. Lucarelli hatte seither den Kontakt verloren, doch war er optimistisch, dass sie ihm helfen würde. Er betätigte die Freisprechanlage.

»Ich habe gerade wenig Zeit«, sagte sie nach einer kurzen Begrüßung.

»Was hat dir Mike Arens erzählt?«

»Dass du um die Ecke denkst und es keiner versteht.«

»Ich verstehe das mal als Kompliment.«

»Auf jeden Fall hast du ja einen ordentlichen Auftrieb für deinen Mordfall. Deine Truppe, das BKA und jetzt noch das Landeskriminalamt. Fehlt eigentlich nur noch Interpol. Was kann ich für dich tun?«

»Ein Haus beschatten. Ich habe eine Falle gestellt und jetzt bin ich gespannt, ob sie zuschnappt.«

»Das Haus von Gerhart Holzinger? Das mir Mike Arens in der Tat schon gesagt.«

»Dann denken wir also schon zu zweit um die Ecke.«

»Der arbeitet ja schließlich lange genug mit dir zusammen. Jedenfalls habe ich einen netten Kollegen, der mir noch einen Gefallen schuldet, vor Holzingers Haus postiert. Ich sehe mir noch die Sachen an, die mir Arens geschickt hat. Dann komme ich zum Hasenberg rauf.«

»Danke Sabine. Eine gute Stunde werde ich noch brauchen. Wir treffen uns dort.«

»Das BKA hat im Übrigen auch ein paar gute Leute für die Entschlüsselung dubioser Transaktionen.«

»Aber möglicherweise kein Interesse, dass die Wahrheit ans Licht kommt.«

Lucarelli legte einen anderen Gang ein und trat aufs Gaspedal.

81.

Nach allem, was er gerade auf dem Polizeirevier gelernt hatte, malte sich Feuerborn aus, was als nächstes passieren würde. Das Handeln von Menschen zu antizipieren, war allerdings eine komplizierte Disziplin, denn im Vergleich zum Billard konnten sich die Bedingungen nicht nur marginal, sondern sehr kurzfristig radikal ändern. Feuerborn ahnte, dass sein Kardinalfehler gewesen war, den anderen Playern rationales Verhalten zu unterstellen.

Alles begann schließlich, weil er darauf spekuliert hatte, dass Spannagel, nachdem er ihm seine Waffen gezeigt hatte, nichts weiter tun würde als bei seiner bisherigen politischen Linie zu bleiben. Durch den sinnlosen Versuch, seine ehemalige Assistentin Manuela Dorfer von einer Verbreitung der Aufnahme aus New York abzuhalten, setzte Spannagel eine fatale Kettenreaktion in Gang. Die Kugel, die Feuerborn selbst angestoßen hatte, prallte von Spannagel völlig unvorhersehbar ab zu Manuela Dorfer und von dort genau dorthin, wo sie niemals hätte landen dürfen. Zu Dillenburg, einem Kriminellen, der sein Wissen zu Geld machen wollte.

Aber auch in Dillenburg hatte er sich getäuscht, musste sich Feuerborn eingestehen. Er hatte zu entspannt reagiert, als Dillenburg damit drohte, Spannagel zu stürzen. In aller Ruhe hatte er ihm klarmachen wollen, dass sein Anlagebetrug aufgeflogen war und er in einem Glashaus saß. Doch anstatt ein Patt zu akzeptieren, ging Dillenburg bar jeder Logik »Va Banque«. Er bezog seinen PR-Agenten Holzinger in die Drohkulisse mit ein und verdoppelte seine Forderung auf fünfhunderttausend. Anfangs hielt er Dillenburgs Drohung, Holzingers Machenschaften ans Licht zu bringen, für eine Finte, doch sicherheitshalber rief er den öligen PR-Unternehmer an. Je länger sie über den Vorfall sprachen, desto aufgeregter wurde er. Als Holzinger hektisch ein Treffen verlangte, war klar, dass Dillenburg nicht geblufft hatte. Der Ölige hatte etwas auf dem Kerbholz, und Dillenburg wusste es.

Feuerborn verließ das Revier und stieg in den Wagen, den er auf dem Besucherparkplatz abgestellt hatte. Sein Alibi hatte einen Haken. Er war tatsächlich in einem in der Szene bekannten Club gewesen, in dem bizarre Motto-Partys veranstaltet wurden. An jenem Samstag trugen die Damen bis auf die Schuhe nichts, während der Dresscode von den Männern schwarze Kutten mit spitz zulaufenden Kapuzen verlangte, welche die Gesichter völlig verhüllten. Seine Begleitung hatte er anonym im Internet kennengelernt. Wahrscheinlich würde ihn die Frau an der Stimme wiedererkennen, doch musste sie erst einmal gefunden werden. Notfalls würde er sich vor ihr ausziehen, hatte er im Verhör ins Mikrofon gesagt, worauf die beiden Hilfsscheriffs nahe dran waren, ihm den Vogel zu zeigen. Sollten sie, mit denen wurde er fertig. Wo war eigentlich der geschniegelte Italo-Kommissar abgeblieben? Das Verhör hatte nach seinem Abgang noch mehr als eine Stunde gedauert, und er tauchte nicht mehr auf. Fuhr er etwa zur Fahrradwerkstadt, um die Reifen seines Rads mit dem angeblichen Abdruck vom Tatort zu vergleichen?

Feuerborn legte den Gang ein und rollte vom Parkplatz. Die Schnüffler hatten bei ihm das Foto von

Holzinger und Raab auf dieser Baustelle gefunden und dazu noch die Belege für die Transfers auf ein Offshore-Konto. Meisinger hatte beides in Dillenburgs Wohnung gestohlen, und anders als den USB-Stick mit Spannagels New Yorker Hotelszene, hatte er die Sachen behalten. Er hatte zwar keine Ahnung, was Dillenburg damit anstellen wollte, doch sah es so aus, als ob diese Dinge einmal nützlich für ihn werden könnten. Nun musste er damit rechnen, dass die Polizei die Spuren verfolgte und wenn nicht bei Raab selbst, dann wenigstens bei Holzinger auftauchte. Das war alles andere als eine beruhigende Aussicht. Diese Politik-Heinis verfielen allesamt in Panik, wenn sie unter Druck gerieten. Er musste den Öligen warnen.

82.

Lucarelli fuhr an Holzingers Haus vorbei und parkte das Auto etwas weiter unten. Er lief die kurze Strecke zurück und setzte sich auf den Beifahrersitz des VW-Passats mit Stuttgarter Nummer.

»Lange nicht gesehen«, strahlte Sabine Cocquelet.

»Ganz meinerseits«, sagte Lucarelli.

Er meinte es auch so. Doch wenn er ehrlich war, hatte er damals aufgeatmet, als Sabines Abordnung zur Freiburger Polizei zu Ende ging. Es hatte zwischen ihnen geknistert und beide achteten peinlich darauf, sich nichts anmerken zu lassen. Es gelang, aber es war verdammt anstrengend. Sie strich sich durch die langen schwarzen Haare. Auch sie lächelte. Fast schien es, als sei sie ein wenig verlegen.

»Ist Holzinger da?«, fragte Lucarelli.

»Wie kommst du darauf? Es ist erst halb zwei und der gute Mann dürfte bei der Arbeit sein.«

»Nur so eine Idee. Wenn ich richtig liege, hat er eine Leiche im Keller. Ich nehme an, dass er sie möglichst schnell loswerden will.«

Lucarelli erzählte von dem Reifenabdruck des Fahrrads, den die Spurensicherung in der Nähe des Tatorts sichergestellt hatte.

»Und du meinst, Holzinger will sein Fahrrad beiseiteschaffen? Du fährst auf gut Glück von Freiburg nach Stuttgart, damit du ihn schnappen kannst, während er mit dem Corpus Delicti aus der Garage rollt?«

»Könnte auch sein, dass er im Haus bleibt und mit den

Reifen ein Feuerchen macht. Deswegen sollte ich rein, bevor er die Streichhölzer findet.«

»Die Freiburger Polizei darf im Königreich der Württemberger nirgends rein. Dafür brauchst du deine Bundes-Buddys aus Wiesbaden.«

»Oder das für ganz Baden und Württemberg zuständige Landeskriminalamt. In Gestalt von Sabine Cocquelet.«

Cocquelet gab sich gerne ein wenig betulich, was zu ihrem Understatement-Stil gehörte. Lucarelli wusste jedoch, dass es eine andere Seite gab. In Freiburg hatte sie sich Undercover in einen Escort-Service einschleusen lassen, um einem Mörder auf die Schliche zu kommen.

»Dachte ich mir schon«, sagte sie kopfschüttelnd. »Deswegen hat mir Mike Arens eure Unterlagen geschickt, stimmt's?«

»Stimmt. Wir brauchen einen vernünftigen Grund, um ins Haus zu kommen. Hat deine Recherche etwas ergeben?«

»Das Foto und die Überweisungen könnten auf Geldwäsche hinweisen. Die Methode ist bekannt, aber die Täter sind schwer dingfest zu machen. Eine Eigentümergemeinschaft kauft irgendwo am Mittelmeer ein Grundstück und setzt ein Hotel drauf. Der Bau wird zu einem größeren Teil mit Bitcoins oder Bargeld finanziert. Wenn das Hotel verkauft wird, entsteht ein legal aussehender Gewinn.«

»Gibt es einen Hinweis auf Holzinger?«, fragte Lucarelli.

»Bis jetzt nicht. Auf dem Foto, auf dem Holzinger und Raab zu sehen sind, stehen die beiden jedoch wohl nicht zufällig vor einer Baustelle. Wir müssen den Ort finden, an dem das Foto entstanden ist. Dann können wir die Eigentümer ermitteln und können deren Spur verfolgen.«

Lucarelli beobachtete einen weißen Porsche, der aus der Richtung des Südheimer Platzes heraufkam. Wenn Holzinger die direkte Route wählte, würde er aus der anderen Richtung kommen. Eine blonde Frau mit Sonnenbrille passierte das Haus, ohne ihnen Beachtung zu schenken. Wenig später näherte sich ein schwarzer BMW, dieses Mal aus der Richtung der Hasenbergstraße. Die Tür von Holzingers Doppelgarage öffnete sich und gab den Blick auf ein Wohnmobil frei. Lucarelli erinnerte sich, dass es bei seinem letzten Besuch auf der Straße gestanden hatte.

»Er hat eine Waffe«, sagte Lucarelli.

»Ich nicht«, sagte Cocquelet. »Meine Stammkundschaft murkst nur am Schreibtisch.«

Sie verließen den Wagen und folgten dem BMW, der vor ihnen in die Garage einbog. Holzinger stieg aus und starrte die Polizisten ungläubig an. Sabine zeigte ihren Dienstausweis.

»Sabine Cocquelet, LKA Baden-Württemberg. Das ist mein Kollege Lucarelli von der Freiburger Kripo.«

»Wir kennen uns bereits«, sagte Lucarelli.

Holzinger baute sich vor ihnen auf. Er war allerdings zu klein, um damit jemandem Angst einzuflößen.

»Was wollen Sie?«

»Das LKA geht einem Hinweis auf Geldwäsche nach«, sagte Cocquelet.

»Haben Sie nichts Besseres zu tun? Sie waren doch neulich schon hier!«

Holzinger warf Lucarelli einen abschätzigen Blick zu. Von seinem maskenhaften Auftritt, mit dem er sich berufshalber überall durchschleimte, war nichts mehr übrig. Er kniff die Augen zusammen und sein auf Dauerlächeln getrimmter Mund schrumpfte zu einem Strich. Irgendwo im Haus fing ein Hund an zu bellen.

»Es dauert nicht lange«, sagte Cocquelet. »Können Sie uns sagen, wo dieses Foto aufgenommen wurde?«

Sie hielt Holzinger das Foto hin, das ihn zusammen mit Raab vor der Baustelle zeigte. Lucarellis Augen suchten die Garage ab. Er trat ein Stück nach vorne, um den Raum besser überblicken zu können. Das Bellen des Hundes schwoll mehr und mehr an.

»Nein«, schüttelte Holzinger den Kopf.

»Wirklich nicht? Sieht wie Zypern oder Griechenland aus. Am Bildrand erkennt man eine Tafel mit griechischen Buchstaben.«

»Ich muss nicht mit Ihnen darüber reden, wann oder wo ich mich mit meinen Geschäftspartnern treffe. Und jetzt verlassen Sie mein Haus.«

»Einen Moment noch«, sagte Lucarelli. »Ist das Ihr Fahrrad?«

Lucarelli zeigte auf ein Rad mit Elektroantrieb, das im hinteren Teil der Garage an eine Steckdose angeschlossen war.

»Ich sag es nicht noch einmal. Raus hier!«

»Das Fahrrad müssen wir für eine kriminaltechnische Untersuchung mitnehmen«, sagte Lucarelli. »Es gibt Spuren am Tatort eines Mords in Freiburg. Wir müssen sie abgleichen.«

»Weil man mal schnell 180 Kilometer nach Freiburg

radelt, um jemand umzulegen? Machen Sie sich doch nicht lächerlich.«

»Das Fahrrad passt problemlos in das Wohnmobil hier«, sagte Lucarelli.

»Sie dürfen ohne richterlichen Beschluss in meinem Haus gar nichts mitnehmen. Wir sind schließlich nicht in Nordkorea.«

»Bei Gefahr im Verzuge dürfen wir eine ganze Menge«, sagte Cocquelet.

»Was für eine Gefahr?«, blaffte Holzinger.

»Vertuschung einer Straftat.«

Lucarelli schob das E-Bike zwischen den beiden Autos hindurch aus der Garage, verfolgt von den grimmigen Augen des Besitzers.

»Halten Sie sich zu unserer Verfügung«, befahl Cocquelet.

Die Garagentür hinter ihnen rollte herunter. Sabine Cocquelet zückte ihr Telefon.

»Die Spurensicherung sollte in ein paar Minuten da sein, um das Rad abzuholen«, verkündete sie.

»Danke«, sagte Lucarelli. »Wir sollten nicht lange hier rumstehen. Ich weiß nicht, auf was für Ideen Holzinger kommt. Wie gesagt, er besitzt eine Waffe.«

»Du bist dir also sicher, dass er den Mord begangen hat.«

»Ziemlich sicher. Er ist mir in die Falle gegangen. Heute Morgen habe ich einen weiteren Verdächtigen verhört, einen Hochfrequenzhändler namens Feuerborn. Er ist Kunde von Holzingers Beratungsfirma und ich nahm an, dass auch er von Dillenburg erpresst wurde. Während des Verhörs kam ich darauf zu sprechen, dass wir am Tatort Reifenspuren eines Fahrrads sichergestellt hatten. Und kurz danach schwingt sich Holzinger ins Auto, um sein Rad wegzuschaffen.«

»Du meinst, dieser Feuerborn hat direkt nach deinem Verhör Holzinger angerufen, um ihn zu warnen? Deutet das darauf hin, dass Holzinger und Feuerborn den Mord gemeinsam geplant haben?«

»Holzinger brauchte jedenfalls Hilfe, um Dillenburg auf seiner Jogging-Strecke abzupassen. Das notwendige Wissen könnte in der Tat von Feuerborn stammen. Feuerborn hatte ebenfalls ein Motiv, denn auch er wurde von Dillenburg erpresst. Trotzdem glaube ich, dass Holzinger den Entschluss zur Tat spontan getroffen hat.«

»Wie kommst du darauf?«

»Wenn der Täter im Besitz einer im Waffenverzeichnis nicht registrierten Waffe gewesen wäre, hätte er sofort geschossen. Das Umfeld des Tatorts war für ihn nämlich sehr riskant, da jederzeit Spaziergänger oder Jogger auftauchen konnten. Es liegt daher nahe, dass Holzinger seine eigene Waffe dabeihatte, woraus ich schließe, dass er Dillenburg erst einmal nur Angst machen wollte, denn er hätte sich mit einem Schuss aus der registrierten Pistole selbst verraten. Dillenburg ahnte jedoch die Gefahr und nahm seine Dienstwaffe mit, was ihn wahrscheinlich das Leben gekostet hat. Denn so bot sich für Holzinger spontan die Chance, ihn zu entwaffnen und ohne Spuren zu hinterlassen mit dessen eigener Pistole zu erschießen.«

»Du denkst wirklich um die Ecke«, schüttelte Sabine den Kopf.

83.

Im gleichen Moment als der Bus der Spurensicherung eintraf, hörten sie einen Schuss. Lucarelli und Cocquelet sprangen hinter die Garagenmauer des Nachbarhauses. Die beiden LKA-Beamten duckten sich in ihre Sitze. Für eine Weile herrschte Stille. Cocquelet alarmierte sofort ein Einsatzkommando.

»Kam der Schuss aus dem Haus?«, fragte sie.

»Holzinger«, sagte Lucarelli. Er zog seine Pistole.

»Schießt er auf uns?«

»Keine Ahnung. Wir bleiben in Deckung.«

Zeit verging. Ein Auto fuhr vorbei, ohne dass etwas passierte. Lucarelli blickte hinauf zur Fensterfront. Im obersten Stock huschte ein Schatten vorbei. Beseitigte Holzinger Spuren? Auf wen hatte er geschossen? Endlich erschienen die Wagen des Kommandos. Eine Staffel mit Sturmgewehren bewaffneter Einsatzkräfte sprang heraus. Sabine winkte den Leiter herbei.

»Hauptkommissar Lucarelli von der Kripo Freiburg«, sagte sie kurz.

»Brabender«, brummte der Einsatzleiter, ein Mann in den Vierzigern mit breiten Schultern und kantigem Gesicht. »Was ist hier los?«

»Bewaffneter Mordverdächtiger im nächsten Haus«, sagte Lucarelli. »Gerhart Holzinger. 52 Jahre alt, dunkle Haare, ungefähr 170 Zentimeter groß. Hat wahrscheinlich soeben einen Pistolenschuss abgegeben.«

»Ist sonst noch jemand im Haus?«

»Unbekannt. Ich habe einen Schatten hinter dem rechten Fenster des obersten Stocks gesehen. Könnte der Verdächtigte gewesen sein.«

Ein weiterer Schuss durchbrach die Stille. Etwas weniger laut als der Erste, zumindest kam es Lucarelli so vor. Brabender brüllte Anweisungen. In weniger als einer Minute war das Team bereit. Der Spezialist sprengte die Tür. Der bis an die Zähne bewaffnete Trupp stürmte hinein.

Als sie das Haus durchkämmten, fanden sie im Wohnzimmer einen erschossenen Schäferhund. Einen Stock höher lag Holzinger vornüber gekippt bäuchlings über seinem Schreibtisch. Neben seinem blutüberströmten Kopf lag eine abgefeuerte Pistole.

84.

Der Ober erschien und goss den Wein nach. Der von ihm empfohlene Riesling aus der Ortenau war in einer internationalen Blindverkostung auf einem der vorderen Plätze gelandet, was sich erkennbar im Preis niedergeschlagen hatte. Aber das spielte keine Rolle. Fabienne war nach Freiburg gekommen, um hier die letzten Tage ihres Urlaubs zu verbringen, und die Terrasse von »Chez Eric« und der vorzügliche Wein boten für den Anfang das passende Ambiente. Lucarelli hob sein Glas und sie stießen an. Die lange Autofahrt hatte ihr nichts anhaben können. Sie trug ein dunkelblaues, knielanges Sommerkleid und sah bezaubernd aus. Eine Weile plauderten sie vergnügt über etwas anderes, aber Fabienne war neugierig, wie Lucarellis Ermittlungen fortgeschritten waren.

»Hast du eine Verbindung zwischen dem Mord an Dillenburg und dem Todessprung von Adina Verzasca gefunden?«

»Nein. Das bedeutet jedoch nicht, dass Gaston Verzasca nicht hinuntergestoßen hat.«

Fabiennes Blick schwankte zwischen Verblüffung und Neugier.

»Vieles sprach am Anfang in der Tat für Selbstmord. Die Frau hatte in kürzester Zeit sehr herbe Enttäuschungen erlebt. Es sah so aus, als ob der letzte Tropfen, der das Fass zum Überlaufen gebracht hatte, tatsächlich das abrupte Ende ihrer Karriere war. Aber irgendwann wurde ich misstrauisch. Alfried Meindl, der sie sehr gut kannte, hielt es für praktisch ausgeschlossen, dass eine Narzisstin wie Adina Verzasca aus einem Affekt heraus freiwillig in den Tod springt. Und die Brüsseler Polizei hatte sich nach meinem Gefühl etwas zu schnell mit der Aussage René Gastons zufriedengegeben, dass es Selbstmord war. Ich hatte also angefangen, etwas tiefer zu graben.«

»Gaston ist also der Mörder?«, fragte Fabienne ungläubig.

»Ich habe Beweise gefunden, dass Adina Verzasca tatsächlich etwas gegen ihn in der Hand hatte. Aber es stammte nicht von Dillenburg. Wie du selbst herausgefunden hast, war Verzasca über einige Jahre mit Jacques Defoe liiert. Auf dem von unserer Technik wiederhergestellten Handy von Verzasca habe ich von ihr abfotografierte, alte Bilder gefunden, die aus einem Fotoalbum von Defoe stammen.«

»Noch mit Analogkamera? Das wäre eine Weile her.«

»Genau gesagt 1998, während der Fußballweltmeisterschaft. Defoe und Gaston besuchten das Endspiel zwischen Frankreich und Brasilien in Paris. Die Aufnahmen zeigen sie in der VIP-Lounge von EPF. Alles deutet darauf hin, dass die beiden mit allem Pomp und Trara von EPF eingeladen wurden.«

»Energie Pour la France? Der damalige Staatsmonopolist?«

»Genau. Damals ging es für EPF um den Erhalt ihres Versorgungs-Monopols für Frankreich im Angesicht der auf der Agenda stehenden EU-Liberalisierung der Elektrizitätsmärkte.«

»Für die Gaston und Defoe damals in der Kommission zuständig waren. Nach heutigen Maßstäben führt so etwas zu einem Rauswurf. Aber 1998? Damals gingen die Uhren noch anders.«

»Das ist wohl richtig. Doch hat sich Gaston die letzten Jahre als Saubermann und Compliance-Frontrunner profiliert. Diese alte Geschichte würde ihm derart schaden, dass ihn die Kommission entlassen müsste. Es gibt also doch ein Motiv für einen Mord.«

»Und für die belgische Polizei ein Motiv, nicht alle Steine umzudrehen«, sagte Fabienne schulterzuckend. »Zumindest wenn Defoe als belgischer Innenminister im Hintergrund an den Fäden ziehen kann.«

»Defoe hat sicherlich nichts gegen ein Selbstmordszenario. Vor allem, wenn ihm Gaston erzählt hat, was die Ereignisse auf seiner Dachterrasse wirklich ins Rollen gebracht hat. Defoe hat als Minister genauso viel zu verlieren wie er. Und natürlich musste Defoes Fotoalbum von der Fußball WM, aus dem Verzasca die Bilder abfotografiert hat, für alle Fälle und Zeiten verschwinden.«

»Und? Reicht das, um Gaston zu überführen?«

»Ich habe noch etwas entdeckt. Salzinger Büro liegt in der Kommission einen Stock unterhalb von Gastons Dachterrasse, also dem vermeintlichen Tatort. Kurz bevor Verzasca in die Tiefe stürzte, hatte er auf die digitale Präzisionsuhr auf seinem Schreibtisch gesehen. Es war genau 11:21 Uhr als es passierte.«

Lucarelli sah die Neugier in Fabiennes Augen. Er ließ sie noch ein wenig zappeln.

»Und?«, fragte sie ungeduldig.

»Verzascas Dienst-Handy wurde in ihrem Büro gefunden. Sie hatte jedoch noch ein privates Mobiltelefon, das sie zu Gaston mitgenommen hatte. Die Frage war also: was geschah mit diesem Handy? Entweder Verzasca hielt es während des Sturzes noch in der Hand und es landete gemeinsam mit ihr auf der Straße. Tatsächlich wurde es von der Polizei schwer beschädigt gefunden. Allerdings ging die SIM-Karte erst um 11:24 Uhr vom Netz. Die belgischen Behörden haben auf dieser Basis den Zeitpunkt der Ereignisse bestimmt. Salzinger sah den Sturz aber um 11:21 Uhr. Es fehlten zwei bis drei Minuten.«

»Zeit, die Gaston brauchte, um Fotos zu löschen, das Handy zu zerstören, seine Spuren zu beseitigen und es dann hinunterzuschleudern?«

»So sah es für mich aus. Das Handy war stark beschädigt, doch mein IT-Spezialist konnte den Fotospeicher wieder herstellen. Er konnte sogar ermitteln, dass die abfotografierten Fotos vom WM-Finale in der Zeit zwischen 11:22 und 11:23 Uhr gelöscht wurden.«

»Dann könnte es eng werden für Gaston«, pfiff Fabienne.

»Kommt drauf an, ob jemand den Mut hat, die Geschichte aufzurollen. Immerhin sitzt mit Gaston der belgische Innenminister Jacques Defoe mit Gaston im gleichen Boot. Und Chefökonom Professor Salzinger müsste gegen seinen eigenen Generaldirektor aussagen.«

Fabienne starrte nachdenklich in ihr Weinglas.

»Im Zweifel müsste vielleicht eine Journalistin nachhelfen,« sagte Lucarelli.

»Du meinst hoffentlich nicht mich. Ich wechsle bekanntlich die Seiten und fange nächste Woche in der Kommission an.«

»Du willst immer noch in diese Schlangengrube? Nach alledem, was du gerade erlebt und gehört hast?«

»Gemurkst wird überall, Commissario. Leider wird sich das nie ändern, weder in der Politik noch sonst irgendwo. Wenn man nur auf die schwarzen Schafe starrt, verliert man den Blick für das große Ganze. Und die EU ist für mich ein sehr großes Ganzes. Aufzugeben und zynisch zu werden ist einfacher als zu versuchen, etwas trotz aller Widerwärtigkeiten besser zu machen.«

Lucarelli bewunderte Fabienne für ihren Idealismus. Sicher hatte auch Meindl voller Hoffnung in Brüssel angefangen und war erst allmählich durch eine Reihe eigener, sehr hässlicher Erfahrungen zum Zyniker geworden. Für ihn selbst wäre eine riesige Behörde wie die Kommission von vornehrein ein Albtraum. Je ehrgeiziger und schlauer die Leute, umso perfider tarnten sie die Gruben, in die man ahnungslos hineintappte. Lucarelli hatten die Scharmützel mit Benzing und Schupp um die diversen Befugnisse während seiner Ermittlung schon gereicht.

Es war noch immer warm an diesem Abend. Fabienne holte ein Taschentuch hervor und tupfte sich die Stirn. Der Ober stellte die bestellte Käseplatte und etwas Brot auf den Tisch. Sie stießen an.

»Wie bist du auf die Lösung im Fall Dillenburg gekommen? Damit wir die grausigen Themen endlich hinter uns lassen können.«

Sie sahen sich in die Augen. Noch nie hatte Lucarelli privat so offen über seine Arbeit gesprochen.

»Wir fanden während einer Hausdurchsuchung bei Feuerborn ein Foto, das Meisinger bei Dillenburg gestohlen hatte. Es zeigt Holzinger und Raab vor einer Baustelle eines Hotels auf der griechischen Insel Mykonos. Kurz vor seinem Selbstmord hatten wir Holzinger in Stuttgart mit dem Foto konfrontiert. Meine Kollegin vom LKA meinte, dass Holzinger für Termine mit Raab

Schwarzgeld kassiert hat, das er über den Umweg eines Offshore-Kontos in Jersey in ein Hotelprojekt auf Mykonos fließen ließ. Inzwischen hat sie die Bauträgergesellschaft unter die Lupe genommen. Raab scheint nicht direkt beteiligt, könnte sich jedoch eines Strohmanns bedient haben. Sicher ist, dass Dillenburg das System kannte, denn er hatte Belege für Barüberweisungen in der Schweiz, die er teilweise vielleicht sogar selbst ausgeführt hat. Wenn Dillenburg Raabs Strohmann kannte, hatte er Raab als auch Holzinger in der Hand. Dillenburg besaß also reelles Erpressungsmaterial.«

»Warum hatte sich Holzinger umgebracht? Gab es keine Chance mehr, davonzukommen?«

»Kaum. Als wir ihm das Foto gezeigt hatten, wusste Holzinger, dass sein Geldwäsche-Projekt auf Mykonos auffliegen wird. Damit wäre er ruiniert gewesen, denn in seinem Metier kann sich niemand so etwas erlauben. Holzinger hat sicher auch damit gerechnet, dass wir ihn mit den Reifenabdrücken seines Fahrrads am Tatort überführen können. Und es gab die Videoaufzeichnung einer Überwachungskamera in der Nähe des Tatorts, auf der er drauf ist. Davon wusste Holzinger bereits, weil ich das Feuerborn während des Verhörs gesteckt hatte und diese Information quasi über Bande bei ihm gelandet war. Dass wir am Tatort DNA-Spuren von ihm gefunden hatten, wusste er noch nicht, aber er hatte hin wie her keine eine Chance, davon zu kommen. Sobald er festgenommen wird, kann er nichts mehr tun. Also hat er sich erschossen.«

»Hört sich plausibel an. Und Feuerborn?«

»Thomas Meisinger hat ausgesagt, dass Feuerborn beim

Joggen ein oder zwei Mal dabei gewesen war. Video-Aufzeichnungen belegen, dass sich Feuerborn und Holzinger am Vortag des Mords in der Autobahn-Raststätte Baden-Baden getroffen haben. Wir konnten ermitteln, dass Holzinger bei Google Maps eine Karte des Freiburger Sternwalds heruntergeladen hatte. Damit liegt es auf der Hand, dass Feuerborn sein Wissen über Dillenburgs Jogging-Routine an Holzinger weitergegeben hat. Aber Feuerborn bestreitet natürlich, dass er jemals den Vorsatz hatte, Holzinger einen Mord zu ermöglichen. Das muss nicht stimmen. Aber das Gegenteil wird ihm schwer nachzuweisen sein.«

Fabiennes Augen funkelten.

»Aber hat Feuerborn Raab nicht bestochen? Der Vizepräsident hat für die EU-Kommission keinen Vorschlag für Einschränkungen des Hochfrequenzhandels vorgelegt.«

»Feuerborn war sicher fast jedes Mittel recht. Der Mann ist hochintelligent und ich traue ihm zu, dass er dem offenbar nervenschwachen Holzinger so lange Angst eingeflößt hat, bis der, als sich überraschend die günstige Gelegenheit bot, spontan den Mord beging. Ich bin mir aber sicher, dass von Feuerborn an Raab nie direkt Geld geflossen ist. Diese Dinge liefen über Holzinger, und wahrscheinlich hatte Dillenburg gelegentlich Bargeld für ihn in die Schweiz geschafft. Die beiden hätten Feuerborn belasten können. Aber sie sind tot.«

»Der Mann hat wohl Fortune.«

»Abwarten. Um das Business-Modell von Holzinger mit allen dunklen Facetten will sich dem Vernehmen nach das BKA kümmern. Je nach dem, kann es für ein paar Kunden und auch für Feuerborn unangenehm werden.«

»Das heißt, du bist aus dem Fall raus?«

»Der Mord im Sternwald ist aufgeklärt. Aber die BKA-Zentrale in Wiesbaden will sowieso nicht, dass ein unkontrollierbares Flugobjekt wie ich die Nase in eine Angelegenheit steckt, in der die Bestechung eines ehemaligen Ministers herauskommen könnte. Das ist wie beim Skat. Es darf nicht der Spieler ausspielen, der gerne möchte, sondern der, der dran ist.«

»Wusste gar nicht, dass du Karten spielst.«

»Du weißt einiges noch nicht.«

»So? Wie zum Beispiel?«

Lucarelli griff nach ihrer Hand.

»Zum Beispiel, dass ich hier ein Zimmer gebucht habe. Und am liebsten gleich wissen möchte, wie sich deine Hetero-Phase weiterentwickelt.«

»Wieso nur Phase?«

»Francesca hat mir gesteckt, dass ihr beide wieder glücklich vereint seid.«

Fabienne lächelte. Es hatte etwas Sonderbares, was Lucarelli nicht deuten konnte.

»Skat spielt man doch zu dritt, oder?«, flötete sie.

»Schon. Aber immer zwei gegen einen. Und einer verliert immer. Manchmal sogar zwei.«

Fabienne sah auf ihr Handy.

»Ein Hotelzimmer hättest du nicht zu buchen brauchen, Commissario. Das hat Francesca schon getan. Sie musste heute leider bei Pino arbeiten und konnte nicht früher. Unter diesen Umständen fand sie es cooler, in einem Hotelzimmer zu warten.«

Lucarelli blieb die Sprache weg. Er musste befürchten, dass er ziemlich dämlich dreinschaute.

»Falls du dir ein paar lustigere Spielregeln vorstellen kannst als bei deinem langweiligen Skat, kannst du gerne nachkommen. Zimmer 211. In, sagen wir, fünfzehn Minuten?«

Während sie ihr Glas leerte, ließ sie ihn nicht aus den Augen. Dann stand sie auf, küsste ihn flüchtig auf die Stirn und wandte sich in Richtung der Treppe, die vorbei an einer Reihe alter schwarz-weiß Fotos berühmter Filmstars zu den Zimmern hinaufführte.

Lucarelli sah zu, wie die Sonne Stück für Stück hinter den Vogesen versank, bis sie schließlich ganz verschwunden war.

Der Autor

Jean Moose ist ein Kenner der europäischen Politik, was seinem neuen Roman eine außergewöhnliche Authentizität verleiht. Er arbeitete als Assistenzprofessor für Wirtschaftswissenschaften in Freiburg und später in Bonn, Frankfurt und Brüssel, wo er über viele Jahre für europäische Institutionen tätig war.

Wie in seinen beiden ersten Lucarelli-Krimis *Doppeltes Spiel* und *Der Instinkt des Tennisspielers* verknüpft Moose aktuelle politische und wirtschaftliche Themen und erzählt diese spannend und kenntnisreich in einer verständlichen Sprache. Vor der Lucarelli-Reihe erschienen bereits die Romane *Die Bergbahn (2016)* und *Schleifchenspiel (2008),* wobei letzterer von der Frankfurter Allgemeinen Sonntagszeitung als »Meisterwerk« gelobt wurde.

Jean Moose lebt in Wien und in der Schweiz.